講談社文庫

あきらめません！

垣谷美雨

JN166664

講談社

目次

〈登場人物相関図〉

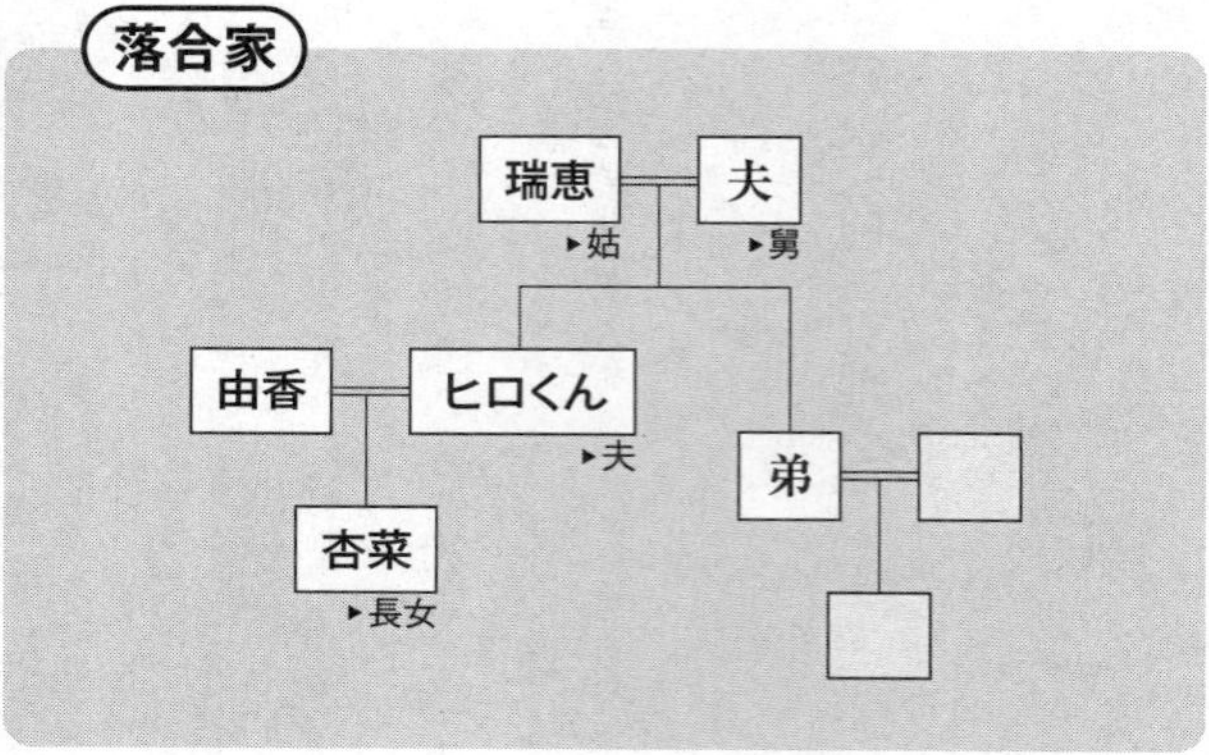
落合家
瑞恵
▶姑
夫
▶舅
由香
ヒロくん
▶夫
弟
杏菜
▶長女

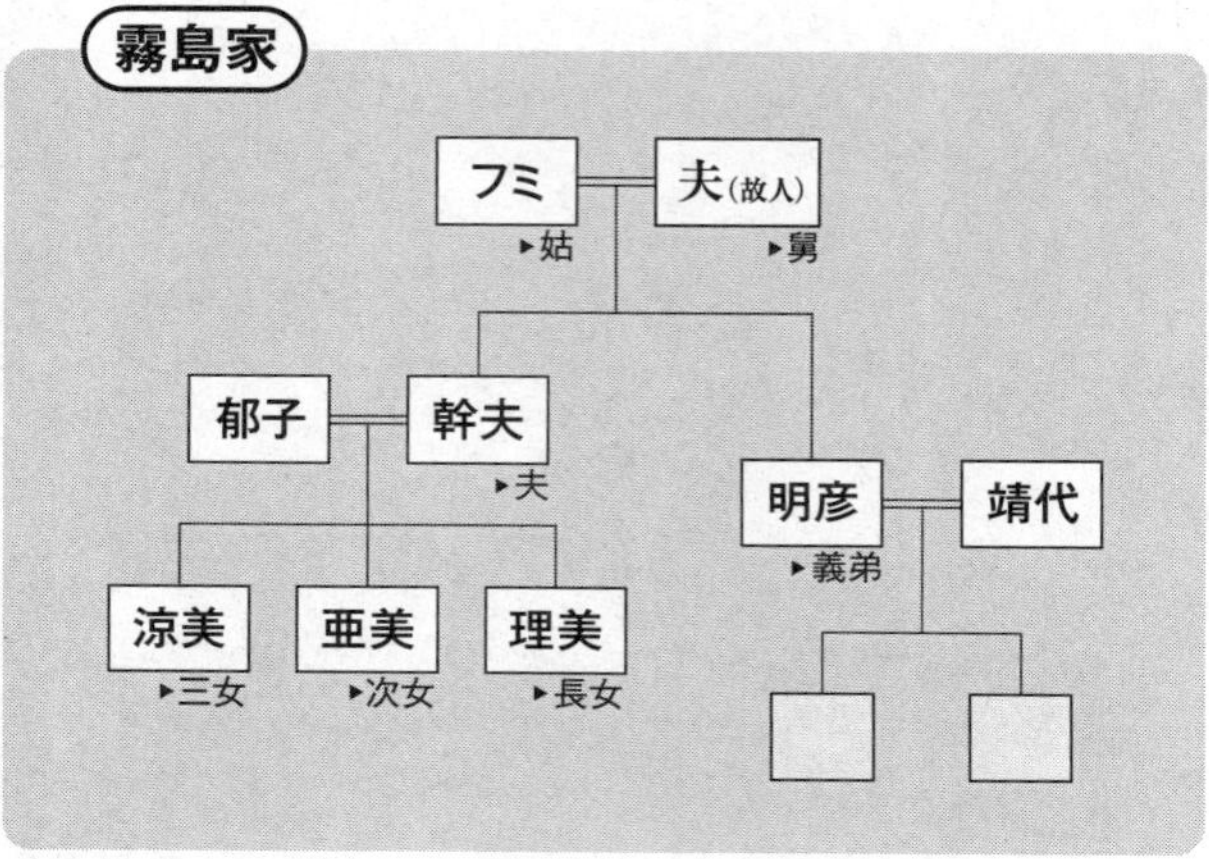
霧島家
フミ
▶姑
夫(故人)
▶舅
郁子
幹夫
▶夫
明彦
▶義弟
靖代
涼美
▶三女
亜美
▶次女
理美
▶長女

1　霧島郁子《きりしまいくこ》

冷《ひ》や奴《やっこ》に醬油《しょうゆ》をかけようとしたときだった。

夫がいきなり言った。

「お袋はもう八十一歳だぜ」

夫にしては珍しく強い口調で、怒っているようにも見えた。つい数秒前まで、テレビのニュースを見ながら再生エネルギーについて話していたのだ。三人の子供たちが独立して夫婦二人きりの食卓となって以降、テレビは点《つ》けっ放しである。

「急にどうしたのよ」

「だから八十代の老人にいつまでも独り暮らしをさせるわけにはいかないってこと」

「え？　幹夫《みきお》は田舎《いなか》に帰りたいの？　もしかして、ずっと前からそう思ってたの？」

「そうじゃないよ。ほら、お袋がもう歳《とし》だからね、だから急に心配になっちゃってさ」

さっきまでの勢いはどこへ行ったのか、語尾が消え入りそうだった。

夫婦ともに定年退職を迎えてから半年が経《た》っていた。夫は定年延長制度を利用して今も働き続けているが、私は初めての専業主婦生活を満喫していた。もう死ぬまで働かなくていいんだと思ったら解放感でいっぱいになり、ふとした拍子《ひょうし》に思わず笑みがこぼれてしまう。だがその一方で、夫が思い詰《つ》めたような顔でテーブルの一点を見つめているのを何度か見た。そのたびに「何かあったの？」と尋ねてみるが、夫は「いや別に」と短く答えるだけだった。

「お義母《かあ》さんのことが心配と言われても、だって近所には……」

夫には弟が一人いて、実家から三十分の隣市に住んでいる。姑《しゅうとめ》に何かあれば義弟夫婦がかけつけてくれるだろうと勝手に考えていた。

山陰地方は実際の距離が遠いだけでなく、東京で生まれ育った私にとっては心の距離も遠かった。方言も習慣も馴染《なじ》みがないから、いつの日か姑が要介護状態になれば、義弟夫婦に任せるなり、施設に入ってもらうなりすればいいと思っていたのだ。昔ながらの「長男の嫁の役目」などという心構えは、結婚当初から微塵《みじん》もなかった。

「俺たちが田舎で暮らしたら、夏休みだけでも翔太《しょうた》や美月《みづき》に自然に囲まれた暮らしを体験させてやれるだろ？」

夫は孫たちの名を口にした。

「うん、まあ……それは確かにいいことだとは思うけどね」

自分たちの世代のように、東京郊外に住んで満員電車に一時間半も揺られて通勤する暮らしを、今の若い世代は嫌がるようになった。独身の理美《さとみ》と亜美《あみ》はもちろんのこと、三女の涼美《すずみ》一家も都心の賃貸マンションに住んでいる。娘たちは大人だからともかくとして、幼い孫がコンクリートジャングルの中で育っていることを思うと、夫の提案に心が揺れた。

「私も考えてみるけど、でも幹夫ももう一回よく考えた方がいいと思う」

翌日から夫との話し合いが続いた。

そうこうするうち、夫の本音が徐々に透けて見えてきた。夫は会社を辞める正当な理由を探していただけだった。定年と同時に部長職を解かれて嘱託になり、裁量権も決定権も失った。かつての部下たちに煙たがられている気がするし、給料は現役時代の三分の一になるしで、ほとほと嫌気が差していたらしい。

政府は何十年も前から、「同一労働・同一賃金」という目標を掲げているのに、いったいそれはどうなっているのか。六十歳を過ぎた途端に正当な理由もなく給料がガクンと下がるとなれば、精神的な打撃も大きい。お前はもう価値のない人間だと宣告されている気がして屈辱的だと夫は語った。そんなときに、実家に一人で暮らす年老いた母親を心配するという格好な理由が見つかったのだ。

「田舎に帰るかどうかは別にして、とりあえず会社を辞めたらどうなの？」

「えっ、いいのか？　俺が辞めても家計は大丈夫なのか？」

夫の目の輝きを見て、胸が潰《つぶ》れそうな思いがした。私自身の毎日が楽しすぎて、夫の苦悩を察してあげられていなかった。夫が会社で働いている時間帯に、友人たちと都心のお洒落《しゃれ》なカフェでおしゃべりを楽しんだり、育休中の三女の涼美と孫たちを昼食に招《よ》んで孫の成長に目を細めたりしていたのだ。

それなのに、夫は老後の家計が心配で、会社を辞めたいとは言い出せなかったらしい。六十五歳まで働き続けるのが当たり前といった風潮があるし、健康ならば七十歳まで働くことを政府も奨励している。

結婚以来ずっと共働きだった。私が勤めていた会社にも定年延長制度はあったが、私は六十歳でさっさと辞めた。もうこれ以上会社に縛《しば》られたくなかった。だが夫というものは妻とは違い、定年後も働き続けて当然だと思っていた。だって夫は会社で働くだけで家事はほとんどやらないが、私は万年係長だったけれども、大手予備校の経理部で正社員として働き続けたうえに、家事も育児も担ってきた。若い頃から心身ともにキツかったが、さらに五十代に突入してからは体力が落ち、もうこれ以上こんな生活を続けていたら寿命を縮めるとさえ感じるようになっていた。同世代の女性を見回しても専業主婦やパート主婦が圧倒的多数であることを思うと、正社員として働き続けてきた自分が定年を延長しないことは当然のことだと思っていた。

鉄鋼メーカーの総務部で働く夫は、若い頃から残業や飲み会が多かったが、そんな中でも時間があれば家事や育児を少しは分担しようとする気持ちだけは感じられた。定年退職したら今度こそ何でもやると宣言してくれたし、「郁《いく》ちゃんにばかり苦労をかけてごめんね」と、謝罪の言葉もあった。

夫に対する不満を数え上げたらきりがないが、友だちや同僚からさんざん聞かされてきた封建的な考えの夫たちへの愚痴から思うに、我が夫は同世代の中ではかなりマシな方だと思われた。

「贅沢《ぜいたく》しなければ食べていけるわよ。それよりウツになられた方が困るよ」

「本当に本当か？　俺、辞めていいのか？」

「うん。ちまちま節約を楽しんで暮らしていきましょうよ」

そう言うと、夫は心底ホッとしたような顔をした。

新型コロナウィルスで経済が滞ったせいで、夫婦ともに退職金が愕然《がくぜん》とするほど少なかったし、自分たちは既に年金が少ない世代に突入していて、互いの生まれ年は運悪く、厚生年金の支給開始年齢が六十歳から六十五歳に引き上げられる移行期にぶち当たったので、六十歳を過ぎた今もまだもらっていない。

過去を遡れば、バブル期に購入したマンションの住宅ローンが重く伸《の》し掛かる生活が長年に亘《わた》って続いたが、そんな中でも子供を三人とも無理して私立の大学に行かせたのだった。

　私がみみっちいほど節約に節約を重ねる姿を傍《そば》で見て暮らしてきたからだろう。夫は我が家には貯金などないと思っていたらしい。子供たちが大学を卒業して独立したあと、家計は楽になったのだが、私は老後のために気を緩《ゆる》めずに預金に励んだのだ。

とはいえ、夫婦ともに高給取りではなかったし、住宅ローンもまだ残っていたから、思ったほどは貯《た》まらなかった。だけど、定年直前で住宅ローンを繰り上げして完済できたから、生活は何とかなりそうだ。

「ああ、よかったあ。ほら、同期の藤田《ふじた》が亡くなっただろ。あれから俺も考えるようになっちゃってさ。このまま六十五歳まで働いて、もしもポックリ逝《い》ったら何のために今まで頑張ってきたのかなあって」

「そうか、そうよね。藤田さん、まだ五十八歳だったものね。早すぎたわ」

「還暦という言葉には、ぐるりと回って振り出しに戻るという意味があるだろ。だから俺、考えたんだ。振り出しに戻れるなら、俺はもう東京を卒業したいんだ」

「あれ？　会社を辞めたいだけじゃなかったの？　本当に田舎に帰りたいの？」

「うん、帰りたい。家の前の川で魚を釣って、畑を耕して、採れたての瑞々《みずみず》しいキュウリに塩だけ振ってポリポリ食べて、井戸で西瓜《すいか》を冷やす……そういう生活、考えただけでワクワクするよ」

夫の笑顔を見たのは久しぶりだった。ストレスが溜《た》まりに溜まっていたのだろう。

私にも田舎暮らしへの憧れがないわけではなかった。だが、姑とうまくやっていけるのか、土地の暮らしに馴染めるのかと、不安は尽きない。田舎の人は閉鎖的で余所《よそ》者《もの》には冷たいと聞けば尚更《なおさら》だ。

夫の実家は山陰地方の元禄町《げんろくちょう》にあり、低山に囲まれた小さな盆地だ。最寄りのＪＲの駅からバスで三十分もかかるし、これといった産業がないからか、以前は人口七千五百人だったが、今や六千二百人に減り、高齢化率が更に高くなった。そのうえ平成の市町村合併によって一市三町が一つになって栗里《くりざと》市となり、その中で最も人口の少ない元禄町には市政の目が届かなくなったと、姑が溜め息まじりに語っていたことがある。

だが、町の財政がどうあろうと、もうすぐ年金暮らしに突入する私たちには関係のないことだ。夫の実家は一戸建てだから、分譲マンションとは違って修繕積立《つみたて》金も共益費も要らない。そのうえ畑で野菜を作って、川で魚を釣るとなれば、一ヵ月ほんの数万円で生活できるのではないか。

ここのところ運動不足が気になっていたが、田舎に移住すれば、澄んだ空気の朝靄《あさもや》の中をウォーキングできる。

「親父《おやじ》が死んで五年が経つし、八十代ともなれば心細いと感じることもあるんじゃないかな」

「そうは見えなかったわ。お正月に帰省したときも一人暮らしを楽しんでるように見えたもの。それに家族との同居を煩《わずら》わしく感じる年寄りも多いって聞くわよ」

「だけど、うちのお袋は運転ができないから不便なはずだよ。牛乳や洗剤なんかの重い物を買ったときとか」

「ねえ幹夫、ここであれこれ想像してても埒《らち》が明かないよ。いっそお義母さんに電話して本音を聞いてみたら？」

「お？　それもそうだな」と夫は言い、ズボンのポケットからスマートフォンを取り出すと、早速電話をかけた。

——同居？　あんたらがこっちに帰ってくるんか？

夫のスマートフォンから、姑のフミの声が漏れ聞こえてきた。

「母ちゃんは、一人暮らしの方が気楽でいいと思ってる？」

——ちょっと前まではそう思っとったけど、さすがにこの頃は心細うなってきたわ。帰ってきてくれたら嬉《うれ》しいけど、郁子さんが嫌がるに決まっとる。あんたらの夫婦仲が悪うなったら元も子もない。ほんでも、正直言うたら……。

姑はそこで言葉を区切り、言おうかどうか迷っているようだった。

「母ちゃん、何？　正直言うと？　なんなの？」と夫は畳みかけた。

——もし同居するんやったら……明彦《あきひこ》の嫁はんより、幹夫の嫁はんの方がええとは前から思っとった。

「えっ、どうして？」と、私は思わず声に出していた。

明彦というのは夫の弟だが、その妻の靖代《やすよ》よりも私の方がいいというのは意外だった。靖代は地元の人間だし、何といっても気さくな女だ。若い頃は町内の農協に勤めていたが、今はクリーニング店の受付をしている。人当たりが柔らかく、私と違って「きつい女」などと言われたことは、これまでの人生で一度もないのではないか。姑からしたら、私より靖代の方が気を遣わなくて済むに違いないのだ。それなのに、なぜ私の方がいいなどと言うのだろう。

電話を切ると、夫は「お茶でも淹《い》れようか」とダイニングの椅子から立ち上がった。「紅茶でいい？」と、いやに親切だ。

「私はまだ移住するって決めたわけじゃないからね」と、釘《くぎ》を刺した。

「わかってるよ。俺だってゆっくり考えようと思ってる」

「幹夫が帰りたいなら別居って道もあるよ。ときどき私が田舎を訪ねたり、幹夫がここに戻ってきたり、そういう自由な生活もいいかも」

もしもそうなったら……ああ、なんと素晴らしい生活だろう。もう誰の世話もしなくていいのだ。チャコと旅行に出かけるときの、あの哀《あわ》れな子犬のような目つき——

俺を置いてチャコと行くのか——を見ないで済む。女子旅の費用を稼ぐためなら、単発のアルバイトくらいならやってもいい。

「別居だなんて、郁ちゃん、そんな……」

夫は何を勘違いしているのか、ショックを受けたようだった。

「何も私は離婚しようって言ってるんじゃないのよ。幹夫は実家でお義母さんの面倒を見る、私は東京で暮らす、ただそれだけのことよ。三人の娘と二人の孫のことも心配だし、うちの両親だって今は元気だけど歳も歳だから」

「夫婦が離れ離れになるのはよくないと俺は思う」

「もしかして、私をお義母さんの介護要員だと思ってる？」

さっきから腹の底で燻《くすぶ》っていた疑念を、思いきって投げつけてみた。

「えっ、まさかまさか」と、夫は本当に驚いたようで大きな声を出した。「郁ちゃん、それは誤解だよ。お袋がいつか要介護になったときは、町内の老人ホームに入ってもらうつもりだよ」

「それ本当？　土壇場になって施設は可哀想《かわいそう》だとか言い出すんじゃない？」

「それはないよ。評判のいい施設だし、従妹がそこでヘルパーやってるから安心だし、実家のすぐ近所だから毎日面会に行くつもりだよ。それに別居生活はカネがかかるから、俺たちの年金じゃあ無理だよ。冒険するような軽い気持ちで移住すればいいんじゃないかな。お試しってヤツさ」

ずいぶんと簡単に言ってくれるものだ。だが、夫の言うことにも一理ある。なんせ残りの人生が少なくなった。あれこれ心配して悠長に迷っていられるほど若くない。七十歳を過ぎたあたりから何をするのも億劫《おっくう》になると人生相談にも書いてあったから、今が最後のチャンスかもしれない。

あ、そうか。もしも田舎暮らしが嫌になったら、夫を置いて一人で東京に帰ってくればいいじゃないの。うん、そうしよう。この案は夫には内緒だけど。


その夜、チャコにメールで相談してみた。大学時代の同級生である彼女は、すぐに返信をくれた。

——相変わらず郁子の考えは甘いね。姑と同居するなんて狂気の沙汰よ。姑と仲のいい嫁なんて、郁子は見たことあるわけ？

なんとも手厳しい。背中を押してほしかっただけなのに。

会社の後輩だった夏織《かおり》にもメールした。すると、すぐに電話がかかってきた。

——お久しぶりです。あのね、先輩のその考えね、メッチャ甘いです。東京で生まれ育った先輩はこれだからもう……。

これ見よがしの「ふうっ」と大きな溜め息が聞こえてきた。

――田舎の因習がどんなに恐ろしいかを先輩は知らないんですよ。同居だなんて、頭がオカシクなったとしか思えません。

五歳も年下のくせに、いつも偉そうな物言いをするから腹が立つ。そのうえ、まるで八つ墓村に移住するかのようだ。

――クリザト市、でしたっけ？　そんな聞いたこともない田舎の市議会なんて、どうせ男ばっかりなんでしょう？

「は？　市議会と私に何の関係があるの？」

――やっぱり甘い。呆《あき》れてものが言えません。田舎っていうのはね、男性議員の都合がいいように運営されてるんですよ。だからね、間違いなく住みにくいんです。

まるで見てきたように断言する。

――なんでお前にわかるんだって、先輩いま思ったでしょ。私自身が東北の寒村の出身だからに決まってるじゃありませんか。

「だけど、どう考えたって市議会なんて関係ないわよ」

――だったら好きにしてください。言っときますけどね、絶対に後悔しますよ。あっ、そろそろ切りますね。こんなわかりきったことを延々と話す時間がもったいないですから。私すごく忙しいんですよ。じゃあ先輩、せいぜいお元気で。

いきなり電話が切れた。

まったくもう。相変わらず口が悪い。

だけど……あの「少子化時代生き残り戦略会議」のとき、十対一で意見が否決されても夏織は毅然《きぜん》とした態度を崩さなかった。あとになって夏織の意見が正しかったことが判明した。先見の明があり、洞察力もある。

私が定年退職したあと、夏織は部長に昇進したのだった。話すたび頭にくるけど、私は社内の誰よりも彼女を信頼していた。とはいうものの、チャコのように嫁姑の関係を心配するならわかるが、いきなり話が市議会に飛ぶなんて、わけがわからない。

やっぱり他人の意見は参考までに止めた方がいい。心配して言ってくれるのはありがたいけれど、自分の人生だもの、自分で決めなきゃ。

2　落合由香《おちあいゆか》

夫が玉葱《たまねぎ》とじゃがいもの味噌汁《みそしる》を一口すすってから言った。

「今日の昼休み、親父から携帯に電話があった。母さんが行方不明になったらしい」

「えっ、お義母さんが？　どういうこと？　いつから？　警察には届けたの？」

「二日前からおらんようになったらしい。警察には届けるなって親父が言うとった」

夫は味噌汁からじゃがいもを一つ小皿に取り出し、スプーンで器用に潰してから、ベビーチェアに座っている杏菜《あんな》の口に運んだ。今日の杏菜は機嫌がいいらしく、穏やかな表情で父親を見つめて小さな口を動かしている。

「事故に遭ったかもよ。道歩いとるときに上から何か落ちてきたとか、それとも轢《ひ》き逃げとか」

「そんなことがあったら、すぐに救急車が来てテレビのニュースにもなるし、そもそも親父のとこに連絡が行くやろ」

「あ、それもそうやな。ほんだったら熊に襲われたとか」

「住宅地に熊が出てきたら大騒ぎになっとる」

「それもそうか。ええ歳したおばさんを誘拐する人もおらんやろし。でもやっぱり念のために警察に届けた方がええと思う」

「それはできん。世間体が悪いって親父が激怒する」

「世間体？　ヒロくん、そんなこと言うとる場合か？」

「いや、言うとる場合やない。ほんでも、どこから話が漏れるかわからんから、由香の実家にも知らせるなって親父が言うとった。事故でも熊でもないとしたら家出しかないから」

「えっ、家出？　まさか、冗談やろ？」

「由香ちゃんは、なんで冗談やと思うん？」

そう尋ねながら、夫は白身魚のフライにかぶりついた。生協で注文した冷凍食品だが、夫のお気に入りだ。

「ヒロくんのお母さんて、確か六十二歳やろ。そんな歳イッた女の人が普通、家出なんかするか？」

家出というのは、思春期で情緒不安定な十代の子がすることだ。

「お義母さんは、お金を持ってるんやろか？」

「……わからん」

心配でたまらないのだろう。夫の声が沈んでいる。だから私は精いっぱい明るい声を出した。「まっ、そない心配せんでも大丈夫やと思うけどな」

「気休め言われてもなあ」

「気休めやないわ。ヒロくんのお母さんて頭のええ人やから」

「えっ？　由香ちゃんは母さんのこと、そういうふうに見てたん？　なんで？」

「そんなん初めて会ったときに、すぐにわかったわ。ヒロくんが頭の回転の速いことや、世の中のこと何でもよう知っとるのは、お義母さん似やと思った」

「そうか、そう思ってくれとったんか。母さんは無口でボソボソ話すからか、親父にアホやって年中言われとった。ふーん、由香ちゃんって、やっぱり鋭いな」

そう言って夫は一瞬嬉しそうな顔をしたが、すぐに真顔に戻った。「母さんの実家はとうの昔に畳んだ。ほんやから行くとこないはずなんだわ」

「妹さんがおるやろ」

「あそこは金持ちで敷居《しきい》が高いがな。九十代の舅《しゅうと》がまだまだ元気で家を取り仕切っとるから叔母《おば》さんが苦労しよる」

「ほんなら友だちは？　一人や二人、おるでしょう？」

「高校時代の同級生なら町内にたくさんおるけど、泊めてくれるほど仲がええ人はおらん。町で会《お》うても自慢話する人ばっかりでウンザリするって母さんが言うとったことあるし」

「ほんなら駅前のビジネスホテルは？」

「それはあり得んわ」と、夫はきっぱり言った。「狭い町やからホテルの従業員も顔見知りやし、都会から出張で来たサラリーマン以外は目立ちすぎて、すぐ噂《うわさ》になる」

「嫌やなあ。田舎はどこ行っても人の目がある」

私は生まれてから三十二歳の今日まで、ずっとこの町で暮らしている。幼稚園から高校まで全部公立で、どれも自宅から徒歩か自転車通学だったし、就職後も結婚後も、この町から出たことがない。だから、この世に噂が立たない町があるとしたら、それがどういう雰囲気なのか、本当は想像もできないのだった。

「無理もないわ。あんな親父と一緒に暮らせる人間なんて、この世の中におらんやろ。横暴で、いっつもお殿様みたいに威張り散らしとる」

「うん、確かにちょっとひどいかも。ヒロくんがお義父《とう》さんに似とらんでよかった」

子供は親の夫婦関係を見て育つから、親と同じタイプになると聞いたことがある。

「あんなヤツ、俺の反面教師やもん。絶対にああいう風にならんとこって思って生きてきたんやもん。由香ちゃんも俺に不満があったら速攻で言ってくれよな。不満を溜めまくって、六十歳過ぎてから家出するなんて、絶対にやめてほしい」

夫の悲痛な表情がなんだかおかしくて、噴き出しそうになった。

「親父は、同族経営の小さな工務店勤めやったのに、何をカッコつけとんのか、ワイシャツのアイロンかけには本当にうるさかった。ちょっとでも皺《しわ》が寄ったらあかんてゆうて、母さん、よう叱られとった。それだけならまだしも、何に影響受けたんか、途中から綿百パーセントのボタンダウンのシャツを着ていくようになって、母さんはアイロンかけが一苦労やった。祖父《じい》ちゃんを介護しとって、それだけでもへとへとやったのに」

「クリーニングに出したらよかったのに」

「カネかかるやろ」

夫はアイロンが必要なシャツなんか絶対に着ないし買わない。必ずポリエステル混紡のワイシャツで、アイロン自体を家に置かないという徹底ぶりだ。そして、家事の助けになる最新家電を見つけたときは、お金を惜しまず買うのだった。結婚してすぐ夫が買ったのは電気圧力鍋で、朝会社に行く前に野菜やお肉を入れてスイッチを押しておけば、帰宅後すぐに美味《おい》しいスープが食べられる。食器洗い乾燥機ももちろん設置したし、掃除は円盤型のロボット掃除機に任せている。買い物は休日にまとめ買いすることにしていて、週の途中で野菜や牛乳が足りなくなったときだけ私がパートの帰りに買ってくる。疲れているときは無理せずスーパーで惣菜《そうざい》を買うし、冷凍食品も安売りのときに夫婦で買い出しに行き、大量にストックしてある。もともと簡単な料理しか作らないから夕飯は十五分くらいで出来上がるし、弁当は夫がささっと手際よく、私の分まで作ってくれる。

そういった暮らしをしているから余計に、義父母の暮らしは驚くばかりだった。うちの両親と同世代とは思えないほど古い。うちの母は思ったことははっきり言うし、父は子煩悩《こぼんのう》で、母よりずっと優しいのだ。

「母さんの携帯に電話してみたんやけど、何回かけても出んかった。『心配やから連絡くれ』ってメールだけはしといたけど」

杏菜は暗い空気を察しているかのように、夫が口に運ぶ豆腐を静かに食べている。

夫には決して言えないが……まさか自殺ってことはないよね？

3　霧島郁子

姑から電話がかかってきた。

——お隣の村井《むらい》さんから家を買ってくれんかと頼まれたんやけど、あんたら、どう思う？

隣家が売りに出されたら借金してでも買えと、昔から言われているのは知っている。地続きの土地を手に入れるチャンスは滅多に巡ってこないからだ。

姑の話によると、隣家は老夫婦の二人暮らしだったが、妻が車椅子生活になったのをきっかけに、隣町に住む息子のマンションに身を寄せて半年になるという。売らずに置いておきたかったが、もう誰も住まないから売却した方がいいと息子に再三言われて決心したらしい。

聞けば、夫は村井夫婦とは顔なじみではないという。夫が高校を卒業して上京した後に、隣に引っ越してきたらしい。どんな感じの家だったかを思い出せないのは、隣家との間に畑や庭があって離れているからだろう。

ということはつまり、かなり広い庭が作れるのではないか。定年退職してすぐのとき、チャコと二人でイギリスのコッツウォルズ地方の「イングリッシュガーデン巡り」というツアーに参加した。そこで見たのは、人の手を加え過ぎない自然美を大切にした庭園だった。季節の花々が咲き乱れ、そよ風の吹く中に、白いガーデンテーブルセットが置いてあった。自宅にこんな庭があったらどんなに素敵だろう。そしたら庭のテーブルで毎日お茶が飲めるのに……しかし現実は、せせこましいマンション暮らしで庭などない。叶《かな》わない夢だからこそ一層恋い焦がれたあのときの気持ちが再び蘇《よみがえ》り、切なくなった。

「都会から来たガラの悪い連中に隣の家を買われたら厄介だな」

「それは心配だわ。だけど、うちには隣の土地を買う余裕なんてないし」

「百五十坪で六百万円だってよ。東京じゃ考えられない安さだよな」

「えっ？　それは安いわね。だったら……一応、見るだけでも」

夢が叶うかもしれない。そう思った途端、あの町の長所ばかりが次々に思い出された。駅前には丸太小屋風の洒落た喫茶店があったはず。その隣にあるベーカリーのクロワッサンもまあまあだった。道路が空いていて運転しやすかったし、海に出るのだって一時間もかからなかった。有名な温泉も車で三十分だ。

「ぐずぐずしてたら売れちゃうかもな。悪いけど郁ちゃん、一人で見に行ってくれるか？　だって俺は行けないよ。来月末で辞めさせてほしいって課長に無理を言ったばかりだぜ。アイツ、俺より十五歳も下なのに嫌味ったらしくてさ」

自分一人で夫の実家へ行ったことなど一度もなかった。

「それに、郁ちゃんの方が適任だと思うぜ」

考えてみるまでもなく、トマト一個の値段から家の相場まで見極めがつくのは、長年に亘って家計をやりくりしてきた私の方だ。会社でも四十年近く経理畑一筋だった。とはいうものの、夫の実家に一人で行くのを想像すると緊張した。八十代の姑から見たら、私は都会育ちのうえに「女だてらに」会社勤めをしていて共通点を見いだせないのだろう。結婚して三十年以上も経つのに、いまだに帰省の都度、「すんませんなあ。こんな田舎料理が郁子さんのお口に合うかどうか」などと詫《わ》びるのだった。


新幹線と在来線を乗り継いで姑の家に着くと、夕飯が用意してあった。

「えっ、鰻重《うなじゅう》なんて……お義母さん、すみません。今日は幹夫さんもいないし、私だけですのに、そんな気を遣っていただかなくても」

大金を使わせたことを申し訳なく思ったが、鰻《うなぎ》を食べるのは数年ぶりだったので、思わず生唾をゴクリと呑《の》み込んでいた。

「郁子さん、これは鰻やなくてアナゴですがな。井上《いのうえ》鮮魚店で開いてもらって、味醂《みりん》と醤油で甘辛いタレを作って焼いてみたんやけど、都会の人のお口に合うかどうか」

姑は、私より更に申し訳なさそうな顔になって言った。

卓袱台《ちゃぶだい》に向かい合い、三つ葉の澄まし汁とアナゴ重を食べた。田舎の夜の静寂さの中、互いの咀嚼《そしゃく》音だけが響く。一口目でそれに気づいたのか、姑は慌《あわ》ててテレビを点け、ボリュームを上げた。

食べ終わる頃には、まだ見てもいない隣家を買うことを、私は心に決めていた。こんな静かな家で同居したら、私より姑の方が早々に参ってしまうだろう。どの部屋も八畳以上あるだだっ広い平屋だが、昔ながらの廊下のない造りで、部屋は襖《ふすま》で仕切られているだけだ。奥の部屋に行くには手前の部屋を通らなければならず、昔の日本人は、こんなにもプライバシーのない空間で暮らしていたのかと、訪問するたびに驚くのだった。快適に暮らすには、隣家を購入するしかないではないか。

間取り図によると、隣家は都市部でもよく見かける平凡な二階建てだった。築浅でバリアフリーなのは、終《つい》の棲家《すみか》とするつもりで建て替えたからだと聞いた。

翌朝、地元の不動産屋の営業マンがわざわざ家まで迎えに来てくれて、姑とともに三人で隣家へ歩いて行った。滅多に車の通らない道だが、きれいに舗装されている。道路の向こうを流れる川は、そのまま飲めるのではないかと思うほどの清流で、河原に降りていける石段も整備されている。

視線を上げると、こんもりした山々が遠くに見えた。なんて美しい所なのだろう。

「郁子さん、うちの敷地《しきち》はここまでやから覚えといて。遺産相続のとき揉《も》めたりしたら難儀やからね」

姑が立ち止まって指さした場所には、背の高い棕櫚《しゅろ》がずらりと一列に植えられていた。そこから先は、畑と庭と空き地が渾然一体《こんぜんいったい》となったような土地があり、それが途切れたところに村井家の玄関が見えた。

「いらっしゃい」

玄関前で、八十代と見える老人が出迎えた。

「あら、村井さん、今日はわざわざ？」と、姑が驚いたように言った。不動産屋の男性もキョトンとしているところを見ると、家主が在宅していることは、事前に連絡がなかったのだろう。

「わしゃ、もう暇で暇で。息子んとこはマンションで畑も庭もないから、することがないんだわ。今日は遠い所からおいでになると聞いたんで、せっかくやからわしが家を案内しようと思ってな」と、村井は言った。

「村井さん、暇やなんて。奥さんの世話はええんですか？」と姑が尋ねた。

せっかくのバリアフリー設計なのに、いざ妻が車椅子生活になると息子のマンションへ引っ越してしまった。克服できない段差でもあるのだろうか。将来のためにも聞いておきたかった。

「いや、風呂場もトイレも段差ひとつないですわ」と、村井は得意げに答えた。

「だったらなんで息子さんと同居を？　奥さんが施設に入られて、村井さんは一人になったからとか？」と姑は尋ねた。

「施設やなんて、そんな外聞の悪いことしまっかいな。アレのことは嫁に任せとる」

「えっ、でも、お嫁さんは保育士やなかった？」

「辞めさせましたがな。どうせ安月給やし」

「そんな……」と、姑は何か言いたそうだったが、結局は口をつぐんだ。

「嫁も喜んどります。保育士は重労働で責任が重いのに、手取りが十四万円にしかならんでアホらしかったって。その分、わしら夫婦の年金の半分を家に入れてやっとります」

「あのう……」と、私は思いきって尋ねることにした。「車椅子になっても暮らせる家を建てられたのに、どうして息子さんのところに？」

「それはわしが倒れたときに、女房がわしを介護しやすいようにっちゅう思いやりですがな。女房孝行もちっとはせんとね」と、照れたような表情になって村井は続けた。「若いときは、わしもあちこちで悪さしとったもんでね。これとか」と小指を立てた。そんな仕草を見たのは何十年ぶりだろうか。既に知らない若者もいるのではないか。

「さあさあ、そんなことより、早《はよ》う上がって自由に見ていってください」と村井に促され、姑と私は靴を脱いで家に上がった。

「確か六百万円でしたよね？」

私は念のために尋ねただけなのだが、村井は何を勘違いしたのか、慌てたように早口で言った。

「いや、何というか、その、五十万円くらいなら値引きできんこともないけど」

不動産屋がびっくりして村井の顔を見ている。価格を下げると、仲介手数料もその分下がるからだろう。

「それとね、必要やったら畑を少し潰して駐車場を造ったげる。親戚に土建屋がおるから朝飯前やわ。なんなら台所の壁紙なんかも新しゅうしとくけど？　それで五百五十万円で、どないです？」

そう言って村井は上目遣いで私を見た。

問い合わせが一件もなかったのだろうか。売れずに困っていたところに、隣家の息子夫婦がUターンしてくると聞き、早速姑のところへ頼みに来たのかもしれない。ガラの悪い都会人に買われてしまうという夫の心配は杞憂《きゆう》だった。そもそも町内はどこもかしこも空き家だらけだという。

「縁側は東南向きで日当たりも抜群やし、洗濯物も乾きやすいですわ」と、村井は売り込みに必死だ。

一階には水回りと十五畳のリビングと床の間つきの広い和室があり、二階には八畳の洋室が二つある。夫にも見てもらおうと、スマートフォンでビデオ撮影した。姑も後ろからついてきて部屋を興味深そうに見渡している。

そのあと庭に出た。二メートル四方もありそうな大きな石と、私より背の高い灯籠が目に飛び込んできた。

「この灯籠と伊予青石《いよあおいし》は、石屋を何軒も回って決めたんですわ。高かったけど思いきって買ってよかった」

村井は自慢げに言うが、興味はなかった。

東京ではついぞ持ち得なかった英国風の庭に夢を抱いていた。可憐《かれん》な草花が咲き誇る中に小道を造り、木製の素朴なベンチを置きたい。そのうえ四阿《あずまや》があれば、どんなにステキだろう。過ごしやすい季節には、朝食や昼食を庭で摂《と》ろう。田舎の人にとって、わざわざ庭で食べようとする気持ちは理解できないと何かで読んだが、東京で生まれ育った私にとっては、この上ない贅沢なのだ。

生まれて初めて自分の庭を持てると思うと、どんどん想像が膨らみ、知らない間にニヤけてしまうほどだった。先週は池袋《いけぶくろ》にある大型書店に行き、イングリッシュガーデンのきれいな写真集を見つけた。三千二百円もしたので散々迷って店内をウロウロした挙げ句、エイヤッと買ったのだった。

「見事な枝ぶりですねえ。この松なんかすごい。ねえ、霧島さん」と、営業マンが同意を促す。

「ええ、まあ」と仕方なく応じると、我が意を得たりとばかりに村井の顔が綻んだ。

「年に二回ほど植木屋に来てもらっとります。剪定《せんてい》費用は二万円くらいやが、自慢の松やから苦にならんですわ」

私は苦になるのよ、と心の中で言った。松の木などに興味はない。私は果実の生《な》る木や、金木犀《きんもくせい》やクチナシみたいな香りの良い木を植えて、都会では成し得なかった、季節を感じる暮らしをしたいのだ。

「この庭は、わしの分身みたいなもんですわ。そやから、ときどき見に来ますわ」

「は？」

村井をつい凝視してしまった。

この庭を引き継いで大切に維持していくと信じているらしい。いったん家を手放したら他人のものだと頭ではわかっていても、納得できていないのではないか。

この機会に、庭の改造計画を伝えておいた方が、却《かえ》って親切ではないだろうか。

「私どもが買うと決めたときには、すみませんけど、この大きなナントカ石や立派な灯籠や庭木も、誰かに譲るか処分するかしてもらえませんか？　私は無花果《いちじく》や柿の木を植えたり、色んな花を育てようと思っているんです。テーブルや椅子も置きたいですし」

イングリッシュガーデンという言葉は知らないだろうと思ったので、具体的な例を出した。

「要するに、洋風の庭にするってことですか？」と、村井は目を見開いて私を見た。

「洋風とか和風というより、自然のままの美しさを大切にすると言いますか」

「ほう、それはいくらなんでも、ちょっと……」

納得できかねるといった表情で、村井がさらに何か言おうとしたとき、営業マンが怖い顔で「村井さんっ」ときつい調子で呼びかけた。ここでゴチャゴチャ言ったら、もう未来永劫《えいごう》あなたの家は売れませんよと、その厳しい目つきが語っている。

「アハハ。そうおっしゃるんなら、はい、わかりました。まっ、灯籠や松を欲しがっとる知り合いはたくさんおるから、せいぜい高《たこ》う売りつけますわ」

午後になり、帰りの新幹線の中で考えた。姑が住む家は、部屋が襖で仕切られている造りだから、同居するのは厳しい。移住するなら隣家を買うしかない。築浅物件だし破格の安値だ。だが預金がごっそり減ってしまうことに一抹の不安を覚えていた。だったら、いっそのこと東京のマンションを売ったらどうだろう。だけど、板橋《いたばし》区でコンビニエンスストアを経営する両親は反対したのだった。

――田舎暮らしが嫌になる日が来るかもよ。マンションは残しておくべきだわ。

母は繰り返しそう言った。それというのも、母自身が北陸の山間部の出身で、田舎でのつき合いの煩わしさを嫌というほど知っているからだ。

自宅マンションの最寄り駅に着き、寿司《すし》のパックと赤だしのカップ味噌汁を二個ずつ買って帰った。

「五十万円の値引きで五百五十万円か。東京じゃ考えられない値段だな」と、寿司を食べながら夫が言った。

「貯金がごっそり減るのが不安なの」

「だったら郁ちゃん、このマンション、査定だけしてもらおうよ、一応さ」

売ってしまったら東京に拠点がなくなる。だが残しておけば、共益費や修繕積立金だけでなく、電気、ガス、水道などの基本料金もかかり続ける。インターネット料金やNHK受信料も必要だ。だったらマンションは手放した方がいいのではないか。なんせ庭付き畑付きの一戸建てを手に入れるのだ。あの家が東京都心にあったら三億円出しても買えないだろう。それが五百五十万円で買えるのだから。

「郁ちゃん、売るかどうかは別にして、このマンションが今どれくらいの価値があるのかを知っておくのは必要なことじゃないかな」

夫がさらに言ったので、不動産屋に見積もりに来てもらうことにした。

訪れたのは、細身のスーツを着こなした若い営業ウーマンだった。

「ざっと拝見いたしましたところ、千五百万円くらいですね」

夫はショックを隠し切れないのか黙り込んでしまった。購入時は五千万円だったのだから無理もない。

「築三十年ともなると仕方がないんだろうね」と、夫は自らを慰めるようにつぶやいた。

「いえ、築年数より場所です。主要駅から徒歩三分以内であれば、新築当時より高値がつくことも珍しくありません。ですが駅からバスとなりますと、数年先には一千万円を切るかもしれません」

「え」と夫は言ったきり、切なそうに目を伏せた。

「つまり、一日でも早く売った方がいいということですか？」と私は尋ねながら、焦らせて早く売却させようったって、その手には乗らないわよ、そんな口車に乗るほどバカじゃありませんからね、と心の中でつぶやいた。

「おっしゃる通り、売るなら早い方がいいですが、長年のご近所づき合いもおありでしょうし、お子様たちの思い出も詰まっているでしょうから、手放さずに大切に持っておかれたらどうでしょう」

営業ウーマンはそう言うと、横目でチラリと壁の時計を見た。早く帰りたそうだった。つまり、売れてもたいした儲《もう》けにならないし、それ以前に買い手がつかないかもしれないから宣伝費がもったいない、ということなのか。

ついさっきまで口車に乗るものかと身構えていたが、急に不安になってきた。とはいえ、やっぱり安値では売りたくない。

——これまで節約を重ねて繰り上げ返済に励んできたお前の人生は、全て無駄だったのだ。

そう突き付けられた気がして、いきなり悲しくなってきた。

営業ウーマンが帰っていってから、夫に言った。

「千五百万円だなんて、過去の自分があまりに可哀想すぎるよ」

「だよな。だったらしばらくは売らずに様子を見るか」と夫は続けた。「田舎に引っ越したら、たまには都会の空気を吸いたくなることもあるだろうから、ここは残しておこう」

「でも……」と私は考えた。「このままだと、どんどん値が下がるって言ってたよね」

「終《しま》いにはタダでも売れなくなるかもな」

「理事会で長年もめてた修繕積立金、とうとう来年度から倍増だよ。だったら……」

年金も多くはないし、さっさと売ってしまった方がどう考えても得策ではないか。

「郁ちゃん、この際、思いきって売っちゃうか？」

「なんか悔しい」

「同感。だけど、どんどん安くなっちゃうなら今が売りどきかも」

これで、もう東京には戻れない。

でも、きっと大丈夫だ。私なら、どこへ行っても創意工夫してそれなりに暮らしていける気がする。干支《えと》が一回りして還暦になったのだから、今こそ人生の舵《かじ》を切ろうじゃないの。

マンションを売ったお金で、一回くらい夫と海外旅行するのもいい。

うん、それがいい。そうしよう。それしかない。

前向きな気持ちになろうと、自分を無理やり鼓舞《こぶ》していた。


目が覚めたとき、障子を通して柔らかな朝日が差し込んでいた。

昨夜は姑の心尽くしの夕飯を御馳走《ごちそう》になり、そのまま実家に泊めてもらったのだった。今日の午前中に、東京からの引っ越し荷物が届くことになっている。

朝食を済ませ、夫と二人で隣家へ向かった。

広い畑の隅が平坦《へいたん》に均《なら》してあり、駐車場に造り替えられていた。村井はきちんと約束を守ってくれたらしい。

次の瞬間、私は思わず立ち止まった。「えっ、なんで？」

灯籠とナントカ石が依然として残ったままだった。堂々とした枝ぶりの松の存在感も相変わらずだ。村井には引っ越しの日を伝えたはずなのに。

「間に合わなかったのかな」と夫も首を傾《かし》げる。

家の中に入ってみると、どの部屋も壁紙が新しくなっていた。私が希望した通りの薄いベージュだ。だが、台所には電子レンジが置かれたままで、リビングにはテレビまで残っていた。

村井の年齢を考えると、多少もたもたするのは仕方がないのかもしれない。私は経理課での勤めが長かったから、約束や期限は絶対に守るという慣習の中で暮らしてきた。だからか、他人にも自分にも時間に厳しすぎるところがある。

まもなく引っ越しのトラックが到着し、夫と二人で荷解《にほど》きをしていると、「なんか手伝うことがありゃせんかと思って」と言いながら、割烹着《かっぽうぎ》姿の姑が来てくれたので、食器を棚にしまう作業を頼んだ。

しばらくすると、家の前に車が停《と》まる音がした。滅多に車が通らないから、すぐにわかる。

「お邪魔しますよ」と、村井は勝手知ったる家とばかりに無遠慮に上がり込んできた。「駐車場のポールの上げ下げや雨戸の開閉のやり方を教えとかんと」

「それはわざわざありがとうございます」と夫が応対した。

「それとね、電子レンジとテレビはまだ使えるから譲ってあげます」

村井は満面の笑みだった。私たちが断るなど夢にも思っていないのだろう。

「お気持ちはありがたいんですが、引っ越し荷物の中にもありますので」

「そう遠慮せんと。息子夫婦と同居しとるから要らんのだ。無料でええですわ」

東京から運んできたオーブンレンジの方が高機能の高級品だし、テレビもずっと大きい。

「すみませんが、持って帰ってもらえませんか？」

迷惑なんですという言葉は、かろうじて呑み込んだ。

「郁ちゃん、せっかくだし、ね？」と、夫が私の顔を覗《のぞ》き込む。

——は？　幹夫、何を言ってるの？

村井の前だったから口には出さなかったが、くるりと村井に背中を向けてから、思いきり夫に向かって顰《しか》め面《つら》をしてみせた。私の怒りに気づいた夫は、コホンと咳《せき》ばらいをしてから言った。

「その、えっと村井さん、すみません。うちも家電は全部揃《そろ》ってますので、お気持ちだけいただいておきます」

いいぞ、さすが我が夫だ。

「そんなこと言われたって困るわ」と、村井は戸惑っている。

「そちらで処分してもらえますかね」と、夫が穏やかに微笑《ほほえ》みながら言った。

「ほんだって故障もしとらんのに捨てるわけにもいかんし」と村井もしつこい。

　背後で姑の大きな溜め息が聞こえた。夫はと見ると、宙に目を泳がせている。引っ越してきたばかりの忙しいときに、こんなどうでもいいことで時間を食っていたら、夕飯の準備もできず寝室も整わず、またしても今夜も姑の家で世話になる羽目になる。姑も疲れているだろうに……そう思った私は言った。

「村井さん、ご親切ありがとうございます。でも本当に要らないんです。うちのテレビは五十型の４Ｋですし、オーブンレンジもスチーム機能がついているものしか使いませんので、すみませんが」

　それに比べて、村井のテレビは三十二型だし、電子レンジも温めるだけの簡単機能の代物だ。置いていかれたら本当に面倒なのだ。電気店や市役所に処分を依頼する手間もかかるし、処分代も安くはない。

「確かにわしのは安物かもしらん。ほんでも実際問題、そんな一方的なこと言われても、わしだって迷惑だわ」

　このウンザリ感……こんなつまらないことで言い争った経験がここ何十年も自分に

まごはないように思う。同じマンションの住人は誰しも周りに迷惑をかけまいと、こまごまと気を遣って生活していた。今さらだが、いかに常識のある人々に囲まれて暮らしてきたのかと思う。去るには惜しいコミュニティではなかったか。そんなことに初めて気づいて愕然としていた。

「それと、灯籠や松の木も片づけてくださいますか？」

「欲しい人がおらんか、一応知り合いに聞いてはみるけど」

村井は不機嫌な顔を隠しもせず、そう言いおいて帰っていった。どうせなら、家電を自分の車に積み込んでから帰ってほしかった。

「郁ちゃん、さっきの言い方はマズいよ。ここは東京じゃないんだから」

「だって非常識なのは向こうの方でしょう」

「それはそうかもしれないけど、田舎にはつき合いってものがあるからさ」

すぐ隣で食器の荷解きをしている姑の沈黙が、さっきから気になっていた。姑が長年に亘って築いてきた人間関係を、私は一瞬で壊してしまったのではないか。

「お義母さん、すみませんでした。私、言い方がきつかったかもしれません。でも、やっぱり要らない物は要らないですし」

姑が返事をしない。

「あのう、お義母さん、私はいったいどうすればよかったのか……」

「そんなこと気にせんでええ」と姑は荷解きの手を止めてこちらを見た。「郁子さん、あんたは私が思っとった以上に立派な女の人だわ。村井の爺《じい》さんには、あれくらいはっきり言わんといけん。ほんにスカッとした」

そう言うと、姑は満面の笑みになり、ククッと声を出して笑った。

「え？　そうですか？　それなら良かったですけど……」

「不動産屋に相談してみるよ」と、夫は担当の営業マンに電話をかけて経緯を話し始めた。

――大変申し訳ありません。村井さんは、いったいいつまで自分の家だと思っとるんだか。今からすぐそちらに向かいますんで。

その三十分後、営業マンは造園業者と石屋を引き連れて現れた。小型のブルドーザーは松を根こそぎ掘り起こし、ナントカ石と灯籠は太い縄でぐるぐる巻きにされてクレーンで吊《つ》られてトラックの荷台に載せられた。

「請求はすべて村井さんにいきますからご心配なさらんよう」と、営業マンは何度も頭を下げてから帰っていった。

その夕方、東京で買ってきた菓子折りを持って、村井家とは反対側の隣家である森《もり》口《ぐち》家に挨拶に行った。老夫婦の二人暮らしだと聞いている。

「あらまあ、幹夫ちゃんやないの、久しぶり」

「こんにちは、おじさんもおばさんもお元気そうで」と夫が言う。

「フミさんが羨ましいわあ。うちんとこは息子は大阪、娘は京都におって、定年後も帰ってくるつもりはないみたいやもん」

妻はにこやかに言いながらも、私の頭のてっぺんから爪先まで忙《せわ》しなく視線を往復させている。

「うちの主人は森口靖《やすし》、私は泳子《えいこ》っていいますの。よろしゅうに」

そう言いながら私の目をやっと見た。その隣にいる夫は微笑んで会釈《えしやく》した。

「郁子と申します。こちらこそよろしくお願いいたします」

「若い人が帰ってきてくれて、ほんに嬉しいですわ」と泳子は言った。

「おばさん、俺もう六十ですよ。若くないです」

「六十代はまだまだ若い」と、森口氏が口を開いた。

「ここらへんは八十代、九十代の老人ばっかりやもん。幹夫ちゃんにスーパーやら病院やら連れて行ってもらえると助かるわあ」

「おい、泳子、何を図々《ずうずう》しいこと言うとるんじゃ」と、森口はびっくりしたように目を見開いて言った。

「ついでのときだけやん。幹夫ちゃんが買い物に行くときに、ちょこっと声をかけてもらうくらいはええでしょう。あんたももう免許返納したんやから」

「いやいや、それはあかん。ついで言うても幹夫くんらの心の負担になる」

「この人、いっつもこうなんよ。何でもかんでも難しゅう考えすぎやわ。呆れるやろ？　できたらドライブのときも誘ってもらえると嬉しいんやけど」

「え？」と、我が夫は小さく言った。

「何年前やったかな、お盆で帰省しとった幹夫ちゃんに駅前のスーパーで偶然会ったやろ。そのとき帰りに乗せてもらったことがあったやんか。ええ天気やったからドライブがてらにって遠回りしてくれたやん」

「おい、泳子、帰省とUターンとはワケが違う。幹夫くんは今後もこっちで暮らすんやぞ。これからは長いつき合いになる。わしらはわしらで自立して生きていかんと」

「ほんだって、タクシー呼んだら高《たこ》うつくし」と、泳子は口を尖《とが》らせた。

「絶対にあかん。重たい食品は生協で宅配してもらお。病院行きの乗り合いタクシーもある。そもそもわしらは毎朝ウォーキングしとるくらい元気やないか」

「ご主人、ご立派ですね」と、思わず私の口から出ていた。

「いやいや、当たり前のことですがな。自分の息子に頼むんならまだしも、ほんにコイツが図々しいこと言うてすんません。忘れてください」

「そら私だってわかっとるよ。わざわざ車を出してくれって言うたりせんよ。あくまでも、ついでのときやわ」

「だから、そういうのが心の負担になるんやって」と森口氏は言った。

「この人、変わりモンでしょう？　昔から大げさなんですわ」と、泳子は夫をバカにしたように笑った。

私はハラハラしていた。人の好《よ》い我が夫が、「スーパーに行くくらいお安い御用ですよ」などと言うのではないかと心配で。親切にしたい気持ちはあるが、一度約束してしまったら、必ず毎回声をかけなくてはならなくなる。

さすがに夫もそう思ったのか、曖昧に微笑むだけで、最後まで安請け合いの言葉は言わなかった。

4　落合由香

またヒロくんのお父さんが訪ねてきた。

いつも突然で、都合はどうかと前もって尋ねてくれたためしがない。それも夕方の忙しい時間帯に来るのだ。

これが義母なら、杏菜をあやしてくれたり洗濯物を取り込んでくれたりするのだが、義父は大きな声で杏菜に話しかけて泣かせてしまうのがオチだった。あやしてくれようとするだけでも感謝すべきなのかもしれないが、忙しすぎて、つい苛々《いらいら》してしまい、優しい心を持てなくなっている。

「お義父さん、夕飯、食べていかれますか？」

ハンバーグを焼きながら、一応は尋ねてみた。聞いたところで、「メシは要らん。お茶だけくれ」と答えるはずだ。いつものことだからわかってはいるが、尋ねないわけにはいかない。義父は、周りに持ち上げてもらわないと生きていけない人だからだ。昔の男は本当に厄介だ。だが実家の父も義父と同世代なのに、そういった歪《ゆが》んだプライドがないから、母は義母より何倍も幸せだと思う。

「ハンバーグか……そこまで言うんなら、せっかくだからご馳走《ちそう》になろうかの」

「えっ、本当に食べていくんですか？」

びっくりして思わず勢いよく振り返ってしまった。すると、義父はガスレンジのところに近づいてきてフライパンを覗いた。

「なんや、二個か。夫婦の分だけしか焼いとらんのか。ほんならわしはいらん」

「すみません。でもお義父さん、もともとハンバーグなんて好きやないですよね。ご飯と味噌汁ならありますけど。塩昆布とか海苔《のり》も。よかったらハムエッグでも？」

「ほんなら塩昆布と卵かけご飯にするわ。それで十分や」

いつもとは違い、沈んで見えた。

「今お茶淹れますね。それで、あのう、お義母さんから連絡は？」

恐る恐る尋ねてみた。

「いや、まだ何も」

それ以上聞くのが憚《はばか》られる雰囲気だった。

「それにしても、霧島家の嫁は相当な変わりもんらしい」と、義父は話題を変えた。

霧島家の話ならこの前聞いたばかりだ。義父の囲碁友だちで市議会議員でもある村井の爺さんが家を売ったのだ。買ったのは、定年退職を機に東京から戻ってきた隣家の息子夫婦だという。

「村井の爺さんが丹精込めて作った庭を全部潰しちまったんやと。立派な石も灯籠も自慢の松も、東京モンの嫁が要らんて言いよったらしい。仕方がないから造園業者に売りつけようとしたら、『タダでも要らん』と言われたんやと。今どきは業者でも処分に困っとるんや」

「もったいないわあ。そのお嫁さん、いったい何を考えとるんやろ」

私はそう言いながら、ハンバーグが焼けたのでフライパンから皿に移した。

「大きな石は地震のとき危ないって東京モンの嫁はんが言うたらしい」

「あ、なるほど。それは一理ありますね」

「何を言うとる。一理なんかあるかいな。地震なんて大げさなこと言うて」

「えっ、でも……」

地震のニュースで、墓石が軒並み倒れているのを見たことがある。

「そのうち日本庭園の良さに目覚めるはずやと思ってたのに、さっさとブルドーザーを呼んで、処分代二十五万円も請求されたらしい」

「えっ、そんなに？　それで、村井のお爺さんは払ったんですか？」

「そら、払わなしゃあないわな。不動産屋の営業マンが毎日来てうるさいのなんのって。契約時の約束を守ってもらわんと困りますって」

「えっ？　庭石や灯籠を処分するのも契約に入っとったんですか？」

「そうなんじゃ」

「だったら仕方ないやないですか」

そのとき、玄関ドアが開く音がした。

「ただいま」

夫が帰ってきた。「おっ、親父、また来とったんか」

「例の東京から来た霧島の嫁のことを話しとったんじゃ。親切に譲ってやった電子レンジやテレビも捨てたらしくて、村井の爺さんカンカンじゃわ」

「だって要らないんだろ？　東京から持ってきたんだろうし」

夫は神奈川県にある大学を出ているから、今もときたま標準語が混じる。

「嫁はんが言うには、東京から持ってきたテレビの方がずっと大きいし、電子レンジも上等やと。馬鹿にしおって」

「へえ、都会の人ははっきりしとるって聞いたことありますけど、それにしても、その言い方は……」

会ったことはないが、人を見下すような言い方をする女なら、あまり関わらない方がいいだろう。

「そんなことより親父、母さんのこと心配じゃないのか？」

「心配してやる必要はない。アイツにはもう実家もないし、行くとこがないから、結局は家に帰ってくるしかないんやから」

「母さんが帰ってきたら、今度こそ優しくしてやってくれよ。親父みたいな亭主関白、今はもう通用しないよ」

「わしは結婚以来一度だって暴力を振るったこともないし、給料も全部家に入れてきた。何の文句がある」

「親父はいっつも偉そうやった。母さんのこと奴隷みたいにこき使って」

「奴隷？」と、思わず私は口を挟んでいた。

「いや、奴隷は言い過ぎか。家政婦って言った方がいいかも」

「わしは真面目に働いてきたんじゃ。こっちが感謝してもらってもバチ当たらんわ」

「俺は子供の頃から母さんが可哀想で仕方がなかったよ」

義母の瑞恵《みずえ》は、嫁いですぐ姑の介護係になったと聞いている。介護保険制度のない時代だ。姑の世話は十年近くに及び、姑が亡くなったと思ったら、すぐあとに舅《しゅうと》が倒れたので、間髪を容《い》れずにまた介護生活が始まった。舅が亡くなってホッと息をついたのも束《つか》の間《ま》、同居していた義父の独身の姉が倒れ、またしても介護が始まったらしい。

「お前に何がわかる。わしは妻子のために一生懸命働いてきたんだ」

「もういいよ。親父には話が通じない」

義父は絶対に意思を曲げない。相手の立場に立つこともない。

そんな義父を見るにつけ、姑の時代に生まれなかっただけでも、私は幸運なのだと、つくづく思うのだった。

5　霧島郁子

市議会を傍聴したのは偶然だった。

図書館で本を借りた帰りに、なんと、私としたことが建物の中で迷子になってしまったのだ。それというのも、図書館は小さな町には不似合いなほど立派な複合施設の中にあり、市役所だけでなく、小さなコンサートホールまである。地価が安いからか、広大な敷地に三階建てという贅沢な低層の造りで、ワンフロアが広大で迷路みたいになっている。

東京の区役所は、狭い土地に地上二十八階、地下四階建てのタワー棟で、ワンフロアが狭く、階ごとに課が分かれていたからわかりやすかった。そのうえ案内表示板があちこちにあり、迷う余地がなかった。ここにも案内表示があるにはあるが、なぜか現在地が示されておらず、自分が今どこにいるのかわからなくなってしまった。

歩き疲れてしまったとき、目の前に大きなドアが現れたので、ロビーに通じているに違いないと思って押し開けてみると、電気がついていない暗い部屋に椅子がたくさん並んでいた。またしても間違えたらしい。

すぐに出て行こうとしたそのとき、「早《はよ》う嫁に行かんとあかんぞ」という声と、下卑《げび》た笑い声が下の方から聞こえてきた。前方を見ると手すりが見えたので、近づいて下を覗き込んでみると、どうやら自分は市議会の議場の中二階にいるらしいとわかった。たぶんここは傍聴席なのだろう。

質問席に若い女性が立っていた。黒のパンツスーツ姿で、小柄でほっそりとしている。市議会議員は二十人ほどで、年寄りの男が多かった。平均年齢は七十歳、いや、もしかして八十歳前後かもしれない。男ばかりの中で女性議員はというと、いま質問席に立っている若い女と、後方の席に銀髪の女が一人いるだけだった。

「梨々花《りりか》ちゃん、このまま歳取って枯れたらミサオさんみたいになるぞ」

またどっと笑いが起こった。ミサオというのは誰のことだろう。まさか、あの後方の銀髪の女性のことじゃないよね？　いくら何でも、そこまで露骨なことを、それも本人を前にして言う男はいないだろう。

それにしても、嫁に行けなどというパワハラやセクハラ全開のヤジが飛ぶなんて、まるで昭和時代にタイムスリップしたみたいだ。いまだにこんな議会があったとは。

昭和時代の国会中継の様子なら、今でも鮮明に覚えている。野党の女性議員が質問に立つと、「だから男にモテないんだ」だとか、「悔しかったら結婚してみろ」などのヤジで、質問の声がかき消されるほどだった。

そのとき、子供心にも強烈に刷り込まれたこと――女は結婚しないと一生バカにされる――は、思い出すたびいまだに嫌な気持ちになる。

だが、あれから平成時代を経て令和になり、世の中は変わった。

それにしても、「このまま歳取って枯れたらミサオさんみたいになるぞ」だなんて、ああ、嫌だ。嫌でたまらない。足の裏からゾッとするような嫌悪感が体中を駆け巡る感覚があり、思わず自分の両肩を抱いてブルッと身震いしていた。

こんな時代遅れの町でこれからずっと暮らしていけるのか、自分。

こんな田舎に移住してきたのは間違いだったのではないか。

でも……東京のマンションはもう売ってしまったのだった。

ああ、なんで売っちゃったんだろ、私のバカ。

いやいや、大丈夫でしょ。だって、こんなジーサン連中と接点を持たなきゃいいだけの話じゃないの。しっかりしてよ、自分。

この前スーパーで買い物していたとき、遠くからじっと私を見ている男性がいた。見ると、前の家主の村井だった。私は気づかないふりをして手早く買い物を済ませてさっと店を出たのだった。

うん、あれで良かったのだ。ああいった類いの人たちを避けて暮らしていけばいい。だって、ああいう人たちは、市民のほんの一部なのだ。その証拠に、夫の幼馴染《おさななじ》みや高校時代に仲の良かった友人たちに会ったことがあるが、みんな常識のある感じのいい人ばかりだった。

振り返ってみれば、私の人生、心配性のせいで取り越し苦労が多かった。結果はとみれば、案ずるより産むが易しの日々で、心配するのは時間の無駄だと学んできたはずだ。

「いよっ、梨々花ちゃん。そんな難しい顔したらあかん。梨々花ちゃんの笑顔を見るのが楽しみで来とるんやから」

議長席の男も苦笑するばかりで、注意さえしない。それどころか船を漕《こ》ぐ議員が少なくとも三人、隣席同士での勝手なおしゃべり、なぜか席を離れてウロウロしている議員までいる。まるで小学校の学級崩壊クラスのようだ。

「ズボンやのうて、スカート穿《は》いてきてほしいわあ」

「村井さん、もうやめましょう。そういうの、セクハラですよ」

そう言ったのは白髪交じりの男性だった。まともな男性もいるらしい。そういえば、さっきから下品なヤジを飛ばしているのは村井と呼ばれた老人だけだ。とはいえ、周りで笑う議員も同罪なのだが。

えっ、村井？　まさか……。

いや、同姓の人間はごまんといる。あんな非常識な男が市議会議員のはずがない。そうは思うが気になって、再び下を覗き込んでみたが、議長席の並びや質問席の顔は見えても、他の議員たちは後頭部と背中しか見えなかった。

「セクハラ、ですか？　さすがインテリの高田《たかだ》さんですなあ」

そう言って、村井と呼ばれた男は、わざとらしいくらい大きな声で笑い飛ばした。

男性議員のほとんどが紺かグレーのスーツを着ているが、長年の人生が身なりにも表れるのか、後ろ姿だけでも着慣れていないヨレヨレ感が伝わってくる。だが村井にインテリと言われた男性のスーツだけは皺ひとつなく清潔感があり、知的な雰囲気が漂っていた。しかし残念なことに、村井に比べると線が細く弱々しく見えた。

「本音を言うと、嫁には行かんといてほしい。梨々花ちゃんはわしらのマスコットなんやから」

まだ言うか。

若いときなら、下品なヤジに怒りまくっただろうが、長年耐え続けて生きてきた中で既に諦念《ていねん》の域に達していた。そして全く別の楽しいことを考えて、落ち込む気持ちを引き上げるという訓練を小学生のときから五十年近く重ねて今日まで生きてきた。

それなのに……救いに行かなくちゃと正義感の泡みたいなものが腹の底からぶくぶくと湧《わ》き出てきて、口の中はカラカラに渇いている。

なに言ってんの。私には関係ないんだってば。

だけど……あの梨々花という女性が、うちの娘だったらどうする?

そう考えた途端、ひどく動揺した。

いやいやいや、だからさ、あの子はうちの娘じゃないんだってば。

理美、亜美、涼美……三人の娘を次々に思い浮かべた。それぞれ性格は異なるが、少なくとも亜美と涼美なら、こういった場面では絶対に黙ってはいないはずだ。それ以前に、あんな低レベルの男どもにナメられたりしないだろう。

でも、理美だったら？　いや、大丈夫だ。だって理美なら間違っても議員になったりしないもの。気の弱いところはあるけれど、危険を敏感に察知して、それを避けて目立たずに生きていく能力に長《た》けているはず。うん、つまり三人とも大丈夫だ。

そう自分に言い聞かせたことで、気分が少し落ち着いてきた。

「梨々花ちゃん、ええ男、紹介したろか」

もうホント、いい加減にしなさいよっ。

心の中でそう叫んだとき、ガタンと大きな音をさせてしまった。さっき図書館で借りたばかりの大型本『庭の楽しみ』が入ったトートバッグが腕から滑り落ちていた。議員たちが一斉に中二階の傍聴席を見上げ、数人と目が合った。訝《いぶか》しげな目つきだった。

傍聴に訪れる市民など滅多にいないのだろう。そういえば、警備員さえいないではないか。そもそも大勢の市民に見られているとしたら、あんなふざけたやり取りはできないはずだ。議事録をとっているのにおかまいなしだ。それとも、そんなことは気にもかけないくらい厚顔無恥なのだろうか。田舎で暮らす年寄りたちがパワハラやセクハラの概念を理解するのは、もはや不可能なのか。

「あっ、あんた、もしかして」

下から声が聞こえてきたので、目を凝らして見ると……なんと、あの村井だった。

灯籠の、ナントカ石の、小さいテレビの……あの村井だった。

市議だったとは知らなかった。どうして姑は教えてくれなかったのだろう。あんな男が市議を務めているなんて私が知ったら、移住早々この町が嫌になるだろうとでも考えたのか。

私は咄嗟《とっさ》にくるりと背を向け、さっき入ってきたばかりのドアに突進した。

――私はこんな連中とは今後一切関わり合いませんっ。

心の中で決別宣言をしていた。

私も歳を取ったが、「あんな老人に今さら何を言ってもわかりゃしないよ」などと若者から諦められる村井のような存在にはなりたくない。「あんたは時代遅れなんだよ、みんな迷惑しているんだ」と思われているのであれば、具体的にきちんと指摘してほしい。私ならきっと反省して――ひどく傷ついて落ち込むだろうけど、でも三日くらい経てば――自分の行動や言動を変えるよう努力するだろう。

それができる人間とできない人間の境目はいったいどこにあるのか。さっき、村井は「インテリの高田」からセクハラだと注意されたのに、反省するどころか、相手を馬鹿にしたようにせせら笑った。村井の辞書に反省という言葉はない。いや、辞書そのものを持っていない。

やっとロビーに辿《たど》り着いた。吹き抜けのある広い場所に、ぽつんと一人だけだった。真っすぐ家に帰る気になれず、自動販売機で緑茶を買ってソファに座った。大型本を膝の上で開いてみるが集中できない。さっき見た光景が衝撃的すぎた。

日本にこれほど旧態依然とした地域がまだ残っていたとは……。

あれ？　待てよ。

都議会でもほんの数年前に同じようなことがあったのではなかったか。それに、女性議員が一人もいない市町村がたくさんあると何かの記事で読んだことがある。それを考えたら、この町は女性議員が二人いるから、まだマシな方なのかもしれない。

胃の辺りが重くなってきた。今朝はリンゴ一個しか食べていないのに。

あ、わかった。いつものアレだ。絶望クンだ。そうだ、絶望クンがやってきて、私の胃をじわじわと侵食し始めたのだ。人生でいったい何百回目だろう。

質問席にいた梨々花という若い女性が、いまだにあんな目に遭うということは、孫たちが成長したときも日本は変わらないままってことなんだろうか。きっとそうだ。そうに決まっている。その証拠に、私が小学生の頃から「今はまだ過渡期だから男尊女卑は仕方がない」と言われ続けてきた。

あれから五十年も経つ。五十年といえば半世紀だ。

ねえ絶望クン、あなたとは死ぬまで、いや孫の代まで仲良しでい続けるようだよ。

議会が終わったのか、ロビーに議員たちが次々に姿を見せた。三々五々帰っていく彼らの背中を、観葉植物の葉っぱの隙間から観察した。楽しげに談笑する村井を見つけて猛然と腹が立ってくる。呼び止めて殴ってやりたい衝動にかられた。

再び私一人になったとき、ロビーは静寂に包まれ、『庭の楽しみ』のページをめくる音だけが響いた。

足音が聞こえた気がして顔を上げると、梨々花がいかにもしょんぼりといった感じでうつむいて歩いてくるのが見えた。質問席に立つために、たくさんの資料を準備したのか、書類を重そうに胸に抱えている。真摯に質問しても、バカにされ茶化されるのでは、落ち込むなという方が無理だ。

梨々花は、ロビーに誰もいないと思って油断しているのか、大きな音を立てて洟《はな》を啜《すす》った。次の瞬間、顔を上げた梨々花と目が合った。頬が涙で光っていた。梨々花はさっと目を逸《そ》らし、早足になって出口へと急いだ。

「ちょっと待ちなさいよっ」

ロビーは声が響くらしい。自分の声とは思えないほど大きくてドスが利いていた。

梨々花はビクッと肩を震わせて振り返り、目を見開いて私を見た。

「あの……私のこと、でしょうか？」と、消え入りそうな声で尋ねる。

私は本をソファに放り出し、つかつかと彼女に向かって歩いていった。

「あなたね、あんなこと言われてどうして黙ってたの？　言い返しなさいよっ」

言った傍から後悔していた。私には関係ないんじゃなかったの？

これ以上、関わるな、この町にいづらくなるぞと、もう一人の自分が警告する。

だが止められなかった。

「今さらメソメソしたって意味ないじゃない。どうせなら議場で泣き叫んでやりゃあよかったのよっ」

口にすればするほど怒りが再燃してきた。

おい自分、もう言うな。もうやめろってば。

「なんで愛想笑いばかりしてたのよ。だから女はナメられるのよっ」

「……すみません」と、梨々花の声はさらに消え入りそうになった。

落ち着こう。

深呼吸しなくっちゃ。

梨々花が悪いわけじゃない。被害者なのだ。

梨々花を追い詰めるのは間違っている。

抗議すべきは、あのジジイどもじゃないのか。それなのに村井たちをやりすごして弱者に向かうなんて、それはつまり、言いやすい相手にストレスをぶつけているってことだ。なんて卑怯《ひきょう》なんだ、自分。

大きく息を吸って、ゆっくり吐いたからか、「あなた、議員になって何年目？」

と、打って変わって穏やかな声で尋ねることができた。

「はい、えっと……三年目に入ったとこですけど」

「はあ？　つまり丸二年も議員やってきたってこと？　だったら、いい加減、学びなさいよっ」

あ、またしても激昂《げっこう》してしまった。

さっきのジジイどもと同レベルじゃないのか、自分。

「はい……おっしゃる通りです。すみません」

そう言うと、梨々花は一礼してから小走りになってロビーを出ていった。

梨々花の姿が見えなくなった途端に、気分が更に落ち込んだ。いくらなんでも言い方がきつかった。初対面で、あれはないんじゃないの？　あの子、きっと傷ついたよ。当分の間、立ち直れないくらいかも。

次々に後悔が襲ってくる。追いかけていって謝ろうかな。でも謝ったところで、もう遅い。いったん口から出た言葉は引っ込めることはできない。だったら、このまま悪者になった方がいいのではないか。

――他人にストレスをぶつける迷惑なオバサン。

そう思ってくれればいい。

背後に気配を感じて振り返ると、さっき議場にいた銀髪の女性が立っていた。八十歳くらいだろうか。その世代にしては背が高く、枯れ木のように痩せている。

「あんた、最高じゃわ」と、いきなり枯れ木が言った。

「は？　サイコジャワってなんですか？」

たぶん、この地方の方言なのだろう。

「さっきの梨々花への進言のことだがな。あれを言ってやれる人間はそうはおらん。初めて見たわ。あんたみたいな女」

「聞いてらしたんですか？」

「盗み聞きとは違うぞ。あんな大きな声を出しゃあ耳の遠い老人でも聞こえるわな」

とにもかくにもさっさと帰ろう。こんな婆《ばあ》さんと関わり合いたくない。小走りでソファの所に戻り、慌てて本をトートバッグにしまおうとするが、大きくて重いので、なかなか入らない。

「あんた、議会を傍聴するとは熱心な人やね」と、枯れ木はすぐ傍まで来て、親しげな目で見つめてくる。

「いえ、違います。図書館に来ただけです。館内が広くて迷ってしまって」

「あんた、標準語やね。この土地の人やないんやね」

「はい、夫が故郷にUターンしまして、私も一緒に来たんです」

「ということは、私のことをご存じない？」

「はい、存じ上げません」

「私はこういうもんじゃ」と言いながら、名刺を差し出した。

名刺をくれるのは、選挙活動の一環なのだろうか。そろそろ改選の時期なのか。見ると、市川《いちかわ》ミサオと書いてある。確かさっき、村井は「ミサオさんみたいになるぞ」と言ったはずだ。つまり、本人の目の前で言ったということだ。あまりにひどすぎて、またしても大きな溜め息が漏れた。

「そうか、私のこと知らんのか。ほんなら先入観がないから話しやすいわ」と、ミサオは独り言のように呟《つぶや》いた。

「あんたさん、もしかして、霧島さんとこの嫁はんの郁子さん？」

「え？　ええ、まあ。よく……ご存じで」

下の名前まで知られているのか。ああ嫌だ。この町の人はみんな私のことを知っている。私はほとんど誰のことも知らないというのに。

そういった一方通行の関係は初めてのことで、何とも不安で嫌な気分だった。

「あんたさんのこと、ちょこっと噂を聞いたもんやから」

どんな噂ですかと尋ねるのも恐ろしかった。ろくでもない噂に決まっている。さっき梨々花に怒鳴り散らしたことも、きっとすぐに広まるのだろう。

「議会を見て驚きんさったじゃろうなあ。田舎では女が質問に立つと、品性の劣るオヤジどもが未《いま》だに聞くに堪えんヤジを飛ばす。私の場合は、気が強《つよ》うて結婚できんかったとか、男が寄り付かんで寂しい老後じゃのうとか、要は、市政と全く関係のないヤジばかりが飛んでくる。私生活にまで口を出されるのは女の議員だけじゃわ。服装や化粧まで評価の対象になるからの」

「……そうですか、それは大変ですね」

私は敢《あ》えて興味なさそうに答えた。

「私は下衆《げす》な男どもの精神を変えたいと思って長年やってきたけど、無理やった。あんまり大きな声じゃ言えんが、もう本当にウンザリで嫌になっとる。古い考えのジーサンたちが死なんと日本はようならん」

「はあ」と、私はまたしても興味なさそうに答えたが、心の中では別のことを思っていた。

――ミサオさん、あなたは考えが甘いです。古い考えのジーサンたちが死んだって日本は変わりませんよ。ジーサンの考えをその息子も男の孫も引き継いでいるんです。引き継ぐ割合が少しずつ下がってはきています。新しい考えの男性も増えましたが、封建的な若い男もいまだに少なくありません。私は去年まで会社に勤めていましたから、若い人たちとも仕事をしていたのでよく知っているつもりです。東京でもそうなんですから、こんな田舎じゃもっと救いようがないでしょうね。

もう考えないと決めていたはずだった。社会をよくしていこう、闘おうとするのはとっくにやめたはずだった。燃え尽き症候群になったからだ。だが、心の中のモヤモヤを完全に消し去ることはなかなか難しいらしい。

「去年は八十代の議員が二人死んだ。あと一人死んだら欠員が定数の六分の一を超えるから補選がある。つまり世代交代が着々と進んでいくんだわ」

「なるほど」と短く答えた。気を抜くと、心の中にあることを機関銃のようにしゃべってしまいそうだった。

「それなのに、なんでか知らんが日本はちっとも進歩せん。それどころか後退しとると思うこともある。それは、いったいどうしてなんじゃろ」

「あ、なんだ」わかってるじゃないの。ジーサン連中がみんな死んだって世の中が変わらないってことを。

「今の『なんだ』って、なんだ？　何を言いかけたんじゃ？」

「いえ、別に……」

「今、あんたさんは、いや、これからは郁子さんと呼ばしてもらいますわ。郁子さんは『あ、なんだ』って確かに言うた」

しつこい。逃がさないという勢いで真正面から見つめてくる。このミサオという老女は、もしかして変人なのか？

目を逸らそうとしない無遠慮さに苛々が募ってきた。

「じゃあ言いますけどね」と、一刻も早く帰りたい一心で仕方なく言った。「そのジーサンたちの封建的な考えを、その息子も孫も曾孫も受け継いでいるんですよ。都市部の民間企業の方がマシですよ。東京では女の課長や部長もザラにいますしね。でも今日見たところ、田舎はどうしようもないですね」

「それを郁子さんはどう思う？　日本はお先真っ暗なんか？」

「わかりません。興味もありません」

「問題意識が低いのう。がっかりじゃわ。さっき梨々花に怒鳴った勢いはどこに消えたんじゃろうねえ。この辺の女と違って都会の女は精神的に自立しとるって婦人雑誌で読んだばかりじゃから喜んどったのに、ほんにアホらし」

「その言い方、失礼じゃないですか？」

「ほう、これはこれは失礼いたしました」と言って、ニヤリと笑う。

呆気《あっけ》に取られていた。

これほど人を馬鹿にした態度をとる女を過去に見たことがない。

「私は男尊女卑に関係する話が大嫌いなんです。もうウンザリなんですよ」と、思わず大きな声を出していた。

「大嫌い、とな？　それはまたどうして？」

「だってそうでしょう。生まれてから今日に至るまで数え切れないほど嫌な目に遭っ てきたんです。非力ながら闘おうとした時期もありました。会社の労働組合でもマンションの理事会でも街中でも、それに……夫婦間でも」

思い出してみれば枚挙にいとまがない。話すほどに感情が高ぶってきた。

「もう疲れたんですよ。暖簾《のれん》に腕押しだってことを骨の髄まで味わわされてきたんです。そんな環境の中でも、なんとか頑張って定年退職まで働いたんです。だから老後くらいは、そんな厄介なことは考えないでノンビリ楽しく暮らしたいんですよ。それくらいは許されてしかるべきでしょう？」

大学時代の同級生や会社の同僚もみんな燃え尽き症候群になって、そのうち男尊女卑の「ダ」の字もフェミニストの「フェ」の字も口にしなくなった。世の中を変えようなどという高邁《こうまい》な思想を持っている女は、敵を作るだけの愚か者だという結論に達するしかなかったのだ。

長い人生の損得勘定を考えれば、男に媚《こ》びて「女らしく」生きるか、それとも「名誉男性」となるかしか道は残されていない。どちらもできない不器用な私や友人たちは出世を諦めて、給料分の仕事を淡々とこなすことで、精神を正常に保って生きることを選んだ。

屈辱感というものは経験すればするほど黒い物が腹の底に溜まっていく。そのことに気づいたのは二十代だった。そして、その黒い物は何の役にも立たないどころか、性格を歪めて卑屈な人格を作り上げる。だから自分の心からシャットアウトした。

そうは言いながらも、私自身は同世代の女性の中でも突出して恵まれた方だとは思う。実家の父親も、その世代の例に漏れず古い考えの持ち主だったが、女である私を兄や弟と差別することなく、家計を切り詰めてまで大学に行かせてくれた。それに夫も家事育児を手伝う男だった。本心を言えば、手伝うという言葉自体が猛烈に頭にくる言葉だが、同世代の男たちと比べたら、かなりマシな方だ。

「私はもうこれで」

そう言って、ミサオに軽くお辞儀をしてから出口に向かった。

それなのに、ミサオが「そもそも市長が悪い」と大声で話し始めたから、無視するのも年上の女性に対して非礼ではないかと常識が働いてしまい、立ち止まって振り返ってしまった。

「あの人は五期目でな。通算二十年近く市長をやっとる。改選のたび、いっつも無投票じゃ。それに比べて東京は候補者が乱立する。区議や市議だって何人もの女がおる。ほんに羨ましい」

そもそも日本の議員は報酬が高すぎるのだ。ヨーロッパの多くの国々で、いやアメリカでさえ、市町村に当たる自治体の議員は無報酬に近いから、ボランティア精神がなければとてもやっていけないと聞くし、北欧では高校生の議員がザラにいるらしい。議員職と本来の職や学業を両立できるようにするため、議会などの拘束時間も短いと聞いた。日本では、月々何十万円もの歳費に加えて何ヵ月分かのボーナスが出るうえに、「会議出席費」とかいう名目の、わけのわからない手当までが出る。人口の多い都市部の市議なら年収が一千万を超える。もしも欧米のように無報酬に近いのならば、きっと二世議員は激減し、日本の男たちも「馬鹿馬鹿しくてやってられない」とばかりに、ただちに女に席を譲るのではないか。

「郁子さん、あんたはノンビリ暮らしたいと言うけども、私が見たところ、そういう性分やないと思う」

「は？　初めて会ったのに、どうしてそんなことがわかるんです？」

「達成感を得ることに慣れとる人間は、ノンビリでは満足できんよ」

図星だった。夫にも姑にも言っていないが、移住してきてまだ一ヵ月しか経っていない頃から、田舎の生活があまりに退屈で、気が変になりそうだった。だから図書館に来たのだ。何か人生の指針を与えてくれる本がないかと探したが見当たらなかった。手ぶらで帰るのも悔しくて、仕方なく庭づくりの本を借りた。

「ちょっとうちに来《き》んさらんか。美味しい梅干しもあるし」

「は？」

「飲みニケーションじゃわ。夜の料亭やスナックで男ばかり集まって大事なことが決まっていくのはフェアやない。私も真似《まね》して飲みニケーションをやろうかと思っとる。お茶での」

そう言って朗らかに笑うが、私は愛想笑いすらできなかった。どうせ選挙活動の一環だろう。誰が市議に当選しようが、こっちは知ったことではない。

「お誘いありがとうございます。でも、私はそろそろ帰りますので」

「忙しいんか？」

ミサオがじっと見つめてくる。

「えっと、あの……」

ああ、なんということだろう。咄嗟にうまい嘘《うそ》が出てこなかった。

——郁子は正直すぎるのよ。すぐ顔に出る。

そう言って、友人たちに何度からかわれたことか。同世代の女たちが自分を守るために上手な嘘をつくというのに、私はこの歳になっても、ついぞ身につかなかった。

「急ぎの用でもあるんか？」と、ミサオが目を逸らさない。

私に急ぎの用なんかあるわけないじゃないの。暇で仕方がないのよ。庭を可憐な草花でいっぱいにして、姑や夫の野菜作りも手伝って、油絵も始めて……などと計画していたのに、実際にやってみたら面白くもなんともなかった。人には向き不向きがあるという当たり前のことを忘れていた。花作りで四苦八苦する私を見かねた姑が、結局はほとんどやってくれた。それも驚くことに、イギリスの写真集そっくりに仕上げてくれたのだった。田舎から出たことがない姑のどこにそんなセンスが潜んでいたのかと目を丸くした。

——写真集の通りに作っただけですがな。こんなん誰でもできますやん。幹夫がホームセンターで赤レンガやら、ハイカラな草花の苗を私のメモ通りに買ってきてくれたんで簡単でしたわ。

可憐な草花が咲き誇った庭を見たら心が癒やされると期待していた。だが、とっくに退職してストレスのない生活を送っているのだから、花に癒やされる必要などないのだった。

このままでは六十歳にして急激に脳が老化する予感がして怖くなる。夢中になれる何かが欲しかった。夫は実に楽しそうに畑仕事をしていて、自分ひとりが置いてけぼりを喰《く》った気分だった。

「私が議員になったきっかけは姉が自殺したことや。郁子さん、ちょっと座りんさい」

背の高いミサオに肩を押さえつけられ、無理やり隣に座らされた。

「私の姉さんは、勉強も運動もようできて誇り高い人やった。それやのに嫁いだ途端に女中みたいに扱われて精神を病んでしもた。死ぬくらいやったら離婚して都会に出て働いたら良かったんに、当時は都会は悪い人がようけおって怖い所やと聞いとったし、ツテもないから八方塞がりやった」

姉のことを残念そうにしみじみ話すミサオを前にして、早く帰りたいとは言えなくなってきた。

「それは可哀想なことをしましたね。いくら昔のことだとしても」

「昔も今もたいして変わらんよ。今日の質疑応答を見とってもわかったやろ」

「はい。人の心が変わるのには、いったい何年必要なんでしょうか。もはや戦後ではないと誰かが言ってから六、七十年も経っているのに」

「やはりここらで新しい風を入れんといけんと思うんよ」

「新しい風、と言いますと？」

「郁子さん、あんたのことですがな」

「は？」

「あんたがこの町の新しい風になるんですわ」

冗談じゃない。新しい風という抽象的な言葉が具体的にどうすることを指すのか見当もつかないが、とにもかくにも関わり合うなと直感が教えてくれた。

「お断りします」

私がきっぱり言うと、ミサオは噴き出した。

「即答ですな」と、面白い生き物でも発見したかのように、目を輝かして私を見る。

「都会から来たというだけで、買いかぶっておられます。私は人の上に立つような器ではありません」

「私はね、霧島くんの担任だったことがあるんだわ」

「えっ、うちの夫の？」

「私は高校で生物を教えとった。定年退職してから市議になったんじゃ。霧島くんのお父さんとお母さんもええ人やった」

「それは存じ上げずに失礼しました。その節は夫がお世話になりました。ですが、夫やその親が善人であろうがなかろうが、私自身は決して『ええ人』ではありませんから」

そう言った途端、ミサオはまたもや噴き出した。「ええ人やないとな？　ほんなら悪人っちゅうことか。ますます頼りになる」

ミサオの朗らかな笑い声と反比例するように、私は心を閉ざさなければならないと強く思った。この人と関わり合いたくない。関われば、きっと苦労の連続の人生になる。そんな気がしてならなかった。

本当は、ミサオの言いたいことは手に取るようにわかっていた。古い体質の町をなんとかしたいのだ。私に婦人会のリーダーだとか町内会の役員などを任せたいのだろう。だがお断りだ。そんなことになったら、元来責任感の強い私は、きっと本気で取り組んでしまう。そして、そこでの徒労感、屈辱感……もう数え切れないほど経験してきたそれらをまた繰り返すのだ。

　村井のヤジを聞いただけでも、田舎では都会の何倍も嫌な思いをするのが火を見るより明らかだった。「新しい風」とやらに任命されたら、村井のような薄汚れた強い向かい風が吹いてきて、きっと暗く惨《みじ》めな気持ちになり、自己肯定感が更に低くなる。私は定年退職まで頑張って働いた。私と同世代の女で、定年まで働き続けた女が、いったいどれくらいいるだろう。ほんの数パーセントに過ぎないはずだ。それを考えても、もう十分頑張ってきたではないか。あとは余生だとしても許されるはずだ。気楽にノンビリ暮らすつもりで移住してきたのだから。

　ただ……「ノンビリ暮らす」という意味が日々わからなくなっていた。

　いや、わかってはいる。昨日の夜、蒲団《ふとん》に入ってから考えた。ノンビリ暮らすというのは、趣味で気を紛らわせて煩悩を捨て去って暮らすことだ。もしも私が大金持ちなら、豪華客船で何ヵ月もかけて世界中を回り、面白おかしく旅をする。それを何度も繰り返せるなら、余計なことを考えずに死ぬまでの何十年間かをやり過ごせるはずだ。だけど実際問題としてそんな大金はない。だからできる範囲内で日々を楽しんで暮らす。それで十分満足だ。

あれ？　じゃあなんで図書館に来たんだっけ？

……虚《むな》しい。そうだ、私は虚しいのだ。

これが東京なら、ウィンドウショッピングや映画やレストランや、何年かかっても回り切れないほどの観光名所や史跡がある。だが、この町には映画館さえない。

だから、せめて何でもいいからやり甲斐《がい》のあることを見つけたかった。生き甲斐が欲しい。もしかして、死ぬまで働かないと食べていけない人の方が幸せなのではないかと最近になって考えるようになった。

いやまさか、それはそれでつらいはずだが、しかし……。

「郁子さんが私の家に来《こ》んのやったら、私が今度お宅に伺いますわ。久しぶりに霧島くんにも会いたいしの。伺ってもええですか？」

「え？　ええ、それは……もちろん。夫の担任でいらしたんですから。いらっしゃる日を前もって連絡してくださると助かります」

日にちがわかれば、その日は夫を家に残して、私だけどこかに出かけてしまおう。

「あらかじめ連絡はせん。思い立ったが吉日やからの。ほんなら、また」

そう言い置いてミサオはすっくと立ち上がり、駐車場の方へ歩いていった。

最近になって猫背気味になってきた私に比べ、ミサオは背筋がピンと伸びていた。

6　落合由香

軽自動車で保育園に杏菜を迎えに行った帰り、赤信号で停車した。

そのときカーラジオから流れてきたのは、義母の好きな昭和時代の流行歌だった。

――フランシーヌの場合は　あまりにもおばかさん　フランシーヌの場合は　あまりにもさびしい
いつだったか、義母に歌詞の意味を尋ねたことがあった。ナイジェリア内戦に抗議して焼身自殺したフランス人女性のことを歌ったものだという。「たった一人で抵抗したってバカを見るだけってことだわ」と義母は言い、寂しげに笑った。夕焼けに照らされた車内で聞くからか、義母の人生が哀れに思えて涙が滲《にじ》みそうになる。

ヒロくんのお母さん、いったいどこにおるの？

警察に届けるのは義父に厳重に止められている。だからといって、近所に聞いて回ったりしたら町中に噂が広まる。義母が帰ってきたとき、近所の人たちに興味津々の体で詮索されたら義母が気の毒だ。だけど、どう考えても放っておくわけにはいかないとも思うのだ。

スーパーの駐車場に車を入れ、カートに杏菜を座らせて野菜売り場に向かった。

「ええなあ、お宅は、保育園に入ることができて」

振り返ると舞子《まいこ》がいた。カートの座椅子には、隼人《はやと》くんがちょこんと座っている。

「ほんまはコネがあったんやろ?」

またしても同じことを聞く。頭が変になっているんじゃないかと思うときがある。舞子に会わないためには、このスーパーに来なければいいのだが、ここは野菜が新鮮なうえに安いのだ。

とはいえ舞子には同情していた。保育園に落ちて郵便局をやめざるを得なかったからだ。だけど、こうも毎回皮肉を言われると鬱陶しくてたまらない。

「コネなんかないよ。市役所関係に勤めとる知り合いもおらんし」

「ふうん、ほんなら市議会議員さんに頼んだとか?」

「え? 議員に頼んだら保育園に入れてもらえるん? そんなズルした人がおるん?」

びっくりして尋ね返していた。

「大っぴらにはなっとらんけど、大人の世界ってだいたいがそんなもんやろ」

「本当? ま、どっちにしろ私には議員の知り合いもおらんけど」

「ふうん」と、舞子は怪しむような目を向ける。

「うちが貧乏やから保育園に入れてくれたんやないかな。だって夫婦合算しても収入が少ないから、市役所の方で優先順位を上げてくれたんかもしれん」

こんなことを言ってしまえば、すぐに噂になることはわかっていた。だが、会うたび勘繰られるのが面倒でたまらなかったし、こうでも言わなければ妬《ねた》みがなくなりそうもない。

実は後ろめたさもあった。保育園に申請したときの私は育休中で、正職員として信用金庫に籍があった。入園審査の際、パート勤務よりも正社員が優先される。だが、職場復帰して三ヵ月も経たないうちに、残業や出張で子育てとの両立ができなくなり、辞めざるを得なかった。今は駅前のショッピングセンターでパートとして働いている。

「由香のダンナって、そんなに稼ぎ悪かったん？　大学出てはんのに？」

舞子から攻撃的な表情が消え、その代わり、人を小馬鹿にしたようにニヤリと笑った。どうやら嫉妬は収まったらしい。貧乏話は想像以上に効果てきめんだった。

舞子が特別に意地の悪い女だとは思わない。五歳のときからの幼馴染みで、本来はお人好《ひとよ》しだと知っている。逆の立場だったら私だって不公平感と嫉妬で心が歪んでしまうだろう。子供を保育園に預けられるかどうかで、今後の家庭の経済に大きな差がつく。パートとはいえ私が週五日も働けるのは、杏菜を保育園に預けられたお陰だ。

結婚以来ずっと市営住宅の抽選に落ち続けている私には、舞子の悔しい気持ちが少しはわかるつもりだった。市営住宅は若い世代にとって羨望の的だ。家賃が安いうえに便利な場所にあるし、しかも広い。選に漏れれば民間アパートを借りるしかなく、狭くて遠くて古いのに家賃は家計を圧迫する。

「由香も知っとる？　またハコモノ造るらしいって。保育園の定員も増やせんほど財政が逼迫《ひっぱく》しとるって説明しとったくせに、アホらし」

「知っとる。それも、町の外れに建てるんやって？」

老人に免許返納を呼び掛けているくせに、車がないと行けないような場所に「健康センター」なるものを造るらしい。そこでは老人の健康増進のための最新式の温水プールと体操教室があるという。

「その土地は、市が市長の親戚から高《たこ》うに買い上げたって知っとった？」

「えっ、そんな……」

「市長が公用車であちこちレジャーに出かけとるっていう噂もあるしな」

「それはみんな知っとる。昔から有名やもん」

税金の無駄遣いだけは本当に勘弁してもらいたいと思う。私たち庶民は、少ない給料から税金や年金や保険料がごっそり天引きされ、さらにそこから家賃を払ったら、もう食べていくのがやっとなのだ。

健康センターを建てるくらいなら、小学校や公民館の耐震補強を優先してほしいと、陰ではみんな言っている。どうしてこうも庶民との感覚がズレているのだろうか。不思議でたまらない。

そして何よりも、保育士や介護士をすぐに増やしてほしい。栗里市内には、それらの資格を持っている人がたくさんいると聞いた。だけど、別の仕事をしている人が多いのだ。同じように安い給料なら、人身を預かる責任の重い仕事よりも、美容院の受付やショッピングセンターの店員をやる方がずっといいに決まっている。重責はないし、体も楽だ。

「そういえば舞子、あそこの四つ辻《つじ》にミラーつけるの、どうなった？」

「否決された。賛成したんはミサオさん含めて四人だけやったらしい。人通りの少ない場所やからミラーなんか要らんて反対意見が多かったんやって」

「人通りが少ない？　そんなアホな。交通量ちゃんと調べたんか？」

「やっぱり由香もそう思うやろ？　みんな呆れとる」

「嫌んなるわ。車であそこ通るたびに、子供が飛び出してくるんやないかってドキドキもんなんやけど」

「私もそう。どんだけスピード落としても咄嗟の反応には限界あるもん」

その場所だけではなかった。ミラーを設置してほしい場所は市内のあちこちにある。だけど、どうせ言っても無駄だとみんなとっくに諦めている。誰に訴えていいのかさえわからない。市議会議員選挙にしたって、誰に投票していいのかさっぱりわからないし、興味もない。誰が当選したところで市の方針は変わりそうにない。当選して喜ぶのは議員報酬をもらう市議本人とその家族だけだ。

「最近腹が立って眠れんかったのは」と、舞子がキャベツをカゴに放り込みながら興奮気味に話しだした。「議員の人らが欧州視察と言うて、税金で観光してきたことやわ。高級ホテルに何泊もして、高級ワイン飲み放題やって」

「それ、初耳やわ。ほんでもワインは自腹やろ？　なんぼなんでも」

「それがな、あっ、マズい。もうこんな時間か。今日はお義母さんが来るんやった。何しに来るんやろ。用もないのに鬱陶しい」と、壁の時計に目をやった舞子は、「ほんならまた」と、レジに向かってカートを走らせた。急に動き出したからか、「ママ、もっと速《はよ》う速う」と、隼人くんが嬉しそうに歓声を上げた。


帰宅してしばらくすると、「ただいま」と玄関から夫の声が聞こえてきた。

杏菜がぐずり始めたので、料理の手を止めてベビーチェアから抱き上げた。

夫は急いで着替えると、すばやく手を洗ってガスレンジの前に立った。

「シチューは電気圧力鍋にお任せやし、由香ちゃん、ここに置いてあるキャベツと豚肉は炒《いた》めたらええの？」

「うん、サッと炒めて最後にポン酢を入れてから強火で酢を飛ばして」

「了解。任せろ」

杏菜を抱っこして揺らしてやりながら夫の横に立つと、夫はフライパンに油を薄く引いてから、杏菜の顔を覗き込んだ。

「杏菜ちゃん、どうちたんでちゅか？　お腹《なか》が空いてご機嫌斜めでちゅか？　杏菜ちゃんの大好きなシチューを食べまちょね」

「ヒロくん、やめてってば。赤ちゃん言葉で話しかけたらあかん」

「あ、そうやった。言語の発達に悪い影響を与えるんやった。つい可愛《かわい》くて可愛くて。ねっ、杏菜ちゃん」

熱したフライパンに夫が豚コマを入れると、ジュッと音がして食欲をそそられた。

「昼休みに会社で聞いたんやけど、市議会議員らがフランスやったかドイツやったか、ヨーロッパに視察旅行したんやって。由香ちゃん、知っとる？」

「うん、さっきスーパーで舞子に聞いたとこ」

「飛行機はビジネスクラスやったらしいぞ」

「それは知らんかった。ほんでも、座席がフラットになったら老人は楽やわ。ヨーロッパまで十時間以上かかるもん。私ら二十代のときでもエコノミーはしんどかった」

新婚旅行でパリやモン・サン・ミッシェルに行った。グアムか台湾にしとけとうるさく言う義父を私は無視した。夫婦ともに安月給であることを考えると、新婚旅行が人生最初で最後の海外旅行になると考えたからだ。グアムに比べたら随分と高かったけれど、清水の舞台から飛び降りる思いで、えいやっと貯金を下ろした。その代わりに結婚式のお色直しを省略したのだった。

「なんせ議員さんのほとんどが七十代と八十代やもんなあ。あ、九十代もおったか。ほんでも、そんなに年イっとる人らがヨーロッパで何を視察してきたん？」

「聞いた話やと、市庁舎とか街並みとか老人ホームだって」

「老人ホームはわかるけど、市庁舎や街並みを見て何の役に立つん？」

「さあ、知らん」

「あんな建物や街並みは真似できんやろ」

歴史ある堂々としたシャンゼリゼ通りに行ったときのことを思い出した。

「言うたら悪いけど、年寄りの視察旅行って、要は冥途《めいど》の土産って感じする」

「由香ちゃん、最近はそういう言い方を年齢差別って言うらしいで」

「ほんでも……」

「議員の人らは俺らの親よりずっと年上やし、そもそもパソコンやスマートフォンも使えんくせに市政を動かすことなんてできるんかな」

「ヒロくん、パソコンが使えんことは別にかまわんと私は思うで。パソコンを使う事務仕事は、若い職員に頼んだら済むことやもん」

杏菜の小さな手に小さなミルクパンを握らせると泣き止んだので、今だとばかりにベビーチェアに座らせた。抱っこしていると、腰痛が日に日にひどくなる。

「俺はそうは思わんよ。パソコンのこと」

夫はそう言いながら、炒め物をフライパンから皿に移した。「事務処理を誰がするかという問題じゃなくて、インターネットを使うことで生活そのものが激変しただろ？」

「うん、確かに。もしかしたら考え方や感じ方も変わったかも」

夫が味噌汁をよそう横で、私は炊き立てのご飯をよそった。

「そう、それ。老人を馬鹿にしたり邪険にしたらあかん。けど、あんな時代遅れの人らに任せとったら、この地域は取り残される。今より過疎が進んで、そのうち鹿と熊しかおらんようになる」

「でもヒロくん、老人の意見も大切やわ。なんせこの町は老人ばかりなんやから、老人の意見を代表する人が必要やと思う」

「それはそう。だけど由香ちゃん、そういう人は二人か三人で十分やないか？　市議のほぼ全員が老人である必要があるか？　若い人の意見はどうなる？」

「若い人ゆうたら梨々花がおるけどね。でも、あれはどう見てもお飾りやわね」

「マスコットガールって呼ばれとるらしいぞ。ズボンやなくてスカート穿いてこいっってヤジが飛ぶって聞いた」

「スカート？　脚を見せろってこと？　うわあ、嫌だ。ゾッとする。どんだけ議員報酬が高《たこ》うても、私は性格的に絶対議員にはなれんわ」

高校時代に梨々花と同じクラスになったことがある。その頃の私は、陸上部で短距離走の選手だったし、生徒会の副会長でもあったから、向こうは私のことをよく知っているに違いない。当時の私はおしゃれなどには一切関心がなく、よく運動し、よく食べて、よく眠るといった、今思えば健康優良児の典型のような生活を送っていた。梨々花は文芸部に入っていたように記憶しているが、おとなしくて目立たず、ほとんど印象に残っていない。だから、梨々花が市議に立候補すると聞いたときは驚いた。病死したお父さんの後継ぎということだったが、議員が家業であってはならないと思ったし、気の弱い女には最も向かない職業だと思ったから、同級生といえども梨々花には投票しなかった。

——議員報酬だけが目当てやろ。たとえセクハラされても、パワハラされても、屈辱に耐えてナンボやと思って我慢しとるんやで。

口の悪い舞子がそう言ったことがある。

梨々花は一人っ子で、京都にある女子大を出てすぐ実家に戻ってきた。そして「家事手伝い」という名の、要は無職のまま暮らしていた。昔風に言えば「お嬢様」となるのかもしれない。母親は専業主婦だったから、一家三人は連続七期当選の父親の議員報酬で食べていたことになる。その父親が病死したとなれば、家を支えるために梨々花が後を継ぐしかなかったのだろう。月に三十六万円、ボーナス四・三ヵ月分、おおよそ年収六百万円になるらしい。

――この田舎でそんだけ稼げる女ゆうたら学校の先生くらいやろ。梨々花は死ぬまで市議は辞められん。それか金持ちのボンボンに嫁ぐかの二択やわ。

それが、舞子の自信たっぷりの推察だ。

最後に箸を並べると、食卓が整った。

「いただきまあす」と、向かいに座った夫が手を合わせた。

「ヒロくん、さっきの話やけど、なんぼなんでもビジネスクラスは自費なんでしょ？」

「それがどうも違うらしい」

「それ、腹立つかも。私ら海外旅行なんてもう一生無理やろうからね。新婚旅行でフランスに行っといて正解やったわ」

「なあ由香ちゃん、もっと金持ちの男と結婚したらよかったと思ってるん違う？」

「まさか、まさか。私は近所のドライブで十分やわ。三十二歳にもなって歳取ったからか、季節ごとに変わる景色を見るのが好きになったし」

嘘ではなかった。今や海外旅行なんかどうでもいい。唯一気になっているのは、杏菜の教育費を捻出できるかどうか、それだけだ。

「そうか、そんならええけど。でも近場の温泉くらいは行こう」

「うん、行こう。水筒とお弁当持って日帰りで行ったら、格安で楽しめるもんね」

7　霧島郁子

「母ちゃんが何か隠してる気がするんだよな。俺が家の中に入るのを嫌がってるように見える」

白菜と豚ロースを煮込んだインスタントラーメンを食べながら、夫が言った。

「あ、そう言われれば今日も……」

朝から暇を持て余していたので、小麦粉を捏《こ》ねて、ピザを生地から作ったのだった。なかなかいい出来だったので、お裾分けしようと姑の所に持っていった。いつもなら「お茶でもどない？」と誘ってくれるのに、玄関先でピザを受け取ると、「おおきに」と短く言い、すぐに戸を閉めてしまった。その瞬間、奥の障子に映る影がさっと動いたように見えて気になっていたのだった。

「もしかして、殺人犯を匿《かくま》っているとか？」

冗談で言ったのだが、夫は笑わなかった。「息子の俺にさえ家の中を見せたくないってことは、その線アリかも」

「まさか。でも表情が暗かったし、何か嫌なことがあったとか？」

「母ちゃんの生活に嫌なことなんて入り込む余地あるかな？　畑仕事に精を出したり、家事したり、テレビ見たりするだけの毎日だぜ」

「でもスーパーに行ったときなんかに、知り合いに会って何か言われるってことくらいはあるでしょ」

そう言いながら気分が沈んできた。もしも姑が誰かに嫌味を言われるとしたら、きっと私に関することだ。

その気分を吹っ切るように、無理やり明るい声を出してみた。

「とにかくさ、今夜はお義母さんを夕飯に呼んであげましょうよ」

「そうだな。ホットプレート出してお好み焼きでもするか」

夫がそう言ったとき、玄関のチャイムが鳴った。

「噂をすれば、だな」と、夫は笑ってサッと立ち上がり、玄関に出ていった。

食べ終わったラーメン鉢を片づけていると、玄関先から話し声が聞こえてきたが、姑の声ではなかった。

「霧島くん、元気にしとったんか？」

あの嗄《しゃが》れ声はミサオではないか。まさか本当に来るとは思わなかった。

「お久しぶりです。先生もお元気そうで」と夫が応じている。

「ところで奥さんはおるか？　私は霧島くんやのうて、奥さんに会いに来たんだわ」

「えっ？　先生は郁子のことをご存じなんですか？」

「おるのかおらんのか」

「いますけど……まっ、どちらにせよ、先生、お上がりください」

「そうはいかん。突然来て家に上がるのはなんぼなんでも失礼やわ。この近所に用があって、ちょっと顔を見に寄っただけやし」

すぐ帰る気らしい。

あまり会いたくなかったが、挨拶だけならと玄関先まで出ていった。

「こんにちは。この前はどうも」と言いながら、両手を揃えてお辞儀をした。

「この前って、郁ちゃん、先生に会ったの？」

「ありゃりゃ、私に会《お》うたことを霧島くんに話しとらんのか。こりゃまた会話のない夫婦じゃのう。仲が悪いんか？」

「そんなことありませんよ。俺たち夫婦はよく話す方だと思います」

「ほんでも、私に会うたことは聞いとらんのじゃろ？」

「だって先生と町ですれ違ったところで、郁ちゃんは先生を知らないわけだし」

「私は郁ちゃんに名刺も渡したし、霧島くんの担任だったことも話したんじゃ」

ミサオはいかにも親しげに、私を「郁ちゃん」などと呼ぶ。

そういうの、やめてもらいたいのだが。

「郁ちゃん、先生から名刺もらったの？」

「……うん、まあね」

でもね、この人とは関わり合いたくなかったのよ。だから会ったこと自体を忘れることにしたの。などと本人を前に言うわけにもいかない。

「それで、あれからどうじゃ？」

「どうって、何が、ですか？」

「何がってあんた、市政に興味を持ってくれたかどうかに決まっとる」

「そのことでしたら全く興味はありません」と、私はきっぱり言った。

「税金が偏《かたよ》った使われ方をしとる。男の議員はハコモノ好きが多いでの」

「えっ、いまだにそうなんですか？」と夫が尋ねた。

「図書館の入っとる建物も立派すぎると思わんかったか？」と、ミサオは私を見つめて尋ねたが、「ああ、それそれ。俺はＵターンしてきて真っ先にそれを思いました」

と夫が代わりに答えた。「あんな立派なの、必要ないでしょう。建物が大きい割には蔵書が少ないし、新しい本もほとんどなかった。俺、二度と行かないかも」

「そうじゃろ。男が造るもんは、いっつも容れ物だけ立派で中身が伴わんのだ」

「先生、それは男性差別です。男とか女とか関係ないでしょう。男の俺だってハコモノ大反対ですもん」

「……そうか、それもそうじゃな」

「先生、こんなところで立ち話もなんだし、上がってくださいよ」と、夫が余計なことを言う。

「いや、突然伺ったもんやから……」と、ミサオはチラリと私を上目遣いで見た。

「先生、お茶でも淹れますから。さあ、どうぞどうぞ」と、夫はなおも言う。

「そうか？　霧島くんがそこまで言うんなら仕方ないなあ」

ミサオは渋々といった感じで言いながらも、靴を脱ぐのは素早かった。

私は観念してリビングに引き返し、ミサオにソファを勧めた。

「これ、お茶のお供にどうかなと思っての」

そう言いながら、ミサオは包みを布バッグから取り出した。開けると、老舗の和菓子がちょうど三つ入っていた。近所に来たついでに寄ったと言う割には用意がいい。夫もそれに気づいて噴き出しそうになるのを我慢しているのか、横顔が妙な具合に歪んでいる。

台所に引っ込んで煎茶を淹れている間、高校時代の思い出話でもしているのか、夫とミサオの楽しげな笑い声が聞こえていた。

「どうぞ、粗茶ですが」と言いながら、姑からもらい受けた茶托《ちゃたく》に湯呑《ゆの》みを載せて出した。薄すぎたかも。

コーヒーなら上手に淹れる自信があるのだが、日本茶はどうも苦手だ。

「実は市議会議員を今期で引退しようと思うとる」

私が向かいのソファに腰を下ろすなり、ミサオは言った。

「どうしてですか？」と夫が尋ねる。

「もう歳も歳やし、固有名詞がパッと出てこんようになったから、元気なうちに若い人に引き継ぎたいと思うてな。それに、体力がなくなって体調の悪い日が増えた。最後までしがみつくより、若い人を育てるのが急務やと気づいたんだわ。ほんで、折り入って相談なんじゃがの」と、ミサオは前のめりになり、思い詰めたような顔で私を正面から見つめた。「郁子さんが私の後を継いでくれんかと思うての」

「は？　継ぐって、まさか市議会議員を、ですか？」

「そうじゃ」

あの日、市役所のロビーでミサオが言った「新しい風」というのは、てっきり婦人会のリーダーだとか、町内会の役員のことだと思っていた。

「何それ、郁ちゃん、俺の知らないところでそういう話になってたの？」

「私だって初耳よ。びっくりだわ。私は議員なんて全く興味ありません」

「先生、どうして郁子なんです？　まだ会ったばかりでしょう？」

「直感だわ。私の直感は外れたことがないでの」

外れたことがない？　なんとまあ、いい加減なことを言う婆さんだろう。

「この町は問題山積なんだ。税収がどんどん少のうなっとるから上手に使わんといけんのに、このままやったら町が消滅する」

「先生、脅さないでくださいよ。俺たち移住してきたばかりなんですから。ＳＦじゃあるまいし突然消えたりしないでしょう」

「もちろん突然やない。徐々に消えていくんじゃ。最初に公共サービスが心許《こころもと》なくなる。例えばゴミ収集が一ヵ月に一回になったり」

「え？　それは困ります」と、思わず口から出てしまった。

「あ」しまった。関わり合いたくないから知らぬ存ぜぬで通そうと思っていたのに。

私が口を挟んだからか、「そうやろ？　困るやろ？」と、ミサオは嬉しそうに畳みかけてくる。「今こそ郁子さんの出番ですがな」

「私には……」関係ありませんと、言いかけて口をつぐんだ。ゴミ収集の回数は、どう考えても住民の私に関係がある。

「このままで行きゃあ、十年先には霧島くんの母校も廃校になるやろね」

「小学校が廃校に？　それとも中学校ですか？」

「小中高全部じゃ」

「高校も？　それは寂しいなあ。先生、どうやったら食い止めることができるんでしょう」

「誰もが住みたいと思う町にすりゃあええんだわ。そしたら都会に出たもんも帰ってくるやろし、Ｉターンする人もおるかもしれん」

「先生、そんなことは日本中の市町村が試行錯誤してますよ。だけど日本全体として考えたら、少子化で小さくなったパイを取り合ってるだけで、根本的な解決にはならないと俺は思いますけど」

「それは言える。ほんやけど、少なくとも今やるべきことは、必要のないハコモノやのうて介護や保育を手助けせんと、どもならん」

あ、もしかして……これが夏織の言っていたことなのか。田舎の市議会は男性議員ばかりで、彼らのいいように運営されているのだと。そして、夏織はこうも言った。

——だからね、間違いなく住みにくいんです。

女性の意見を取り入れないせいで、暮らしが不便になっていくのだろうか。

「財政の健全化も急務じゃわ。そうせんと、この町から女がおらんようになる」

「えっ？　女の人だけが、ですか？」と、夫は驚いたようにミサオに尋ねた。

「そうじゃ、女は高校を出たら、就職にしろ進学にしろ、町を出ていきよる。ほんで二度と帰ってこん」

そういえば……あれはいつだったか。

――女はみんな出ていくのよ。

それを聞いたのは確か大学時代だった。

奄美《あまみ》出身の彼女が言うには、男たちには後継ぎという意識があるからか、故郷に残る人もいるが、女たちは高校を卒業すると都会へ出ていき、帰省するのは盆と正月くらいだという。たまに帰省してみれば、「○○ちゃんが帰ってくる」という噂が、何日も前から広まっていて、まるでパンダでも来たかのように、船着き場まで顔を見に来るのだと言った。それほど町を挙げて若い女性を待ち望んでいるのに、昔ながらの暮らしの中で「嫁」としての役割を押し付ける。いや、「嫁」の役割を果たしてほしいからこそ、Uターンするのを待ち望んでいるのだろう。だが女はそれが嫌で、頑として帰らない。

「幹夫の同級生もそうなの？　Uターンしてきた人、どれくらいいる？」

「男は大学を出たあと地元に帰って就職するのが結構いるけど、女はいったん出ていったらほとんど帰ってこないね。都会で結婚して、そのまま向こうで暮らしているのが多いよ」

「やっぱり女にとっては、都会の方が暮らしやすいのね」

「ここは封建的な土地柄やから窮屈なんじゃわ」とミサオが言った。

「議会を見たとき、私もそう思いました」

そう遠くないうちに、この土地を心底嫌いになる日が来るような気がした。

そしたら東京へ帰ろう。マンションは売ってしまったが、郊外の安いUR賃貸なら借りられるかもしれない。家賃分くらいはアルバイトで稼げるだろう。それが無理なら、夫をここに残したまま私だけ両親のもとに転がり込めばいい。

マンション、なんで売っちゃったんだろ。

8　落合由香

車で五分ほどの児童公園に行き、杏菜を滑り台で遊ばせていた。

そのとき、夫のスマートフォンからメールの着信音が鳴り響いた。

「あ、母さんからだ」

「ほんと?」と言いながら、私は夫の手許《てもと》を覗き込んだ。

――心配かけてごめん。川沿いの霧島さんのお宅にお世話になっています。しばらく放っておいてほしい。お父さんには内緒にしてください。

「霧島さんて、もしかして最近Uターンしてきた人? 東京生まれの奥さんが非常識極まりない女やっていうアレ? 川沿いの?」

「さあ、わからん」と言いながら、夫は返信メールを打ちこんでいる。

――霧島って、村井の爺さんが売った家の?

夫が送信すると、すぐに返信が来た。

――その隣の母屋の方です。村井さんが売った家は「離れ」として、霧島さんの息子夫婦が住んどるようです。

「母屋っていうのは、もともとお婆さんが一人で住んどった実家やね。お義母さんは、そのお婆さんと同級生か何かなん?」と、夫に尋ねた。

「いや、歳が全然合わん。非常識な東京モンの嫁を連れてUターンしてきた息子は定年退職したばかりやもん。ということは、その息子夫婦の方が母さんとは歳が近い」

「となると、お婆さんは八十代から九十代か。お義母さんとは母子ほど歳が違う。まさかお義母さん、その家に監禁されてるとか? 洗脳されて詐欺《さぎ》に遭ってたりして」

そう言うと、夫の顔が途端に曇った。北関東で起きた事件を思い出したのだろう。

心の隙間につけ入られて、「喜捨」という名のもとに全財産を巻き上げられた人が五人もいて、屋敷《やしき》から助け出されたときには全員が見る影もないほど痩せこけていたのだ。

「ヒロくん、その霧島っていう家に今から行ってみよ」と言って、私は杏菜を抱きかかえた。「明日からまた月曜日が始まるから行くなら今日しかない。後になって、あのとき行っとけばよかったって悔やまんようにせんと」

「悔やむって……そんな大げさなこと」

夫はそう言いながらも、ズボンのポケットから素早く車のキーを取り出した。

霧島家へと車を走らせた。私が小学生の頃、釣り好きの父に連れられて、兄と三人であの辺りの川に行ったことがあるから、だいたいの場所は知っていた。

表札を見つけ、車を降りてチャイムを鳴らしてみるが反応がなかった。

「留守かな。離れの方にも行ってみよ。そっちにおるんかもしれん」

歩いて行ってみると、母屋とは違い、ずいぶんとモダンな感じの庭が見えてきた。

広い庭から話し声が聞こえてきたので、白いフェンスの隙間から覗いてみると、なぜか市議会議員の市川ミサオがいた。市内では有名人だ。

「ミサオさんがおるよ」と、夫にだけ聞こえるように小さな声で言った。ミサオは白いガーデンテーブルセットに座り、前のめりになって何やら真剣な表情で話し込んでいる。

向かいに座る女性はこちらに背中を向けていて顔が見えないが、たぶん村井の爺さんが言っていた例の嫁だろう。立派な灯籠も大きな石も松も、そして新品同様の電子レンジもテレビも捨てたという、贅沢で非常識で人を見下す、とんでもなく感じの悪い嫁だ。

それにしても、この庭ときたら……。

「ねえ、ヒロくん、この庭、ごっつい素敵。こういうの、外国映画で見たことある」

義母のことを一瞬忘れて見とれていた。

ミサオがこちらに気づいたようで、嗄れ声で言った。「郁子さん、お客さんやぞ」

郁子と呼ばれた女がこちらを振り返って立ち上がり、「何か御用でしょうか？」と言いながらフェンスの所まで近づいてきた。

「すみません、突然お邪魔しまして。僕は落合と申しますが、うちの母が霧島さんのところでお世話になっていると聞きましたので」

「は？」と、郁子と呼ばれた女性はキョトンとしたままフェンスの扉を開けた。

「さっき母屋の方に行ってみたんですが、お留守のようでして」と夫が言う。

「お宅のお母さまを、うちでお世話してる？　えっと、どういうことかしら」

やっぱり例の嫁だった。この近所では聞きなれない標準語だから、すぐわかる。だけど、村井の爺さんの話から想像していた人物像とは全く異なっていた。きっと派手な服を好んで着る厚化粧の女に違いないと決めつけていた。だが実物は、水色のセーターと白いチノパンをすっきり着こなした清潔感のある女だった。そのうえ知的な感じまでする。この女が本当に村井の爺さんをコケにしたのだろうか。いやそれ以前に、こんな素敵な洋風の庭には、灯籠も石も松も、そもそも似合わないではないか。

「うちの母、ここにはいないんでしょうか……落合瑞恵というんですが」

夫ががっくり肩を落としたときだった。庭に面した掃き出し窓から、ひとりの男性が「どうしたの？」と言いながら、サンダルを引っかけて庭におりてきた。東京からUターンしてきた息子というのは、たぶんこの人だろう。

「こちらの方のお母さまがね」と、郁子が説明してくれた。

「うちは霧島と申しますが、何かの間違いじゃないですか」と霧島氏が言ったとき、すぐ隣で郁子が「もしかして、あの障子の影……」と言い、夫婦で目を見合わせた。

「ちょっと待っててくださいね。いま見てきますから」

郁子の夫がそう言いおいて、母屋に向かって走り出した。その後ろを郁子が追い、そのまた後ろをヒロくんと杏菜を抱きかかえた私が追った。

霧島氏がチャイムを押すがやはり応答はなかった。みんなで裏庭へと回り込み、霧島氏が「母ちゃん、いるんだろ？」と呼びかけた。一拍置いて縁側の障子が細く開き、その隙間から一人のお婆さんが顔を出した。

「なんや幹夫やったんか。ドキドキしたわ。どうしたんじゃ、こりゃまた大勢で」

「落合さんて人が訪ねてきてるんだけど」

霧島氏がそう言った途端に、お婆さんの目つきが鋭くなった。何かを警戒しているのか、辺りをキョロキョロ見回している。

「あの、初めまして。落合と申します。突然お邪魔してすみません、うちの母からメールが届きまして、それによりますと、こちらに――」とヒロくんが言いかけたとき、障子がするすると開いて、もう一人が顔を出した。

「母さん、ここで何をしとるんや」とヒロくんが言うと、「すまんのう」と義母がぽつりと言った。霧島夫婦も驚いているところを見ると、義母が母屋で世話になっていることを知らなかったらしい。

「霧島さん、申し訳ありません。すぐ連れて帰りますんで」とヒロくんが言ったとき、「連れて帰るって、どこに?」と、霧島家のお婆さんが落ち着いた声で尋ねた。

「どこにって、それは……」

義父が待つ家に帰りたくないから義母はここにいるのだった。だからといって、自分たちが住む1LDKのアパートでは寝る場所もない。そのうえ杏菜は夜泣きする。

そのとき、「まあ立ち話もなんやし、みんなでお茶でも飲みましょうや」と、背後から嗄れ声が聞こえてきた。振り向くと、ミサオがすぐ後ろに立っていた。まるで自分の家でもあるかのような言い方だ。そもそも、なぜ市議会議員のミサオがここにいるのだろう。

「そう、ですか？　お茶でも？　そうしますか？」と、郁子が一人一人の顔を見回している。全員が戸惑っているようで、誰も何も言わずシンとした。

「じゃあ、そうしましょう」と、郁子がきっぱり言った。「こんなことになるんならお茶菓子を用意しておくんだったわ。飲み物なら色々あるんだけど」

郁子が眉根を寄せて、心底残念そうに言うのがなんとも場違いだった。

「ちょうどよかったわ。さっき瑞恵さんとオハギ作ったんやけど多すぎての。これで固うなる前に片づくわ」と、霧島のお婆さんが楽しそうに言った。

東京から来た郁子という嫁だけでなく、このお婆さんも少し変わっている。霧島氏はポカンと口を開けているし、ミサオはなぜか満面の笑みだ。

「オハギは大好物じゃわ」とミサオは言い、生唾をゴクリと飲む音がはっきりと聞こえた。

なんだか調子が狂う。義母が良からぬ人間に監禁されているのではないか、緊急事態だとばかりに慌てて駆けつけたのだ。

「風が強くなってきたから、うちのリビングにどうぞ」と、郁子が言った。

「さあ、どうぞ。こっち、こっち」と、ミサオがまたしても勝手知ったる家であるかのように誘導する。みんなぞろぞろとミサオの後について、可憐な花が咲き誇る素敵な小道を通り抜けて、庭に面した掃き出し窓の手前にある沓脱石《くつぬぎいし》で靴を脱いでリビングへ上がった。リビングの真ん中には、大きなテーブルがデンと据えられていた。

「悪いけど、お茶の用意を手伝ってくださる？」と、郁子が私を見て言った。

「私、ですか？　はい、もちろんお手伝いします」

声をかけてもらって嬉しかった。他人の台所を見れば、何かしら新しい発見があり、勉強になるのだ。杏菜をヒロくんに預け、私は郁子について台所へ入った。

「きれいですね」

今まで見た中で最も清潔感のあるキッチンだった。引っ越してきたばかりというのもあって物が少ないのかもしれないが、新品ではないシンクもピカピカに磨き上げられている。

「棚からお湯呑みを出してもらえる？」

「はい。えっと、全部で……」何人だったかな。霧島夫婦とお姿さん、私たち夫婦と義母、そしてミサオ。総勢七人だ。

「あなた、お名前は何とおっしゃるの？」

「落合由香と言います」

「由香さんね。私は霧島郁子と言います。それで、実はね」

そう言って、郁子は茶目っ気たっぷりな目つきで私を見た。「私ね、いい歳して日本茶を上手《うま》く淹れられないのよ。だから由香さんにお願いしてもいいかしら」

初対面なのにざっくばらんな人だ。村井の爺さんの話から想像していたのはツンとした女だったが、実物はまるで逆だった。

「はい、私、お茶淹れるの、ちょっと得意なんです」

実家の母がお茶にうるさいので、幼い頃から見よう見真似で淹れているうちに上手くなった。

「さあ、どんどん食べて」

霧島家のお婆さんは大きなお盆に色々な物を載せて持ってきた。オハギだけでなく漬物や、もろきゅう、それに昨夜の残り物なのか、サツマイモの天ぷらまである。義母もいそいそと小皿を配ったりしている。その姿を見ただけで、心身ともに元気なのがわかって安心した。さっきまで心配そうだったヒロくんの表情も、穏やかなものに変わっている。

「嬉しいのう」と、ミサオが言った。「こういった仲良しの寄り合いが年々少のうなっとるでの」

ミサオは不思議なほど気楽な空気を纏《まと》っているように見えた。さっきの尋常でない

たという のに。
様子——霧島夫婦と私とヒロくんが慌てて母屋に走っていった——を目の前で見てい

「黄粉《きなこ》のオハギの中にも、ちゃんと餡子《あんこ》は入っとるんやろうね？」などと、ミサオは脅すように尋ねながら、嬉々《きき》として小皿に取り分けていく。

もしかして、ここにいる女たちは、みんなネジが緩んでいるのではないか。義母の行く末を深刻に捉えているのは自分とヒロくんだけなのか。だがそう思う一方で、実は自分も楽しくてたまらないのだった。こういった空間が自分たち夫婦にはない。アパートでは子供の泣き声がうるさいと苦情を言われることがしょっちゅうだし、壁も床も薄いのに子供にピアノを習わせている家庭があり、その騒音で苛々することも少なくなかった。広くて安い一戸建ての市営住宅の抽選には漏れ続け、ましてや鉄筋コンクリート製の立派なマンションは家賃が高くて手が出ない。

「それで、落合さんはなんで霧島家におるの？」とミサオが尋ねた。オハギに意識が集中していると思っていたが、意外にも周りのこともわかっているらしい。

「えっと私は、あのう」と、義母が言い淀《よど》んだとき、郁子が横から口を挟んだ。

「そんなプライベートなこと、今ここで無理に話す必要はありませんよ。本人が是非とも話したいというのなら別ですけどね」

私は心底びっくりして郁子の横顔を見つめた。

郁子よりずっと年上の、それも市議会議員のミサオの質問をぴしゃりと撥《は》ね除《の》けた。村井の爺さんは、こういった面を見て嫌な女だと言ったのだろうか。でも、私はそうは思わない。郁子は瞬時に気配りしただけだ。嫌な女どころか、正義感のある優しい人ではないか。自分がキツい女だと思われるのを物ともせずに義母を庇《かば》ってくれた。私の周りに、こういったタイプの女はいない。それどころか、他人のプライベートには興味津々といった体で耳を傾ける人が多い。それも、六十二歳にもなった女が家出したとなれば、井戸端《いどばた》会議の格好の餌食《えじき》だ。

郁子の夫はといえば、ビールを飲みながら、郁子の意見に何度も頷《うなず》いている。

「お気遣いありがとうございます。ほんでも私は大丈夫ですわ。ここにおる人らは信用できる人ばかりやから」と、義母が続ける。「皆さんに聞いてもらって、お知恵を拝借できたらとも思いますんで、思いきって事情を話してみます。霧島さんのお宅にずっと世話になるわけにはいかん、一日も早《はよ》う出ていかんと」

「瑞恵さん、遠慮せんでええよ。気持ちが決まるまで家におってもらっても私は一向に構わんのだから」と、霧島家のお婆さんが言う。

「ありがとうございます。図々しいとは思いながらも、実際どっこも行くとこがないし、離婚したら食べていけんから踏ん切りがつかんし……」

「えっ、離婚？」と、ヒロくんが驚いた声を出した。「そうか、母さん、そこまで考えとったんか。無理もないわ。介護人生やったもんなあ」

「ヒロくん、介護人生って、どういうことじゃ？」と、サツマイモの天ぷらにかぶりつきながらミサオが尋ねた。

私が夫を「ヒロくん」と呼んだのを耳にしたのだろう。ミサオにいきなり「ヒロくん」と呼ばれた夫は苦笑している。それにしても、ミサオは阿呆《あほう》みたいな顔で能天気にオハギや天ぷらを頬張《ほおば》りながらも、全方位にアンテナを張っていて、人の話を一つも聞き洩《も》らしていないらしい。

「うちの母は嫁いできてすぐに、祖母の介護係になったんです」と、ヒロくんは義母の介護人生を話し始めた。「俺と弟は幼い頃からそれを見て育ってきました」

「子供らには申し訳ないことをしました。ヒロたちの面倒を見んならんのに介護の苛々を子供らにぶつけとったし、いっときも家を空けられんから運動会も見に行けなんだ」

そう言って、義母は溜め息をついた。

「あの時代は確かにそうでしたなあ」とミサオは言い、漬物をポリポリと美味しそうに食べた。「介護施設が少なかったし、運よく老人ホームに入れても、面倒を見ん嫁は性根が悪いと親戚中でボロクソに言われよった。日本では介護は嫁の役割と言うけども、最近の欧米では強制労働と呼んどるみたいだわ」

「えっ、強制労働？」

ヒロくんが驚いたように言うと、場が静まり返った。

「でもお義母さん、今は誰の介護もしとらんのやから、旅行したり習い事したりして、楽しんだらええのに」と、私は言った。

「由香の言う通りや。親父と二人であちこち旅行したらええのに」

ヒロくんがそう言ったとき、私以外の年配の女たちの視線が夫に集中した。

「えっ？　俺、なんか変なこと言いました？」

「旅行なんて、仲のええ人と行くから楽しいんやわ。ホテルで同じ部屋におるくらいやったら、家の中の別の部屋におった方がまだマシ」と、義母が言った。

「あ、それもそうやな。旅行先でも親父に顎《あご》でこき使われるの、目に見えとるもんな。無神経なこと言うてしもた」と、ヒロくんが言った。

「うちのお父さん、若い頃よりひどうなった。男の人ってどうしてあんなに威張り散らすんやろ」と義母が言う。

「みんながみんなってこともないやろけどね。俺は由香に威張り散らしたりせんよ。なあ、由香ちゃん」

「うん、ヒロくんは威張ったりせん」

「あら、うちの夫だって威張らないわよ。どちらかと言うと、私の方が偉そうかもね。それに、財布も私が握ってるし」

郁子がそう言うと、郁子の夫はハハッと軽快に笑った。

「あ、お茶がなくなったわね。次は紅茶でも淹れましょうね」

そう言いながら郁子がキッチンへ入って行くので、私は「お手伝いします」と言って後を追った。

郁子は、きれいな模様の紅茶缶をキッチンの棚から取り出した。ティーカップもすごくお洒落で、素敵な庭や清潔なキッチン……目にするものすべてがキラキラして見えて、郁子に対して憧れに似た気持ちを抱いた。

「由香さんは働いてるの？」

「はい、駅前のショッピングセンターで働いています」

「最近は共働きが増えたわね」

「はい。働かざる者食うべからずって、ヒロくんのお父さんに言われてます」

「あら、手厳しいわね。それってまさか……瑞恵さんにもおっしゃるのかしら」

「はい、しょっちゅうです」

「でも瑞恵さんは介護人生だったから働きには出られなかったでしょう？」

「そうなんですよ。それなのに義父は言うんです」

「信じられない。瑞恵さんが可哀想すぎるわよ。瑞恵さん夫婦ときたら私と同世代とは思えないわ。私と夫はずっと友だち感覚のままなのに」

「何かっていうと、お義父さんは『稼いでいないくせに』ってお義母さんに言うんですよ。まるでイジメです。あれじゃあ誰だって精神的に追い詰められます」

「嫌ねえ」と、郁子は大きな溜め息をつきながら、大ぶりのミルクピッチャーに牛乳を注ぎ入れて電子レンジで温め、レモンティーが好きな人のためにと、庭で取れた小さな柚子《ゆず》を次々に半分に切ってガラス鉢をいっぱいにした。

リビングのテーブルで紅茶を配り終えたとき、郁子の夫が尋ねた。「ところで、母ちゃんと瑞恵さんとは、どういう知り合い？」

「スーパーの帰りに神社の前を通ったら、瑞恵さんが石段に腰かけてぼうっとしとりんさったんじゃ。その顔つきがただごとじゃない気がして、家に連れて帰ったんよ」

と、霧島家のお婆さんは言う。

「え？　知り合いじゃなかったのか？」と、郁子の夫が驚いている。

「初対面やのに図々しくお世話になってしもて」

瑞恵が申し訳なさそうに縮こまる。

「退屈しとったから、ちょうどよかったんよ。色んな話ができて気持ちに張りが出てきたし、一緒に料理したら、味噌汁ひとつとっても、家によって色々な流儀があるみたいで、なかなか面白い」

そう言って、霧島家のお婆さんはにっこり笑った。

出会いは偶然だが、馬が合うようだ。

「お義母さんの苦労を思うと、こんなこと、本当に言いにくいんやけど……」と、私は思いきって切り出した。言うべきではないと強く思う反面、今言っておかなければ、とんでもない未来が自分を襲うのではないかと不安でたまらなかった。

「由香ちゃん、何やの？　何でも遠慮のう言うてちょうだい」と義母が促す。

「……はい。お義父さんと離婚するのだけはやめてほしいんです」

「そう言うやろうと思っとった。世間体が悪いもんなあ」と義母が言う。

「違います。この先お義父さんが病気になったり寝たきりになったりしたら、嫁の私が介護せんならんようになります。それ、ほんと勘弁してほしいです」

部屋中の空気が凍《こお》り付いたようだった。みんな嫁の冷酷さに息を呑んだのだろうか。でも、夫の弟一家は北海道で暮らしているから協力してもらえそうにない。

「由香ちゃんにあんな親父を介護なんてさせられん」と、ヒロくんが沈黙を破った。

「日頃から健康に気ぃつけとるんやったら同情の余地もあるけど、うちの親父ときたら、いまだにヘビースモーカーやし、何べん注意しても醬油をドバドバかけるし、揚げ物が大好きで酒飲みのうえに饅頭《まんじゆう》まで大好きときとる。成人病まっしぐらやぞって何回言うても耳貸さん。そのうえ、人に感謝する気持ちが欠片《かけら》もない」

「色々な介護サービスを組み合わせたり、施設も利用すればいいじゃないの」と、郁子がいとも簡単そうに言った。

「そうは言うても郁子さん、栗里市はヘルパーが全く足りとらんのだわ。立派な鉄筋の施設はあるんじゃが、給料が安うて重労働でなり手がおらん」とミサオが言うと、郁子はなぜか、斜め向かいの霧島氏を思いきり睨《にら》んだ。そして睨まれた彼は、慌てて目を逸らして目を泳がせている。

「日本全国同じ悩みを抱えているわけね。でもまさか田舎でも足りてないとはね」

郁子はそう言うと、何やら意味ありげに霧島氏を再びチラリと見た。

「だって以前はすぐに入れるって聞いたから」と、霧島氏が言い訳するように言う。

ということは、霧島家のお婆さんが介護状態になったときには老人ホームに入れるという約束でUターンしてきたのか。

「つまり、瑞恵さんは今まで介護ばかりの大変な人生やった。ほんで次は」と、ミサオは天井を見上げて言う。「離婚せん限り、ダンナの介護が待ち構えとる。あらま、お先真っ暗」

「先生、そういう言い方……」と、霧島氏がミサオを見て言った。

「言い方がどうあろうと現実は現実。きれいごと言うたって始まらん」

ミサオがぴしゃりと言うと、義母は大きく二回うなずいた。

義父母が離婚したら、その「お先真っ暗状態」が私に回ってくる。何とかして避ける方法はないものか。

焦りがジワリと腹の底から突き上げてきた。

9　霧島郁子

先週の日曜日は楽しかった。

同じ地域に住む様々な世代の人たちとリビングでおしゃべりできるとは思ってもいなかった。東京では狭いマンションにたくさんの人を招くことなどなかった。だが、ここなら自慢のイングリッシュガーデンも広いリビングもあるし、日当たりを遮《さえぎ》るビルもない。

だったらやっぱり田舎に住むって素敵なことよ――自分にそう言い聞かせた。無理やりにでも長所を思い浮かべないと、ふとした拍子に虚しさに襲われ、移住してきたのを本格的に後悔してしまいそうだった。

昨日のような集まりが週に何回もあれば楽しいのだけれど……。

とはいうものの、瑞恵の介護人生の話は心にずっしり重く伸しかかった。そのうえミサオの言い方は容赦なかったし、由香の将来への危惧《きぐ》は恐怖心にも似ていて同情せざるを得なかった。みんな正直で、そして現実を真正面から見つめていた。

そのあとも、ハコモノ建設や現市長の胸像に対してミサオや由香が舌鋒《ぜっぽう》鋭く批判を繰り広げ、由香の夫は、保育園の定員がいつまで経っても増えないことで二人目の子供を躊躇《ちゅうちょ》する夫婦が多いことや、道路のミラー設置も遅々として進まないことに怒っていた。

どうしてこうも市民の声が届かないのかと、もどかしくてたまらなくなった。自分とは関係ないとばかり言っていられないのではないか。市の方針によって、日々の暮らしが左右されることは間違いない。しかも聞けば聞くほど、市がほんの少し方向転換すれば解決できるようなことばかりなのだ。新幹線を通せだとかダムを造れなどと大きなことを要望しているわけではない。

「焼きたてのパンのいい匂いがする」と言いながら、夫が畑仕事から帰ってきた。

今日はミサオが来る予定だった。引っ越しの段ボール箱の中からホームベーカリーを取り出して、干しブドウとクルミをたくさん入れたパンを焼いたのだった。

「今日もミサオ先生、来るんだろ？」

「うん、また立候補しろってしつこく言うんでしょうね。うんざりだわ」

そうは言うものの、いつの間にかミサオが来るのを心待ちにするようになっていた。ミサオは頭の回転が速いうえに教養があるから、どんなジャンルの話でも食いついてきて、互いに意見をぶつけ合うことで突っ込んだ話になる。そのうえ、昭和時代のこの町の様子を聞けるのも楽しかった。

「郁ちゃん、思いきって立候補してみたら？」

びっくりして夫を見つめた。

「郁ちゃんに合ってると思うんだよね。リーダーシップもあるし」

「冗談やめてよ。ああいうの苦手なんだってば」

そのとき、玄関チャイムが鳴った。

「あ、来た」と、弾んだ声が出てしまった。

「なんちゅう美味しそうなパンなんじゃ」

挨拶もそこそこに、ミサオはリビングに入ってくるなりそう言った。

「たくさん召し上がってください」

「この家はほんに美味しいもんばっかり出てくる。ここに来る日は、朝から何も食べんことに決めとるんだわ」

「先生、ゆっくりしてってください。俺はそろそろ出かけますけど」

今日は夫の中学時代の同窓会がある。高校時代のはちょくちょく開催されているが、中学時代の同窓会は実に三十年ぶりだという。駅前のホテルの大広間を貸し切っての学年全体の大々的なものらしい。一年も前から計画されていて、尊敬する恩師も来るのだと、以前から夫は楽しみにしていた。恩師は国語の教師で剣道部の顧問でもあったという。夫が中学に入学したときに新卒で教職に就いたばかりで、お兄さん的存在の熱血漢だったと聞いている。

「ちょっと待ちんさい。霧島くんは奥さんが立候補することに反対か？」

出かけようとする夫を呼び止めて、ミサオは尋ねた。

「俺は大賛成ですよ。ついさっきも立候補を勧めたばかりです」

「そうか、だったら問題ないわ。霧島くん、行ってらっしゃい」

夫が出かけていくと、ミサオはまたしても決断を迫ってきた。

「郁子さん、そろそろ決心したらどないじゃ」

「何度も言いますけどね、私はそんなつもりで移住してきたんじゃないです」

そう言いながらも、市政に対する由香夫婦の不満を思い出すたび、闘志が燃え上がりそうになるのだった。

防災用の備蓄品さえ貯蔵していないというし、小学校には学習用タブレットもなく、中学校の周りは街灯が不足しているせいで、部活帰りの女子中学生が連れ去られそうになった事件もあったらしい。街灯だけでなく、通学路に防犯カメラも設置してほしいと要望したが、財政的に無理だとどちらも却下された。市長の胸像を作る予算はあるのに、防犯カメラが設置できないとはいったいどういうことだ。

時代は加速しながら変わっていく。それに応じて行政も変わっていかなければならないのに、傍聴席から見た議会の様子からすると、まるで戦前で時が止まっているかのようだった。

だが不満がどんなに膨れ上がっても、栗里市ではデモをする人はいない。市の財政を調べることまではせず、予算がないと言われれば、仕方がないと簡単に諦めて、陰で批判するのが関の山だ。

ここにきて欧州視察の噂が市内を駆け巡っていた。高級なワインやビジネスクラスの話は具体的でわかりやすい。スーパーの駐車場や畑や郵便局の前で二人以上が立ち話をしていたら、ほぼ間違いなく視察旅行に関することだと聞いた。それ以外にも、現市長の胸像を市庁舎の前に設置する費用が法外だとか、胸像制作者は市長の親戚だとかいう、嘘か実《まこと》か知らないが様々な噂が飛び交っていて、子供の姿を滅多に見ないほど少子化が進んだ静かな町に、久々の活気を与えていた。

だが、きっと時間の経過とともに嵐は過ぎ去るだろう。人の噂も七十五日とばかりに、何事もなかったかのように忘れ去られる。そして市庁舎の前には、澄まし顔の胸像が建つのだ。

ああ、栗里市には明るい未来がない。村井は議会のドンだと聞いた。議長になったことはないが、村井会は最大派閥で、村井に逆《さか》らえる市議はいないらしい。

村井にギャフンと言わせてやりたい。

は？　何を言ってるの。私には関係ないわよ。市議会に首を突っ込んだりしたらダメだってば。老後をゆったり過ごすために移住してきたんだから。

「郁子さん、救世主になってくれんか？」と、ミサオが縋《すが》るような目で見る。

「何をおっしゃってるんですか。私には無理ですってば」

「郁子さん、あんたならできる」

「あのね、私はおだてに乗るほどオメデタい人間じゃありません。市政に関する知識は皆無ですから」

「そのことなら大丈夫だわ。私が教えてあげるよってに。これでも定年まで高校の教師やったんや。きっちりカリキュラムを作って、市議会の仕組みや財政についても勉強会を開こうと思っとる。まずは予算書や決算書の読み方を学ばんといかん。他の自治体と比較しながら、栗里市の状況を把握せんことには何も始まらんからの。郁子さんは経理畑三十八年やと霧島くんから聞いとるぞ。そんなら習得も早いはずじゃ。それに、女は福祉と教育と環境のことしか知らんと思いたがる男性市議が多いでの。土木から建築から何から何まで押さえとかんとならん」

「勉強会？　それは……いいかも。そうだ、由香ちゃんたちも呼びましょうよ」

だって勉強会を口実に、頻繁に茶話会ができたら楽しいではないか。今までの経験から言っても、意味なく集まるのは長続きせずに自然消滅してしまうものだ。だが、何か目的――手芸でも書道でも華道でも理由なんか適当でいい――があれば不思議と続くものだ。

「そうか、勉強会は賛成か。やっとヤル気になってくれたな」とミサオが嬉しそうに言った。

何やら誤解されたようだが、訂正するのも面倒だった。そんなことより、茶話会のために、久しぶりにシュークリームでも焼こうかな。

なんだかウキウキしてきた。

その夜、チャコから電話がかかってきた。

――郁子、その後、どう？　元気にしてる？　姑とのバトルとか本当のところ、どうなの？　正直に言いなさいよ。

「人の不幸を心待ちにしてたんでしょう？　残念でした。そういったバトルは一切ありませんからご心配なく」

――なんだ、つまんない。

「それよりさ、市議会議員のお婆さんがしょっちゅう私を訪ねてくるのよ」

――へえ、それはまたどうして？

それまでの経緯――議会の傍聴席に迷い込んでしまったこと、女性市議に対するセクハラを目撃したこと、ロビーで梨々花を怒鳴りつけてしまい、それを目撃したミサオが私に市議になるようしつこく勧めること――などを話してみた。

電話の向こうからクスクスと笑い声が聞こえてくる。

「チャコ、笑いごとじゃないんだってば。そのお婆さんたら本当にしつこいのよ」

――私が想像してたのと全然違う。暇で死にそうなんじゃないかと思って、わざわざ電話してあげたのに、なんだか羨ましくなってきた。そのお婆さんの言うように、郁子は市議に立候補すべきだと思うわ。

「やめてよ、チャコまで」

――だって、もったいないじゃない。郁子は生まれながらの働き者で、正義感の塊《かたまり》だもの。今まさに、それを生かすべきときが来たのよ。

「正義感の塊？　私が？　いったいどこからそういう話になるのよ」

――あら、大学時代の仲間はみんなそう思ってたわよ。危険を顧みずに下着泥棒を捕まえたこともあったし。

「あれは若気の至りよ。単に向こう見ずだっただけ」

――考えてもみなさいよ。たまたま通りかかったアパートで、ベランダの物干しから下着を盗もうとしている男を見つけて、「誰か警察を呼んでくださいっ」と大声で叫ぶだけでも勇気が要るのに、逃げようとした男の足を引っかけて転ばせたのよ。男が転んだ隙に郁子は馬乗りになったじゃない。あんなこと、普通はできないよ。

「だって、あの男は私より小柄で痩せてたし、何といっても後輩のマルちゃんが押さえ付けてくれてたからよ」

マルちゃんというのは、合唱部の中で最も体重のある女の子だった。彼女はバイクの二人乗りをするみたいに、私のすぐ背後で同じように馬乗りになったので、男は全く身動きできなくなった。

――マルちゃんは気の弱い女の子だったでしょう。郁子が『マルちゃんも乗りなさいっ』なんて大声で命令したからよ。

「あのねチャコ、昔のことなんてどうでもいいのよ。要するに私は目立ちたくないわけ。小さな町ではちょっとしたことでも噂になるの。悪い評判が立ったら暮らしにくくなるのよ」

村井が私に関する悪い噂を流していることは耳に入ってきていた。

――噂なんかどうだっていいじゃない。恥かいたって傷ついたって、どうせみんないつか死ぬのよ。私たちだってそのうち寿命が来るわ。他人事《ひとごと》だと思って、まったく呆れてものが言えない。

──また経過報告聞かせてね。楽しみにしてるからね。郁子議員様、バイバーイ。

いきなり電話が切れた。まったくもう。


風呂から上がると、会社の後輩だった夏織からメールが届いていた。

──先輩、そちらの生活はどうですか？　そろそろ東京に帰りたくなってきたんじゃないですか？　でも無理ですよね。だってマンション売っちゃったんですもんね。ウフフ。

信じられない。わざわざ「ウフフ」と文字を打つ神経、どいつもこいつも……。

頭にきたので、すぐに電話をかけた。

「夏織、あなたって相変わらず意地悪ね」

──ええ、そうですけど？　だってこれくらいじゃないと部長にはなれませんから。

「その可愛げのなさは生まれつきなの？」

──そんなことより先輩はどうなんです？　本当は退屈で死にそうなんでしょう？　正直にゲロっちゃってくださいよ。多忙な部長職のアタクシが特別に聞いてあげるんですから。

なんなんだ、この後輩とも思えない生意気な態度は。

「残念でした。退屈どころじゃないのよ。色々とあってね、例えばね」と、さっきチャコに話したのと同じことを言った。

──へえ、だったら市議になればいいじゃないですか。先輩にとって天職だと思います。

「他人事だと思って。よくもそういい加減なことを簡単に言えるもんだわね」

──いい加減なことじゃないですよ。先輩の性格に合ってますもん。相手が上司だろうが大男だろうが、言うべきことをバシッと言ってきたじゃないですか。だから出世できなかったんですよ。万年係長でしたもんね。でも、そういう人が市議にならないと、未来永劫その町は変わりませんよ。

「そんなこと断言されてもね」

──あら？　否定しないんですね。少しはその気があるのでは？

「ないない。絶対にないっ」

──でも、遣《や》り甲斐はあると思いますよ。

「私は定年まで頑張って働いたの。そのうえワンオペ家事育児にも耐えた。もうノンビリさせてもらってもいいと思うのよ」

──ダメですよ。私は働き続けますから先輩もそうしてください。私は役員になって六十歳以降も会社に残るつもりなんです。そのうち社長になりますから。

「夏織ちゃんてバイタリティあるね」

——よぼよぼになるまで働きまくってバタッと倒れて死ぬ。それが私の理想です。

「老後は旅行したいとか思わないの？」

——旅行なら今だってしてますよ。毎年必ず一週間は海外旅行してるし、土日は登山もしてるんですよ。

「すごいね。仕事が忙しいのに、プライベートも充実してるなんて」

——何を感心してるんですか。言っときますけど、先輩も私と同じ鮫《さめ》タイプですよ。鮫は泳いでないと死んでしまいます。先輩も遣り甲斐や達成感がなければ死んだも同然ですよ。

「それは……」今までにも何人もの人に言われたことがあった。だから毎日が虚しいのだ。

——もし市議に当選したら、神楽坂《かぐらざか》のキャロットケーキを送ってあげますよ。

「あのケーキ、ほんと美味しいよね。食べたいなあ」

——でしょう？　田舎でスイーツといったら、せいぜい蒸《ふ》かし芋くらいしかないんでしょうから。

「失礼ね。こっちにだってケーキ屋くらいあるのよ。パン屋と併設だけど……それも一軒だけだし……味も見かけもイマイチで」

——ケーキ屋の話なんかどうでもいいです。先輩、マジな話、持って生まれた才能を死ぬまでに出し尽くすってのが人間の使命じゃないですか？　私なんてそんなたいした人間じゃないわ」

「大げさね。そもそも私のこと買い被《かぶ》りすぎよ。私なんてそんなたいした人間じゃないわ」

——そんなことわかってますよ。先輩は確かにたいした人間じゃありません。だけど、少なくとも、その梨々花とかいう若い女の百倍は役に立つんじゃないですか？　それと、その村井とかいうオヤジの一億倍。

「それはまあ、たぶん」

——先輩が何歳まで生きるか知りませんけどね、少なくともあと二十年やそこらは、その町で暮らすんでしょう？　いや、もしかしたらあと四十年くらい生きるかも。だとしたら住みにくい町を住みやすくした方がいいでしょう？　四十年て、長くないですか？

「そりゃあ、まあ、うん、それはそう。でもどう考えても……」

——まだウダウダ言いますか？　先輩と話しても時間の無駄だからもう切りますね。今日中に読んでしまいたい本があるんです。それじゃあまた。

いきなり電話が切れた。

時間の無駄……か。久しぶりに聞いた言葉だった。定年退職してから、時間を惜しんで急ぐということがなくなっている。

ソファに寝転んで天井を見上げた。目を閉じてゆっくり息を吸い込むと、自分の心の内がだんだん見えてきた。チャコや夏織に「市議なんてやめておけ」と、はっきり言ってほしかったのだ。「そういうのには巻き込まれない方が賢明よ」と、強い口調で言ってほしかった。

それはなぜなのか。この町をなんとか良くしたいという気持ちが抑えきれなくなってきているからではないのか。だから頬をぴしゃりと叩《たた》くような強い言葉で目を覚まさせてほしかったのだ。「何を血迷ってんの。ノンビリ老後を過ごすんじゃなかったの？」と、冷や水を浴びせてほしかったのだ。

そもそも誰かに相談しようと思ったことが間違いだった。自分の行く末は自分で決めるしかないのだ。

夏織は言った。梨々花の百倍は役に立つんじゃないかと。それはそうかもしれない。だけど問題はそこじゃない。ああいった品のない市議たちの中に身を置きたくないのだ。関わり合いたくない。想像しただけでもゾッとする。六十年も生きてくれば、それなりに嫌なことはたくさんあった。だが、ここの市議会は、それまで経験したこともないほど下品で低次元なのだ。

――君子《くんし》危うきに近寄らず。

私は君子などという立派な輩《やから》ではないが、この諺《ことわざ》は今の私に当てはまる。わざわざ烏合《うごう》の衆の中に何を好きこのんで飛び込むのか。姑が丹精込めて作ってくれたイングリッシュガーデンで、本を片手に手作りクッキーを食べながら美味しいお茶を飲む。そういった生活が、今まで頑張ってきた自分へのご褒美《ほうび》ではなかったのか。

だが、ミサオはこう言いきった。

――出たい人より出したい人。

ミサオの説によると、選挙というものは、自ら出たいと申し出る人よりも、周りが「是非この人に出てほしい」と推薦する人が立候補するべきなのだと。それが私であると、ミサオは言うのだった。

その夜、夫は日付が変わる頃に帰宅した。

同窓会のあと、二次会どころか三次会まで行ったのだろう。だが、その割には、さほど酔っぱらっているようには見えなかった。

「ねえ幹夫、私、補欠選挙のこと考えてみようかと思うんだけど」

「えっ？　本気なのか？」

夫が思いきり眉間《みけん》に皺を寄せたのでびっくりした。喜んでくれると思っていたのだ。だって夫は同窓会に出かける前にこう言ったはずだ。

――郁ちゃんに合ってると思うんだよね。リーダーシップもあるし。

「私が立候補することに反対なの？」

「そういうわけじゃないけど、でも、たぶん当選しないと思う」

「どうして？　私が余所者《よそもの》だから？」

「それもあるけど……なんていうか、ここは田舎だからね」

「田舎だから何なの？」

「……うん。みんな考えが古いんだよ。東京じゃないから」

「どういう意味よ、はっきり言ってよ」

「女の候補者に投票する人はほとんどいないってことだよ」

「だって、梨々花さんは議員になってるじゃない」

「あれは議長まで務めた親父さんの後継ぎだからだよ。インドやフィリピンや韓国でも女性の大統領や首相がいたけど、全員が親父さんの後継ぎだったろ」

「大統領と市議じゃ随分違うけどね」

「母ちゃんは何て言ってる？」

「まだ言ってないけど、お義母さんも反対するのかしら。さっき聞きに行こうと思ったんだけど、縁側に近づいたとき、何やら深刻そうな話し声が聞こえたから今日は遠慮しといた」

「こんな夜遅くに母屋に行ったのか？」

「散歩のついでよ。月がきれいだったから」

「郁ちゃん、そういうの、やめてくれないか。ここは東京じゃないんだよ」

「夜に散歩に出たらマズいの？　熊に襲われるとか？」

「そうじゃないよ。誰かに見られたらどうするんだよ。夜中にウロつく変な女だって言われるよ。もう、これ以上……」

　言いかけて夫は黙った。

「何それ、『もうこれ以上』ってどういう意味？　誰かに何か言われたの？」

「いや、そういうわけじゃないけど」

「同窓会で私の悪口を聞かされたんでしょ」

　図星だったのか、夫はいきなり目を逸らし、テレビのスイッチを入れた。

「はっきり言ってよ。言わなかったら離婚だよ」

　そう言うと、夫は鋭い目で私を睨んだ。結婚以来三十数年、そんな目を私に向けたことは一度もなかったので、心底びっくりしたし、何よりショックだった。

「冗談でも離婚なんて言うなよ。郁ちゃん、どうしちゃったんだよ」

「どうかしちゃったのは私じゃなくて幹夫でしょう？　幹夫と違って私はこの地域に親も幼馴染みも知り合いもいないのよ。唯一心許せるのが幹夫だけなのよ。その幹夫が私の味方じゃなくなったら、私はもうここでは暮らせない。逆の立場を想像してみてよ」

「……ごめん」

「で、同窓会で何を言われたの？」

「お前は嫁の尻《しり》に敷かれて情けないヤツだって」

「何を見てそう思ったのかしら」

「色々な噂があるみたいだよ。ミサオ先生がうちに出入りしていることとか、郁ちゃんに立候補を勧めていることもみんな知ってた。夫を差し置いて妻が選挙に出るなんて言語道断だって」

「え？　夫を差し置いて？　意味がわからない。で、幹夫はどう答えたの？」

「どうって、特に何も……とにかくみんなが俺のこと可哀想だって同情してくれて」

「へえ。それで幹夫は自分が今までずっと間違った夫婦関係でいたことに気がついて、急に恥ずかしくなったってことだ」

冗談で言ったのだった。即座に否定してくれると思っていた。それなのに……。

「うちの親父にしたって、母ちゃんにはいつも威張っていて、母ちゃんはいつも控え目だった。だから家庭がうまく回ってたんだと思う」

信じられない思いで我が夫をまじまじと見つめた。

この人、本当に私の夫だろうか。本来はこういうタイプの男だったのに、今までずっと無理して私に合わせて生きてきたんだろうか。

「郁ちゃん、会社でも対等の関係って仕事しにくいだろ。どっちが上司でどっちが部下か、誰がプロジェクトリーダーか、誰が先輩で誰が後輩かって、命令系統がはっきりしていた方が仕事がスムーズに運ぶ。そういうの、郁ちゃんだって経験あるだろ?」

家でも命令系統が必要だと夫は言っているのだろうか。夫と妻は上司と部下の関係であるべきだと思っていたのか。何でも話し合う親友のようだと思っていたのは私だけだったのか。

気持ちを鎮めるために、冷めきった紅茶をゆっくり飲んだ。

「どうして黙っちゃうんだよ。郁ちゃんの意見は?」

「幹夫と結婚したことをこれほど後悔する日が来るとは思わなかった」

「えっ、何だよ、今になって」

「相手の本性が三十数年経って初めてわかるってこともあるのね。人生って面白い」

涙が滲みそうだった。

今まで夫の何を見てきたんだろう。我が夫はこういった人間だったのか。同世代の男性の中では、話がわかる方だと思ってきた。それなのに、まるで今まで「男として」不当な目に遭ってきたかのような言い草ではないか。

もしも私が専業主婦だったらどうなってたと思う? 私が定年まで働いてきたから

こそマンションのローンも返せたんだし、娘たち三人とも奨学金を借りずに私立の大学を卒業することができたのよ。幹夫の給料だけじゃ、家も学費も無理だった。私は歯を食いしばって家事も育児も一人で引き受けてきたんだよ。

今までそんなことを口に出して言ったことは一度もないし、一生言うつもりもない。夫だって長時間残業に耐えて一生懸命働いてきたのだ。だけど、夫が私の稼ぎを補助的なものだと考えているのは常日頃から感じてきた。実際は夫と大差ない給料を得ていたのだが、そんなことはわざわざ声を大にして言うべきことではないし、家計は私が管理してきたからこそ夫は知らないままなのだ。

だから夫のせいではない。でも……。

腹の底から怒りが沸々と湧いてくる。

結婚して三十数年、何度も怒りを呑み込んできた。他の男よりは百倍マシな男だと思って自分を慰めて生きてきた。

その結果がこれなのか。

もう東京に帰ってしまおうか。

それとも夫を無視して自分だけの生き甲斐を持つか。

10　落合由香

ミサオが辞職したことで栗里市議会議員の定数の六分の一超に当たる三人が欠員となり、補欠選挙戦が始まった。

パートの休憩時間に、市報に載っている立候補者を眺《なが》めた。

——萩尾松男《はぎおまつお》（67）土木工事会社経営
——平岩史郎《ひらいわしろう》（73）元市議、元市役所職員
——霧島郁子（61）元会社員
——島本正則《しまもとまさのり》（67）元会社員
——中山満《なかやまみつる》（75）元PTA会長

女性が立候補するのは梨々花以来だった。郁子に心境の変化でもあったのだろうか。ミサオに勧められるたび、あんなにきっぱり拒絶していたのに。

最近の自分、なんだか活気づいている。それというのも、毎週土曜日は郁子の家の

リビングで選挙活動の打ち合わせと勉強会があるからだ。それが楽しみで仕方がないのだった。

それまでの目の回るような日々の繰り返し――ショッピングセンターの衣料品売り場で働き、帰りに保育園に寄って杏菜を引き取り、帰宅後はすぐに洗濯機を回しながら料理を作る――が、ふと虚しくなることがあった。もちろん杏菜は可愛くてたまらないし、成長も楽しみだけれど、この町でこのまま歳を取ってオバサンになったあとオバーサンになって死んでいく。そんな将来が全部見通せてしまって、誠実で優しいヒロくんには申し訳ないけれど、何のために生まれてきたのかと思うこともあった。

そんなうんざりするほど平凡すぎる暮らしの中で、勉強会は刺激的だった。そこでの話題は市政にとどまらず、国政や県政や世の中の風潮について、ミサオの話を聞くことができる。

ミサオの話には必ず具体例が出てくる。だからか政治というものが自分自身の生活や杏菜の将来に直結しているとわかるし、決して無関係ではないんだと初めて感じるようになった。そして、自分にこれほど知識欲があるとは今の今まで気づかなかった。「若い人が日頃感じていることや意見を、聞かせてちょうだい」と郁子が私に話を振るのも新鮮な驚きだった。私みたいな何の取り柄も学歴もない女の意見を聞きたいと思ってくれる人がいる。そのことが純粋に嬉しかった。

舞子も楽しみにしているようだ。友だちを連れてきてもいいと郁子が言ってくれたから、舞子を誘ったのだった。それがきっかけで、高校時代のときのように再び打ち解けることができた。天気のいい日は庭で勉強会が開かれる。前回は郁子がサンドイッチを用意してくれて、霧島家のお婆さんが烏賊《いか》と里芋の煮物を運んできてくれた。次回は私も何か美味しい物を持参したい。

あれ以後もずっと霧島家の母屋で世話になっている義母はいそいそと取り皿を配り、ときおり笑顔を見せるようにもなった。勉強会でも熱心にメモを取っていて、ときどき遠慮がちに質問するが、鋭い内容でびっくりしてしまうこともある。義母にはこのまま順調に立ち直ってほしい。とはいえ、うちは1LDKだから引き取るのは無理だし、そうはいってもこのままずっと霧島家にお世話になるわけにもいかない。霧島家のお婆さんは「いつまでおってくれてもかまわんよ」などと優しい言葉をかけてくれるが、遠い親戚ですらない全くの他人なのだ。いったいこの先、義母はどう生きるべきなのか。どう考えても、義父のいる家に帰るしか道はないのではないか。

ああ、大金持ちならどんなにいいだろう。

心底そう思うのはこういうときだ。家が何軒でも買えるくらい金持ちならどんなに生きていきやすいだろう。義母も自分用の小さな家が持てたら助かるだろうに。

だが、そんな夢物語を言っていても始まらない。私たち夫婦ができることがあるとしたら、義父を改心させることだけかもしれない。義母が家政婦ロボットではなくて、感情のある一人の人間であるという当たり前のことを知ってほしい。

でも、無理かも……うん、きっと無理。

義母はもともと繊細な気遣いをする人だから、霧島家に世話になっていることを、人一倍心苦しく思っているに違いない。今の状況をなんとかしなければと焦っていることだろう。

もしも、夫のもとに戻って屈辱に耐えて生きていくしか道はないと考えているなら、そのうち鬱病になったり、終《しま》いには自殺なんてことも頭をよぎるのではないか。そんな最悪の事態になったりしたら、ヒロくんはショックで立ち直れないだろう。

「おっ、由香ちゃん、おったんか」

ドアの方から聞こえてきた声で、妄想が断ち切られた。

休憩室に入ってきたのは、守衛の佐久間《さくま》だった。私が膝の上に広げていた市報を、「どれどれ」と言って背後から覗き込んでくる。首のあたりに息がかかり、鳥肌が立つくらいゾッとして、思わず立ち上がっていた。

三畳ほどしかない狭い空間に、佐久間と二人きりでいるのが嫌でたまらなかった。だけど、この部屋以外に休憩できる場所がない。パート仲間の冬子《ふゆこ》さんが早く来てくれたらいいのにと思い、チラチラとドアの方へ目をやった。

先月辞めた守衛は七十代だが、どこか少年ぽさを残しているシャイな人で、みんなに好かれていた。それに比べて、同じような歳格好なのに佐久間ときたら……。

「これ、あげる」

そう言って佐久間は飴《あめ》をポケットから取り出した。

「飴、ですか？　いえ、私はいいです」

「まあ、そう言わんと」

「本当に要らないんです」

「そんなこと言うたらあかんわ。年上の人間からの善意を断ったりしたら罰が当たるで。ほら、手ぇ出して」

仕方なく右手を出した。吐き気がするほど嫌だったけど、ギラギラした目つきが恐ろしかった。佐久間は私の手に飴を二つ載せたあと、前回と同じように、私の手を両手で包み込んだ。逃れようとしても、佐久間は外見からは想像もできないような強い力で私の手を握り、びくともしない。

「もうちょっとだけ。好きな人に三秒触ると寿命が五秒延びるんや」

そのとき、ドアが開いて絹江《きぬえ》が入ってきた。「あれまあ、仲がええこと」

佐久間はバツが悪そうな顔をして、すぐに手を引っ込めた。

「手なんか握《お》り合うたりして。あら、飴？　佐久間さんは若い子にだけは親切やねえ。羨ましいわあ、女は若いっていうだけで得やもんね」

そう言って私をチラリと見る。絹江も私と同じパート主婦で、「還暦まで秒読み段階に入った」というのが口癖《くちぐせ》だ。

絹江には、私が嫌がっていることがわからないのだろうか。それが不思議で仕方がないのだ。それどころか、若さに対する嫉妬めいたものまで感じる。私自身は既に三十歳を過ぎていて、そのうえ子持ちだから、自分を「若い女」などとはちっとも思っていないのだが。

佐久間のことは、ヒロくんには話していない。話せばきっと、「そんなパート、すぐにやめろ」と言うだろう。だけど、ここはシフトに融通が利くし、パートの身分でも厚生年金に入れる。そのうえ社員割引でベビー服を買うことができるから、杏菜の衣類はほとんどここで買っていた。日々いろいろな衣料品が入荷されるのを見るのも楽しいし、商品自体に興味が持てる売り場で働けるのは幸運な方だと思う。従業員用の駐車場もあるし、杏菜の保育園にも近くて便利だ。時給にしても、県が定めた最低賃金より六十円も高い。

「その市報、私もさっき見た」と、絹江が続けた。「霧島郁子とかいう東京から来た女が立候補するんやなんて、びっくりやわ」

「絹江さん、わしも同感だわ。聞いた話やと、ごっつい気が強い女なんやと」

「そら気が強いやろ。ダンナを差し置いて嫁が立候補するなんて聞いたことない」

「そう、そこなんや。ダンナがよう許したなあって、みんな呆れとる。尻に敷かれとるに違いないんだわ」

「きっと気の弱いしょぼくれたダンナなんやろね」

「それは間違いない」と佐久間は断言し、愉快そうに声を上げて笑った。

「まっ、どっちにしろ、落選するに決まっとる。恥かくために立候補するようなもんやわ。やめといた方がええって助言してくれるもんが周りに一人もおらんのやろか。そう考えたら哀れな女とも言える」と、絹江が、いかにも同情したような顔つきで言う。

「そもそも余所者にこの地域の何がわかる？　図々しいにもほどがあるわ。いったい何のために立候補するんやら」と佐久間が言う。

「そら議員報酬目当てに決まっとりますがな。そもそも食うに困って東京から帰ってきたに違いないんやから」

「やっぱりそう思うか。それ以外に考えられんわなあ。わしらの税金をなんで都会から来たオバサンに吸い取られんとならんのか、ほんに阿呆らしてかなわん」

そろそろ休憩時間が終わる。私が壁の時計を見上げたことで、さっきから私がずっと黙ったままなのに気づいたのか、二人が同時にこちらを見た。

「由香ちゃんは誰に投票するん？」と、絹江が私を真っすぐに見た。一瞬でも表情の動きを見逃すまいとしているかのようで、その視線が鬱陶しくてたまらない。

「由香ちゃんも霧島郁子っちゅう女には呆れとるんやろ？　なあ、由香ちゃん」と、佐久間が甘い声を出して同意を求めてくる。

「私は選挙なんて興味ないですから」と、一瞬の判断で言った。

この町で生きていくには仕方がない。だが、そのうち霧島家の会合に出入りしていることも噂になるだろう。というのも、隣家の森口泳子とかいうお婆さんがたまに庭を覗いているのだった。フェンスのところに長い間佇《たたず》んで聞き耳を立てている。本人は隠れているつもりらしいが、フェンスの内側から見ると、その姿は隙間から丸見えだった。霧島家のお婆さんによると、泳子は噂好きで、昔から苦手なのだと言う。

「選挙に興味がない？　はあ、最近の若いもんは困ったもんだわ。あのなあ、由香ちゃん、選挙だけは行かんとあかんよ。大人としての義務やからね。わかっとるの？」と、絹江がいきなり説教口調になった。

「わしは萩尾松男に清き一票を入れるつもりじゃ。アイツは大酒飲みやが、なかなか豪気な気性で気に入っとる」

「知り合いなんですか？」と、絹江が尋ねた。

「いや、会ったことはない。単なる消去法だわ。由香ちゃん、あんたも萩尾松男に入れなさい」と、佐久間が言った。

私は聞こえなかったふりをして、休憩室を出た。

その夕方、軽自動車で霧島家の母屋に向かった。

義母が霧島家に世話になっていて申し訳ないとヒロくんとも話し、白い封筒に三万円を入れ、ショッピングセンターの一階で贈答用のカステラも買った。

玄関の格子戸が大きく開いていたので中に入り、声をかけようとしたときだった。

「おめおめとご主人の所に帰りんさるんか?」

奥の方から霧島家のお婆さんの声が聞こえてきた。

「そら帰りたないけど、ほかに方法が……」と、義母の消え入りそうな声がする。

「ミサオさんが仕事を紹介してくれたやろ。病院の清掃は人手不足で困っとるから一日四時間だけでもええと言うてくれとる。それくらいの短時間からスタートするのがええと私も思う」

「すんません。いつまでも世話になっとって」

「そんなこと言うとるんやないよ。だだっ広い家やから、ここに一生おってもらっても気にもならんくらいや。そういう話やのうて、瑞恵さんの人生そのものを私は心配しとるんだわ。六十二歳なんて私から見たらまだまだ若いもん」

「掃除の仕事そのものは有り難いと思っとるんです。ほんでも……」

「ほんでも？」

「きっとまた噂になると思うんです。この地域に総合病院はひとつしかないから、顔見知りもたくさん来院するやろうし」

「噂がなんやの。面白おかしゅう噂話をする人らなんて放《ほ》っといたらええやん。そんなしょうもない人らが瑞恵さんにいったい何をしてくれる？」

「ほんだって、夫婦仲が悪いとか別居しとるとか、きっと言われるやろうし」

「夫婦仲が悪いのも別居しとるのも事実やろが」

「あ、そう言われればそうやった」

私は思わず噴き出しそうになるのを、やっとのことで堪《こら》えた。

「働くことは立派なことだわ。気も晴れるし、世間も広《ひろ》うなる。もしも誰かに嫌なこと言われたら、堂々とこう言ってやりんさい。『夫婦仲が悪うてあんたらに迷惑かけたか、別居して何が悪い』ってな。それくらい言い返す根性がのうて、この先どうやって生きていくん？」

びっくりして立ち尽くしていた。霧島家のお婆さんが、こんなに激しいことを言う人だとは思いもしなかった。いつもニコニコしていて優しそうで、何より常に控え目で、勉強会のときも、いるのかいないのかわからないくらい静かな人なのだ。

どうやら今日は出直した方が良さそうだ。そう思って踵《きびす》を返しかけたとき、あろうことかクシャミをしてしまった。

次の瞬間、話し声がピタリと止《や》んだ。

「そこに誰かおるの?」

スルスルと障子が開き、霧島家のお婆さんと義母が驚いたような顔で出てきた。

「あ、すみません。あの、私いま来たばかりで。それで、えっと、これ……」

しどろもどろになりながら、カステラの箱と白い封筒を、捧《ささ》げ持つようにして差し出した。

「これは文化堂のカステラやね。大好物やわ、ありがとう。こっちの封筒は?」

そう言いながら、お婆さんは封筒の中を覗いた。

「三万円入っとるようやけど?」

「はい、義母が世話になっとるから食費の足しにでもなればって夫も言いますので。少のうて申し訳ないんですけど」

「そうか、ほんならカステラは三時のおやつに瑞恵さんと有り難くいただきますわ。ほんで、この三万円は瑞恵さんの軍資金にしたらええと思う。働きに出るとき、何かと物入りやろうから」

そう言って、お婆さんは白い封筒を義母の手に押しつけた。

義母は封筒をじっと見つめて迷っている風だったが、「由香ちゃん、ありがとう。ほんならこれは私がもらっとく。衝動的に家を飛び出したもんやから、財布に千円しか入っとらんで心細かったんよ。由香ちゃんも家出するときは、ようよう準備してからにしなさいよ」

「は？　はあ……どうも」

「お金って心強いなあ」と、義母は封筒を抱きしめるようにして、しみじみと言った。「私、いま決心しました。思いきって病院に働きに出ます。そしたらフミさんに下宿代を払えるし、仕事に慣れてきたら時間も増やしていこうと思います」

「そうや、その意気やわ」と、お婆さんは義母の肩をバシッと叩いた。男子高校生みたいな仕草だったので、私は少し笑った。

「働いた方が健康にもええからの」

「そうですね」と、義母の頬が緩んだ。

「その笑顔、ええがな。笑顔でおる練習した方がええわ。いっつも暗い顔しとるから他人につけ込まれて噂話をされるんだわ。何言われても楽しそうに笑っとったら、そのうちアホらしなって誰も何も言わんようになるよ」

そういった経験でもあるのか、お婆さんは自信ありげに言った。

ついに選挙戦が始まった。

郁子の選挙スタッフになってほしいと言われたとき、飛び上がるほど嬉しかった。

選挙にはお金がかかると聞いていたが、ポスター代や選挙カーのレンタル代にガソリン代、そして運転手の報酬などは市から出るという。稼ぎのない主婦や老人でも、供託金の三十万円さえ用意できれば立候補できるらしい。今まで市議選など全く興味がなかったから、知らないことだらけだった。

選挙対策委員長はミサオが務めることになった。人の集まる場所で物おじせずに挨拶ができる人、そして対外的に認知されている人が適任だという。そして私は副委員長に任命された。要はミサオのお手伝いだ。右も左もわからないから、ミサオの指示通りに動こうと思っている。事務局長にはヒロくんが手を挙げた。会計と名簿作成を受け持つが、パソコンさえあれば家でもできるらしい。舞子夫婦は、支援者の拡大や郁子のスケジュール管理をすることになった。霧島家のお婆さんと義母は食事班だ。スタッフがいつ事務所に戻ってきても温かい食事が食べられるよう準備してくれている。畑で栽培した採れたての野菜を使うから、美味しくないわけがない。

絶対に選挙違反をするなとミサオに口酸っぱく言われていた。私たちスタッフは、そもそも何をしたら違反なのかも知らなかった。ミサオから渡された「地方選挙早わかり」というハンドブックを、みんなで確かめながら読み合わせした。ミサオが忙しそうだったので、わからないことがあれば市の選挙管理委員会へ直接電話をかけて尋ねるという日々だった。

選挙事務所は郁子の家のリビングと決められた。告示日には私のママ友を始めとして、舞子夫婦の知り合いなどが総出でポスター貼りをしてくれた。声に自信のある女性数人がウグイス嬢の役をボランティアで買って出てくれたのは助かった。それぞれに仕事や子育てで忙しい中、スケジュールを調整して出てきてくれている。

――選挙にはカネがかかる。

それは常識のように言われているが、それほどの金銭がいったいどういう場面で必要なのかが全くわからなかった。札束《さつたば》が飛ぶこともないし、たまに飛ぶのはラップで包んだおにぎりくらいだ。

「どぶ板選挙をするしかない」とミサオは言った。有権者と直接顔を合わせて意思疎通を図り、意見を聞いてまわる方法らしい。

――志は高く、調査研究を深く、住民との距離を短く。

疲れていても、選挙事務所の壁に飾られたミサオの書を見るたびに気持ちが引き締まるのだった。

選挙カーがうるさくて、赤ん坊が起きてしまうという苦情が来てからは、スピーカーを使うのを一切やめにした。夜勤の人もいることを思えば、昼間ならいいというものでもない。他の候補者は相変わらず大音量で流しているから、遠慮していたら負けてしまうのではないかと気が気でなかったが、そもそも名前を連呼することに何の意味があるのかと、みんなで話し合って決めたのだ。

日が経つにつれ、郁子はミサオの後を継ぐのにふさわしい人間だと、みんなが思うようになっていた。何でもよく知っているし、しっかりしていて頼りになる。

ミサオが市議を辞めてから、議会の中では梨々花が女性の代表のようになってしまったのが気にかかっていた。セクハラ発言に対しても、愛想笑いを返すと聞いたからだ。ここは是非とも郁子に議員になってもらいたいと思う。そしたら通学路に街灯や防犯カメラも設置されて、税金の無駄遣いの最たるものである市長の胸像制作も中止されるかもしれない。

みんなの期待がどんどん膨らんでいった。

11　霧島郁子

あーあ、落選してしまった。それも大差で。

――萩尾松男（67）土木工事会社経営　八、七九四票
――島本正則（67）元会社員　六、〇三〇票
――中山満（75）元ＰＴＡ会長　五、四七八票
――平岩史郎（73）元市議、元市役所職員　四、五二六票
――霧島郁子（61）元会社員　一、九二〇票

投票率は六割を超えた。

トップ当選した萩尾松男はカネを配りまくったという噂もあるが、確証はない。萩尾が羽振りがいいのは、公共事業を頻繁に落札するからだと聞いた。

何が残念といって、女性市議が梨々花ひとりになってしまったことだ。ミサオの代わりに私が当選すれば二人態勢を維持できたのに、ミサオの席を萩尾松男に譲った形になり、結局は女性議席を減らす結果となった。

だが言い訳をさせてもらえるならば、あまりにも短期の決戦だった。告示までの準備期間が実質二ヵ月を切っていたし、選挙のノウハウを持たない私には、そもそも無理だったのだ。それでも、みんなで力を合わせたことで一体感だけは生まれていたから、やりきった感と充実感だけはあった。

投票日の前夜に私は言った。

――みなさん、本当にご協力ありがとうございました。あとは人事を尽くして天命を待つといった気分です。

そんなカッコいいことが言えたのは、当選すると思っていたからだ。だって町角ではみんなが笑顔で握手を求めてきたし、あれだけ手を振ってくれたのだ。

だから余計に、落選したとわかったときは落ち込んだ。誰にも言えなかったが、夫が選挙活動を手伝ってくれなかったことにも深く傷ついていた。中学の同窓会に出席して以来、夫は人が変わったようによそよそしくなった。長年生活をともにしてきたのに、夫がどういう人間なのかが根本からわからなくなり、人間不信に陥《おちい》り、胸の奥に得体の知れない不安感が巣食うようになっていた。

「さあ、そろそろ始めましょうか」

ミサオの音頭で残念会が始まった。参加者は落合夫妻、母屋からは姑のフミと落合瑞恵、そして舞子夫妻や由香のママ友など総勢十人ほどになった。

夫は今日も朝から出かけてしまって留守だった。夫の不在に関しては、みんな気を遣っているのか、誰も理由を尋ねてこない。遠慮なくものを言うミサオでさえ夫の話題には触れない。義母だけは庭の草取りをしているときに、そっと近づいてきて言ったことがあった。

――すまんのう。幹夫は今、人生に迷走しとるようだわ。そのうち目が覚めるやろうから、しばらく大目に見てやってほしい。だが、言えば言うほど頑《かたく》なな態度を見せたという。

義母は、夫に意見してくれたらしい。だが、言えば言うほど頑《かたく》なな態度を見せたという。

「みなさんがあんなに一生懸命やってくださったのに、落選してしまいました。私の不徳の致すところです。申し訳ありませんでした」

そう言って頭を下げた。なんだかんだ言っても、百パーセント自分のせいなのだ。余所者であるだけでなく、どぶ板選挙で大勢の人と話をして回ったのに、信頼感を得るところまではいかなかった。時間が足りなかったと言い訳したところで負けは負けだ。だって、たっぷり時間があれば勝てたのかと問われると……本当のところ、自信はないのだった。

「落ち込むのは三秒で十分じゃ」

このミサオの信条は、これまでに何度も聞いた。いちいち立ち止まっていられるほど人生は長くないというのが口癖だった。

「票もたくさん入ったしの」とミサオが言った。

「えっ？　大差だったじゃないですか」と私は即座に言い返した。

「移住してまだ四ヵ月にもならんじゃろ。それやのに二千人もの人が投票してくれた。郁子さん、あんたは市内に二千人も知り合いがおるか？」

「実は私もびっくりした」と、姑のフミが口を挟んだ。「こんなに入るとは思わなんだ。ここにおる人や親戚を足してせいぜい三十票くらいと踏んどった」

「たったの三十票？　そんなあ、ひどいですよ」

そのとき何人かがクスクス笑ったことで、リビングの空気が明るくなり、やっと落ち込みから少し浮かび上がれた気がした。

「補選の投票率は、いつもなら四割を切るんですよ。それやのに今回は六割を超えた。それは郁子さんが立候補して話題性があったからやと思う」と舞子が言った。

「それは絶対にそう。そのことだけでも、すごい功績やと思う」と、由香も言ってくれた。

ミサオの言う通り、二千人近くの人が私に投票してくれたのは奇跡かもしれない。いったい誰が私に一票を入れてくれたのだろうと考えると、不思議な気持ちすらしてきた。立候補者を比べた末の消去法だったかもしれないが、それにしたってありがたいことだ。そう考えるとむくむくと気分が上昇してきた。ミサオの信条のように、今後は落ち込むのも傷つくのも三秒だけにしようと心に誓った。

「ミサオさん、二千票でも多いと思うってことは、最初から落選すると踏んどったんですか？」

打って変わって詰問口調で尋ねたのは由香だった。

「もちろん落選すると思っとったよ」と、ミサオは平然と言い放った。

「ええっ」と、みんなが声を揃えた。私はといえば、驚きすぎて声も出なかった。

「あんなに必死でやったのに」と、舞子の夫はミサオを恨みがましい目で見た。

――婆さんの暇つぶしにつき合わされたのか。

――元市議会議員だからと無条件に信用してコロッと騙《だま》されたのか。

そういった不信感がみんなの顔つきに表れていた。

由香を見るたび、「山椒《さんしょう》は小粒でもピリリと辛い」ということわざを思い出す。体重も四十キロ前半かと思われる小柄だが、頭の回転が速い。選挙公約を作成するときも、子育て世代が抱える悩みや要望をわかりやすく箇条書きにして渡してくれたのだった。パート先の衣料品売り場では、孫の誕生日プレゼントを選んでくれたこともある。低予算にもかかわらず、肌触りの良い上質のベビー服をきれいに箱詰めしてくれて、価格以上に見えて助かった。

「常識で考えてみたらわかるやろ。夫の霧島くんが立候補するんならまだしも、東京生まれの余所者の嫁はんが当選するわけなかろうが」

みんなポカンとした表情でミサオの顔を眺めた。

「私ら懸命にやったのに……」と、舞子が悔しそうに顔を歪める。

「段階を踏むことが必要なんだわ。今回のは、いわば前哨戦《ぜんしょうせん》だわ。もちろん私にもあわよくばっちゅう気持ちは少しはあったけどな」

「えっと、それはつまり……」と由香が口を開いた。「次回の市議選に向けて、今回は顔を売るだけが目的やったってことですか？」

「そういうことじゃ」

「なるほど。一理あるかも」と舞子が言った。

「やっぱり急には無理やったんでしょうね。ほんでも二千票近くも入ったことで、私らの努力は報われたんやない？」と、由香は自らを納得させるように言った。

「次のチャンスはすぐに来るはずやわ。市議は年寄りばっかりやから、もうすぐ誰か死ぬやろ」と、舞子は悪びれもせず言った。

「だったら次回も頑張りましょう」

由香の夫はそう言ってから、腕の中ですやすやと眠る子供の頭を撫《な》でながら、「杏菜の将来のためにも町を変えていかんとね」とつぶやいた。

その翌日のことだった。

夫の中学時代の同級生たちが突然家に来たのだ。

「私、そんなの聞いてないけど？」

玄関ドアのすぐ向こうに同級生たちがいるにもかかわらず、私は思わず大きな声を出してしまった。

「ねえ幹夫、急に来てもらったら困るよ」と、声を落として言った。

リビングは散らかり放題だった。昨夜の残念会では、思いのほか今後の話で盛り上がり、お開きになったときは夜の十一時を過ぎていた。

――片づけは私がやるからいいわ。

そう言ってみんなに帰ってもらったのだが、選挙活動が終わって緊張の糸が切れたこともあり、どっと疲れが出てしまい、そのままソファに倒れ込んで死んだように眠ってしまったのだった。見れば流しだけでなく、リビングのテーブルの上にも汚れた食器や飲み物の缶や瓶がたくさん放置されたままだ。

「郁ちゃん、ごめん。家に来るとは思わなかった」と、夫は申し訳なさそうに言った。カーテンの隙間から玄関先を見てみると、男性三人と女性二人が佇《たたず》んでいた。

「いつもの仲間じゃないのね」

見たことのない人ばかりだった。東京では、何度か夫の高校時代の同級生たちに会ったことがある。夫と同じように、大学進学のために上京し、そのまま東京で就職した人たちだ。

「中学時代の同級生だよ。高校はみんな俺とは別だ。この前の同窓会のとき、たまたま席が近かったから盛り上がったけど、中学時代はほとんど話したことがない連中ばかりなんだ」

「幹夫、もしかして酔った勢いで『遊びに来い』って言ったんじゃないの？」

「たぶん言ってないと思うけど……」

これ以上、玄関前に待たせておくわけにもいかない。

「私、二階で着替えてくる。幹夫がリビングに通してあげて」

運悪く小雨《こさめ》が降っていた。雨さえ降っていなければ庭のテーブル席が使えて、散らかった家の中を見られずに済むのに……。

二階で身支度を整えてから階下に降りていくと、ソファやダイニングの椅子などバラバラに座っていた五人が一斉に私を見上げた。好意的な視線ではなかった。高校時代の仲間たちのような屈託のない笑顔はない。

「散らかっててごめんなさいね。昨日夜遅くまで支援者の方たちが残念会を開いてくれたものですから」

いつもこんなに散らかっていると誤解されたくなかったので、つい言い訳がましくなってしまったが、なぜか誰も返事をしない。

何なのだ、この冷たい空気は。

「早起きして片づけようと思ったんですけどね、選挙が終わって緊張の糸が切れたみたいで、疲れがどっと出てしまったものだから」

なおもしつこく言い訳してからキッチンに引っ込み、湯を沸かして紅茶の用意を始めた。夫はリビングのテーブルの上に残っていた食器をトレーに載せて次々にキッチンに運んでくる。

「郁ちゃん、ごめん。疲れてるのに」と、夫は小声でささやいた。夫が謝ってくれたことで、夫に対する気持ちが少しだけほぐれた。選挙の前は亭主関白宣言のようなことをしたが、やはりそういう男にはなりきれないのだろう。

昨夜の茶菓子の残りをかき集め、大皿に薔薇《ばら》模様のペーパーナプキンを敷いてきれいに並べ直した。紅茶を運んでいくと、髪を明るすぎる茶色に染めた女が言った。

「奥さんて、ほんま勇気ありますねえ。幹夫を差し置いて立候補するなんて」

その一言で、私はこの場にいるべきではないと即断した。いくら同級生といえども、妻の目の前で「幹夫」と呼び捨てにする女の意図——私の方が昔から幹夫をよく知っているんですよ——が透けて見えて嫌な気分になった。

いつだったたか、夫に連れられて、新宿の喫茶店で夫の高校時代の仲間たちと会ったこともあるし、マンションに招いたこともある。あのときは、当時の夫のエピソードが聞けて、みんなで大笑いし、楽しいひと時を過ごしたのだった。だが今日は、そういった雰囲気はまるでない。

「どうぞ、ごゆっくり」

そう言い置いて、二階に上がった。

自分の部屋に入ってベッドに寝転び、チャコが送ってくれたミステリーを読んだ。

最初は階下のことが気になっていたが、いつの間にか小説の世界に没頭していた。オクラホマの古い屋敷でキャサリンが夫を刺し殺したあと、キッチンでゆったりとロイヤルミルクティーを飲むシーンが出てきた。頭の中に想像の世界が広がり、キャサリンが細く白い指で英国王室御用達《ごようたし》のティーカップを持ち上げる優雅な動作が見えるようだった。それと同時に喉の渇きを感じて生唾を飲み込んでいた。

何か飲みたい。できればキャサリンと同じロイヤルミルクティーがいい。でも、キッチンへ行くにはリビングを通らなければならないから、夫の同級生たちが帰るまでは我慢するしかない。そう思えば思うほど、無性に喉が渇いてきて、我慢できずにベッドから跳ね起きていた。

そろりそろりと階段を降り、残りあと二段となったとき、リビングの方から男性の声が耳に飛び込んできた。

「それにしても意外やったわ。幹夫が女房の尻に敷かれるタイプやったとはなあ。中学ん時の幹夫からは想像もできん」

次の瞬間、爆笑が渦巻いた。わざとらしいほどの大きな笑い声だった。

そのままそっと階段に腰を下ろし、息を殺して聞き耳を立てた。

「幹夫の奥さん、我《が》が強そうな顔しとったわ」と、女の声がする。

「幹夫も苦労するなあ。ご飯はちゃんと作ってもらえとるんか？」と、もう一人の女の、いかにも心配しているといった声がした。

「なんぼなんでも、こんなに散らかっとると思わんかったわ。こんな汚い部屋で、お前よう我慢しとるなあ」

「幹夫、気をつけんと、男のくせに洗濯物を干しとるとこ、近所の人に見られとるぞ」

　いったい何の目的で訪問したのだろう。

　まるで市議会でのヤジのレベルではないか。わざわざ嫌がらせを言うために来たのか。きっと夫は頭にきて言い返すに違いない。そう思ったとき、夫の声が聞こえてきた。

「あのさ、俺だって嫁にビシッと言うときだってあるんだよ」

　耳を疑った。私を「嫁」と呼ぶのも初めて聞いた。

「ビシッと？　とてもそうは見えんけどなあ」

「ほんで、ビシッと男らしゅう言うたあとはどうなるん？　嫁はんに逆ギレされるんやないの？」と、からかうような女の声がする。

「まさか。うちの嫁は、結局は俺に従うよ」

「へえ、それはそれは」

「幹夫も都会に出たりせんと、この町に住んでこの町の女と結婚しとったら、上げ膳据え膳で至れり尽くせり優しゅうしてもらえたんにな」

「幹夫、お前は人生で大きな損をしとる」

夫は返事をしなかった。認めたということなんだろうか。

息がうまくできなくなった気がして、音をさせないよう階段を降りきり、勝手口からそっと外に出た。小雨の中、庭をずんずんと奥へ進み、木陰《こかげ》に身をすっぽり隠せる場所まで来て、やっと深く息を吸えた。

雨風が頬に当たり、惨めでたまらなかった。

夫を嫌いになりそうだと思った途端、恐怖心のようなもので心がいっぱいになった。夫を嫌いになるということは、知り合いの誰かを嫌いになるのとはわけが違う。これまでの人生が砂上の楼閣に思えてくる。体の芯《しん》を成していたすべての物が崩れ落ち、自分が頼りなくなって、立っていられなくなる気がした。この歳になって二十歳の娘のようなつらい気持ちになる日が来ようとは想像もしていなかった。

移住を決めたのは、穏やかな老後を過ごすためだった。

ああ、もう何もかも嫌だ。

わけのわからない衝動が突き上げてきて、大声で喚《わめ》き散らしたくなった。

夫も所詮《しょせん》は昭和時代の遺物だったのか。

――女三界に家無し。

小学生のときだったか、それをなぜか得意げに語ったのは中年の男性教師だった。女は幼少期には親に従い、嫁いでからは夫に従い、老いては子に従うものだから、広い世界のどこにも安らげる場所はないのだと語った。

母屋で姑の世話になっている落合瑞恵もこんな気持ちなのだろうか。彼女にも行くところがないのだった。田舎の女は封建的な夫に仕えて苦労する人生だと同情していたはずだった。つまり、他人事だと思っていたのに。

これからの暮らしを考えると、大きな溜め息が漏れた。

落選の次は夫の裏切りか……夫の顔も見たくないとなれば、同じ屋根の下で暮らすのは不便このうえない。

12　落合由香

郁子と出会ってから、心が自由になった気がする。

それまでは、悪目立ちしないことが暮らしの最優先だった。いい嫁さんだと周囲に思われるよう気をつけて暮らしてきた。友人の多くは、そんな窮屈さを十代で既に見抜いていたのか、高校を卒業すると都会へ出ていった。羨ましさが年齢とともに増していたが、今の私には郁子のイングリッシュガーデンがある。あそこだけは田舎の因習が及ばないから本来の自分でいられる。

だが落選が決まったときは、また元の生活——なんとなく将来が不安で、杏菜の成長以外の楽しみが何ひとつなくて、ふとした拍子に暗い気持ちになる——に戻ってしまったと思い、寂しくてたまらなかった。これでもう郁子に会う口実は永遠になくなったと早合点《はやがてん》したからだ。しかしミサオが、あの補選は前哨戦に過ぎないと言い、勉強会は今後も続けると言った。

ミサオは有名人だから、ずっと前から名前と顔だけは知っていたが、実際には接点がなくて、どういった人物なのかは知らなかった。背が高くて枯れ木のように痩せているから、実家の母や義母——小柄で丸っこい身体《からだ》つき——とは違い、きっと気難しくて神経質なお婆さんだろうという先入観があった。だが実際は、よく食べ、よくしゃべり、大きな声で笑う。頭がいいから何でも得意かと思っていたら、田舎で生まれ育ったのに畑仕事はてんでダメで、何を植えてもすぐに枯らしてしまうという。だからなのか、採れたての野菜を使った霧島家の手料理には目がない。料理を目当てに勉強会を開いているのではないかと、舞子などは本気で疑っているのだった。

その日は落選後に初めて勉強会が開かれる日だった。

夫とともに郁子の家に向かった。杏菜も連れてきた。まだ現役で働いている実家の両親にとって、土曜日は貴重な休日だから、杏菜を気軽に預けるわけにはいかなかった。そんな事情を郁子は考慮してくれて、庭にもリビングにも柵《さく》で囲った「保育コーナー」を作ってくれた。そこで舞子の息子の隼人くんと一緒に遊ばせておく。目が届くから安心だった。

「今日はいいお天気だから庭でやりましょう」と郁子が言った。口調は明るいが、落選したのをまだ引きずっているのか、表情に翳《かげ》りが見えた。

「今日の勉強会は何人ですか？」

「七人くらいかしら」

それを聞いて早速ヒロくんが折り畳み式のガーデンテーブルを二つ繋《つな》げ、椅子を配置していった。私はキッチンに入り、持参したチーズケーキを皿に移し替えたり、コーヒーカップをトレーに並べたりした。

「私も差し入れ持ってきたよ」

そう言いながら舞子が入ってきた。大きなタッパーの中には、食べやすい大きさに切り分けられたパイナップルがぎっしり詰まっていた。

「切ったのは俺だけどね」と、舞子の夫が続いて入ってきた。

夫たちが参加するようになったことで、以前のように、「女の独りよがり集団」だとか「勘違い女のヒステリー集団」などと、郁子のフェイスブックに書き込まれることが少なくなっただけでなく、批判そのものが減った。男性が参加することで、世間は一目置くようになったらしいが、なんとも釈然としない。

　この日は勉強会のあとに、郁子から提案があった。

「出来ることから一つ一つ解決していこうと思うのよ」

　どぶ板選挙と銘打って各家庭の要望を聞いてまわったのに、落選で全てが無駄になるのがもったいないと郁子は言った。

「道路のカーブミラーを設置するのはどうかしら。費用は寄付で賄《まかな》うの」

「あそこは公道ですから、勝手に設置できないですよ」と、舞子の夫が言った。

「うん、知ってる。でもね、本当に必要で何年も前から市に要望してるのに、予算不足だとか、交通量が少ないからダメだとか言われて、突っ返されてしまうと訴える人がすごく多かったのよ」

「俺もあそこ、ミラーは絶対に必要だと思います。でも行政っていうのは、人が一人死んで初めて動くって言いますよね」と、ヒロくんが言う。

「実はね」と、郁子は得意げな顔つきになった。「角《かど》っこの家の人がね、前庭が広いから設置してもいいって言ってくれたのよ。だってそうでしょう。自分の家の真ん前で人が死んだら嫌じゃない？」

「本当ですか？　あの家の奥さん、すごく頑固そうに見えましたけど、よく了承してくれましたね」と、私は言った。

「血まみれの死体がお宅の庭に転がってきたら嫌でしょうって脅してやったのよ」

と、郁子は言ってククッと笑った。

みんな呆気に取られて郁子を見た。

「ほうか、ほんなら話は簡単だわ。あとは費用だけじゃ」と、ミサオが言う。

「寄付なんて集まる気がせんけどね」と、舞子が首を傾げた。

「寄付しても、ちゃんと使われてるのか、いつも疑いたくなる」とヒロくんが言う。

「どの場所にどんなカーブミラーを設置するかを写真付きで具体的に示せばいいんじゃないかしら」と、郁子が提案した。

「ミラーの原価と工事費も公表したらどうでしょう」と、舞子の夫が言う。

「それは、ええことだわ」と、ミサオも賛成する。

「えっと、まとめますと……」と私はノートを見ながら言った。いつの間にか書記を任されるようになっていた。「まずチラシを作って、区ごとの掲示板に貼って回覧板でも回し、ＳＮＳでも発信するってことで、ええですね」

その後の郁子の活動は目を見張るものがあった。

落選したというのに、市議どころか市長にでもなったかのように活発に動き始めたのだった。中学校のPTAからは、街灯の設置を強く要望する声が上がっていた。部活で帰りが遅くなった女子中学生がすれ違いざまに見知らぬ男にお尻を触られたという事件が立て続けに起こっていたからだ。特に、冬場は暗くなるのが早い。

予想外だったのは、ネットで寄付を募ると、大勢の人が協力してくれたことだった。市内の人間だけでなく、日本中の見知らぬ人が寄付をしてくれた。一口五百円という手軽さがよかったのかもしれないが、十万円を寄付してくれた老人もいた。聞けば栗里市の出身で、都会に出て商売で成功した人だという。

寄付が集まってから設置の許可願を市に提出したら、断る理由が見つからなかったのか、すぐに議会を通過した。

郁子の実行力には本当に驚く。今まで何度陳情しても市に相手にされず、みんな諦めかけていたのに、郁子は次々に実現させていく。こんなに簡単なことならさっさとやるべきだったとPTAでも反省しきりだと聞いた。言い換えれば、市政に頼っていても埒が明かないことを学んでしまったのだ。

さらに驚いたのは、例の欧州視察旅行の様子がテレビのワイドショーで放映されたことだった。いったい誰から映像を手に入れたのだろう。市議たちがフィレンツェのバールでワインを飲む様子が、これでもかというほど繰り返し流れた。顔にモザイクがかかってはいるものの、誰しも上機嫌なのが一目瞭然《いちもくりようぜん》だった。セーヌ川の遊覧船ではしゃぎようは、平均年齢七十五歳とは思えないほどで、そのうえ飛行機はビジネスクラスでの往復となれば、コメンテーターたちからも非難囂々《ごうごう》だった。

栗里市が全国放送で話題になるのは初めてだ。ワイドショーが始まる時間帯になると、みんな家でテレビにかじりついているのか、町には人っ子一人歩いていなかった。こんなことは、一九六九年にアポロ11号が月面着陸したときの生放送以来だとミサオは言った。パート仲間の絹江さんなどはワイドショー見たさに、シフトを午後にしてほしいと主任にごねた。絹江さん以外の人は、録画予約をしてからパートに来ていると聞いた。

以前から市税を使った贅沢旅行のことは噂になってはいたが、実際に映像で目にした衝撃は大きかった。

――俺たちが朝から晩まで一生懸命働いとる間に、税金で物見遊山《ものみゆさん》とはな。

――私が払った血税を返してください。

――税金で慰安旅行して恥ずかしくないのか！

栗里市民だけでなく、全国各地から苦情の電話が市役所にかかってきた。ＳＮＳで発信する若者も少なくなかった。中には脅迫めいた電話もあったらしく、恐ろしくなった市議の一人が旅行代金を全額返金した。それがきっかけで、わしもわしもと次々に返金したと聞いた。

——こんなことならエコノミークラスにしておくんやった。

——ワインはもっと安いのにしときゃあよかった。

嘘か本当か知らないが、市議からそんな声が聞かれたという。

郁子には計画していることがまだたくさんあるらしい。例えば小中学校のエアコン設置やトイレの洋式化、防災ミニブックの発行などだ。

ヒロくんや舞子の夫が同僚や同級生などに声をかけて作った男性グループ——といってもまだ十人くらいしか集まっていないけど——が、休日にコツコツと署名を集めて回っているのは、市長の胸像の設置に反対するためだ。女とは違い、男たちが訪ねて趣旨を説明すれば、即座に署名してくれる人がほとんどだった。

——男が言うことなら信用できる。

悔しいけれど、この町はその凝《こ》り固まった考えからなかなか抜け出せそうにない。

そのことで気分が暗くなっていたとき、郁子が言った。

——あら、だったら男性たちに表立って活動してもらいましょうよ。

現実的な方法を採るのが郁子のやり方だが、そのことで郁子とミサオは激しく対立した。

――表に立つのはいっつも男じゃ。女は陰で活躍するばかりで評価されん。そんなやり方しとったら、いつまで経っても世界は変えられんじゃないか。

ミサオはそう言って怒りまくった。

胸像設置に反対する署名が続々と集まっていることを知れば、さすがの市長も恥ずかしくなって、自ら計画を取り下げるだろうと思っていたら、甘かった。こういった類いの人間が市長を何期もやっているのだ。他に立候補者がおらず、いつも無投票であることを思うと、市政に対する市民の無関心は罪が大きいと思わずにはいられなかった。

ちょうどその頃、義母の瑞恵にも変化があった。なんと六十二歳にして、生まれて初めて働きに出たのだ。週四日、一日四時間だけだが、総合病院で掃除をしている。これまでは、むくんでいたのか太っていたのか、ぶよぶよした感じだったのに、少しすっきりしたように見えた。ヒロくんも安心したのか、以前のようによく笑うようになった。

だが問題は、やはり義父だった。うちで夕飯を食べる回数が増えていた。仕事と家事と育児で手いっぱいで、ぶっ倒れそうな日々なのに、そのうえ義父の世話までしなくてはならない。

義父は土曜日も早朝から訪れたので、今日は郁子の家で話し合いがあるから忙しいと言ったら、あんなところへ出入りするんじゃないと怒鳴られた。ヒロくんには言えないが、日に日に義父への憎しみが募ってくるのだった。

13　霧島郁子

庭の草取りをしているときだった。

「私らにも手伝わせて」

母屋から姑のフミと瑞恵が出てきた。

「私ら二人とも草取りが好きなんよ」と、姑が言う。

「草を引っこ抜くことに集中しとると、心が無になりますもんね。余計なこと考えんで済む」と瑞恵が言う。

この頃になって、瑞恵は進んで話をするようになった。少しずつ元気を取り戻しているようだ。私と一歳しか違わないのに、夫の両親や小姑《こじゅうと》の介護に一生を捧げなければならないような女が今の時代にもいたことに衝撃を受けていた。少なくとも私の知り合いに、瑞恵のように不幸な目に遭い続けた女はいない。経済的な理由だけならまだしも、瑞恵の夫が世間体を気にして施設を利用することを許さなかったというのだから呆れてしまう。

自分やチャコは、特別に運が良かったのだろうか。女は、どこで生まれてどんな考えの男と結婚するかによって、こうも人生が左右されてしまうらしい。

ふと顔を上げたとき、愛車がところどころ泥はねで汚れているのに気づいた。

「そろそろ洗車した方が良さそうだわ」

「そういや最近の幹夫は車に乗らんと、自転車で出かけとるようやけど。あれも健康ブームなんか？」と、姑が尋ねた。

「お義母さん、私も不思議に思ってたんですよ。ホームセンターにも自転車で行って、わざわざ店の人に配達を頼むんですよ」

「配達料がかかるのに？　幹夫ってアホなんか？　理解できん」と、姑が首を左右に振る。

「たぶん、それは……」と、瑞恵が遠慮がちに言いかけて黙った。

「何？　瑞恵さん、言ってくださいよ」と私は促した。

「……はい。たぶん、中古の軽だからやと思います」

移住して間もなく車検の時期となり、普通車から中古の軽に買い替えたのだった。

「なるほど、そういうことやったか。この辺りで軽自動車に乗っとる男は確かにおらん。そのうえ中古となると」と姑が言い、瑞恵と二人で頷き合っている。

「えっと、それは、どういう意味ですか？」と、私は草取りの手を止めた。

「つまり男の沽券《こけん》にかかわるっちゅうことですわ。どの家も、無理してでも新車を買うのが普通です。軽自動車は嫁はんが乗る二台目の車っちゅうのが常識ですわ」

言葉が出てこなかった。昭和時代ならまだしも、未《いま》だに車が一家のステータスだとは考えもしなかった。私はまだ田舎の暮らしというものを理解できていないらしい。

「男の沽券にかかわるから、あの人は軽自動車には乗らないんですね。そういうタイプじゃないと思ってたんだけど」

「歳を取ると、男の人ってますます変になる」と、瑞恵が続けた。「うちのダンナだって、若いときはもうちょっとマシやった気がする」

「女も共犯やわ」と、姑がピシリと言った。「家事も育児も介護も一手に引き受けて苦しいのに耐えて耐えて文句も言わん。そんな嫁はんと何十年も暮らしとったら、女がやって当然やと男は思うようになるわな」

「それは違います。私だって文句の一つや二つ言いました」と瑞恵がはっきり反論したのが意外だった。気が弱くて口数が少ないと思っていた。

「ほんでも瑞恵さん、そのうち諦めたんやろ？　ほらな、それがあかんのだわ。私もときどき昔のことを思い出すんよ。あのとき啖呵《たんか》切って家出しとったらよかったなあって。夫が死んでから気づくやなんて、私も相当なアホですわ」

そう言うと、姑はハハハと笑った。

「あのう……若奥さん」と、瑞恵はこちらに向き直った。「長いこと世話になっとって、すみません。きっと呆れておられるやろうと……」

「とんでもない。私に気を遣う必要なんてないわ。お義母さんがいつまでいてもらっても構わないと言ってるんだもの」

「そうそう、そういうこっちゃ。ゆっくり考えたらええんだわ」

それにしても、姑は勇気がある人だ。どこの誰とも知らないのに、家に連れてきたというのだから。瑞恵は小柄でぽっちゃりとした平凡なオバサンといった風貌《ふうぼう》だから、決して怖い感じはしないが、その背後にロクでもない暴力的な夫や親族がいるかもしれないとは考えなかったのだろうか。

「昔から後家楽《ごけらく》という言葉がありますよね」と、瑞恵が話し始めた。「夫を見送った後に、やっと妻に我が世の春が来るという意味ですけど、ほんでも残念ながら最近は男も長生きしよります。後家になる前に楽しみを先取りしてもええ、もうそういう時代なんやってフミさんに言われたのをきっかけに、働きに出ることにしたんです。見通しが立つまでもうしばらく居させてください。図々しくてすみません」

いつもはボソボソとしゃべる瑞恵だが、理路整然と滑舌よく話すこともできるらしい。聞き取りやすくて演説向きの声だと思いながら聞いていた。

瑞恵のような女は他にもいるのだろうか。となると、逃げ場が必要だ。そして、守秘義務の概念を徹底的に叩き込まれたケースワーカーも。

そういったシステムは、栗里市にはない。困窮している女が、市内のあちこちに隠れているようで、またしても気持ちが落ち着かなくなった。


夜遅く家の前で車が停まる音がした。続いてバタンと車のドアが閉まる音が夜の静寂の中に響き渡った。

「死んだぞ」

玄関を入ってくるなり、息せき切ってミサオは言った。

「何が死んだんですか？」

「市議が一人死んだ。秋山梅彦《あきやまうめひこ》っちゅう九十二歳の爺さんだわ」

「へえ、それはご愁傷さまです」

「なんじゃその腑《ふ》抜《ぬ》けた顔は。先月始めに一人死んだし、もう一人は認知症になって都会に住む長男夫婦の家に引き取られていった。これで欠員が三人になったから、もうすぐ補欠選挙がある。郁子さん、立候補するんやぞ」

聞けば、その秋山梅彦市議は一年近くも前から入院していたのだが、その間もずっと歳費は支払われていたという。末期癌《がん》であることは、本人には知らされておらず、最期まで「市議に復帰する」と本人は言い張っていたらしい。

「亡くなった人にこんなことを言うのもアレですけど、市民の税金を何だと思っているんでしょうね。議会も市役所も黙って見逃していたんですか？」

「義理人情の世界だわ。末期癌の人間に辞職を勧めたり、報酬を払わなんだりしたら、血も涙もない人間やと言う人がおるんだわ」

「癌の告知はしないとしても、家族が『議会にも出ないで歳費をもらい続けるのは間違っている、ここは一旦辞職したらどうか』くらい言えなかったんでしょうか。今からでも一年分の歳費を返還すべきじゃないですか？」

そう言うと、ミサオはにやりと笑った。

「そんな清廉潔白な人間ばっかりやったら苦労せん。みんなもらえるもんはもらうんだわ」

「はあ、そうですか」

「郁子さん、もう一回チャレンジせんか？　是非あんたに立候補してほしい」

「わかりました。立候補させていただきます」

二階にいる夫は、たぶん聞き耳を立てているだろう。そう思い、わざと大きな声で言った。きっと夫は次回も協力してくれないだろう。夫は変わってしまった。姑が言ったように、妻の私も悪かったのだろうか。夫婦ともに定年退職して家にいるのに、いまだに食事も洗濯も私がやって当然の雰囲気があるのは、本当に私のせいなのだろうか。

そもそも夫の作った料理はマズい。だから食べたくない。だから自分で作る。悪循環だ。それもそのはずで、料理歴に違いがありすぎる。私だって二十代の頃は要領も悪くて、お世辞にも料理上手とは言えなかった。だが夫は、たかがインスタントラーメンを作るときでさえ、いまだに煮込みすぎて麺が伸びたり、湯を入れすぎて味が薄かったりする。それを我慢して食べるのはやはり苦痛で、台所に立ってほしくないとさえ思ってしまう。姑の考え方だと、大げさに褒めながら辛抱強く料理を教えるべきで、それを諦めた私が悪いということになる。私自身は若い頃に誰かから「辛抱強く」料理を教えてもらったことなど一度もないし、大げさに褒めてもらったこともないのだが。

夫が変わってしまったのは、中学時代の同窓会がきっかけだ。同級生たちに毒されてしまったのだろう。誰しも易《やす》きに流れてしまうものだ。

最近は食事の時間もズラすようにしている。夫の分はラップをかけてテーブルに置いておくようになった。

だが本心を言えば、夫の分はもう作るのも嫌なのだった。

14　落合由香

——秋山竹彦《たけひこ》（65）税理士
——平岩史郎（74）元市議、元市役所職員
——霧島郁子（61）元会社員
——尾崎邦彦《おざきくにひこ》（69）食料品店経営
——塩月芳樹《しおつきよしき》（65）元会社員

補欠選挙の立候補者が出揃った。平岩史郎は前回も立候補したから、新たに秋山と尾崎と塩月が加わったことになる。秋山は、どこかで聞いたことのある名字だと思ったら、亡くなった秋山梅彦の三男だという。

「平岩は前回も人気がなかったからたぶん心配ない。尾崎は農協と小売店組合がバックについとるし、塩月は宗教団体がついとるから当選確実じゃ。となると、秋山との一騎打ちになる」と、ミサオが眉根を寄せて言った。

今日はあいにく小雨が降っているので、会合はリビングで行われていた。

「秋山さんですか、嫌ですね。世襲制みたいで」と、私は言った。

「ところが息子の竹彦は税理士をしとるしっかりもんでの。手強《てごわ》いぞ。なんといってもイケメンじゃからの」

「イケメンゆうても、もう六十五歳やないですか」と舞子が不満げに言う。

「ロマンスグレーのええ男だわ。女性票をごっそり持っていかれると思うぞ」

議員を顔で選ぶという感覚は到底理解できないが、世間ではよくあることなのだろうか。ともあれ、今度こそ郁子が当選するような気がした。街灯やミラーの設置に奔走したことは多くの人が知っている。欧州視察旅行の様子がテレビのワイドショーで流れたことも、郁子の仕業《しわざ》だと勝手に誤解している人が多いようだった。

――東京から来ただけあって、テレビ局に知り合いが何人もおるらしい。

そんなまことしやかな噂が私の耳にも入ってきていた。

――まさかビジネスクラスを使《つこ》うてたなんて知らんかった。

――暴《あば》いてくれてスカッとしたわ。

――ようやってくれた。あの嫁はんは、もう余所者なんかやない。

――年齢から考えても、きっと骨を埋めるつもりで移住してきたんやろう。地域のために一生懸命になっとるのが証拠だわ。

などと口々に言い、郁子に親しみを感じる人が増えてきたように思う。

ヒロくんの話によると、「余所者だからダメだ」という考えから、「しがらみのない人間だからこそ思いきったことをやってくれる」という考えに変わってきたという。

選挙戦が始まった。

実家の両親も郁子の行動力を知って大ファンになったらしい。郁子が演説をすれば人が集まるようになり、みんな郁子の考え方や意見を聞きたがった。だが、郁子の夫が協力しないのがマズかった。秋山を強力に推している村井会が、そのことをネタに様々な噂を流し始めたのだ。

――郁子んとこは夫婦仲が悪い。その証拠にダンナは、いっぺんも選挙事務所に顔を出したことあれへん。選挙事務所ゆうても自宅のリビングなんやで。それに比べて他の候補者はみんなオシドリ夫婦と評判や。

それに対して、私たちは必死に火消しに回った。

――夫婦仲はすこぶる良いが、それぞれの人生を尊重し合っている。

――相手の領域に踏み込まない主義らしい。

――今どきの都会的な夫婦とは、そういうものだ。

実際に触れ回ったし、ＳＮＳにも何度も投稿した。だが、手強いのは村井会だけではなかった。なぜか郁子の夫の中学時代の同級生たちがわけのわからないことを言い触らし始めたのだ。

――妻として全くなっとらん。あれじゃあダンナが愛想つかすのもわかる。

――家事を放棄しとる。リビングは汚部屋と化しとって、台所には汚れもんが山積みだ。

――あんなだらしない女は見たことがない。都会の女はやっぱりあかん。

いったい何を見てそんなことを言うのだろうか。あまりに悪質だ。郁子がきれい好きなのは、私がよく知っている。

その夜、みんなで霧島家のリビングに集まり、どう対処すべきかを話し合うことになった。

「実にね、夫の中学時代の同級生が突然押しかけてきたことがあったのよ」

郁子の話を聞いて驚いた。初めて郁子が立候補して落選したあの日、私たちは郁子の言葉に甘えて、散らかしたまま帰ってしまった。そのことが悔やまれてならなかった。

「郁子さんは嫁として家のことをきちんとやっとるという噂を流すのが手っ取り早いと思うけど」と、舞子が言った。

「それは大反対じゃ」と、ミサオがきっぱり言った。「ほんだって、それこそ男女の役割分担っちゅう言葉に隠れた差別だわ。百年前からちっとも進歩しとらんで悲しゅうなる」

「ミサオさん、お気持ちはわかりますけど、今回は現実的に対処せんといかんわ。もう日にちもないことやし」と私は言った。

郁子はさっきから腕組みをしたまま難しい顔をして黙っている。

「ほんなら私も協力しますわ」と、霧島家のお婆さんが続けた。「うちの嫁は料理上手やし、私の肩を揉んでくれたり、マッサージもしてくれるし、畑も上手に作るし、ほんまにようできたええ嫁やって言い触らしまひょか？　まっ、今の全部ウソやけど」

「まずは人数割合を調べた方がいいんじゃないかしら」と、それまで黙っていた郁子が続けた。「お義母さんの案に従って、いい嫁だと言い触らしたとする。たぶん年配にはウケがいいだろうけど、四十歳以下の女性は反発するんじゃないかしら。どちらの人数が多いと思う？　投票率は年配の人の方が高いことも加味するとして」

「なるほど。確かに料理上手できれい好きで家のことは完璧な女なんて、共働きでワンオペ育児やっとる女らは好きになれんですわ」と、舞子が言う。

「ほんなら、郁子さんの旦那《だんな》さんが家事に協力的で家のことも半々やっとるってことにしたらどうですか？」と私は提案してみた。

「そしたら年配の女の人らが自分の亭主と比べて郁子さんが羨ましすぎて、郁子さんのこと嫌いになるかも」と、ヒロくんのお母さんが言う。

「だけど、汚部屋だとか、だらしない女やっていうのだけでも否定して回った方がええと思いますよ。そんなん男女にかかわらず軽蔑する人もおると思うし」と、舞子の夫が言った。

「それ、俺も賛成です。ほんで、これはイヤらしいやり方かもしれんけど」と、ヒロくんは続けて言った。「秋山の父親が、入院中の十ヵ月に受け取った議員報酬の合計額を調べて発表したらどうでしょうか。欧州視察を最初に言い出したのも秋山の父親やという噂があります。本人は病気になって行けんかったのをごっつい残念がっとったって聞きました」

「ほんでもヒロ、そのやり方やと、死人に追い討ちかけるみたいで寝覚めが悪いわ」と義母が難色を示した。

「母さんの気持ちもわかる。本人は末期癌やって知らされとらんかったから、復帰に意欲を燃やしとった。ほんやけど、もう長《なご》うないことは親族みんなが知っとったんやから、家族は議員報酬には手をつけんと置いといて、最低でも死んだあとに一括返金するのが本当やないかな？」

「その役目はまさに秋山の息子にあるわけやな」とミサオが言った。

「なるほど、それはそうだわ。私らの血税やもんな」と舞子が賛成する。

「うん、相手を責める作戦で行こ。きれいごと言うてる場合やないもん」と私も賛成した。

「今は女性議員を一人でも増やさんといかんからな。向こうさんは、初《しょ》っ端《ぱな》から村井会の力を借りたり、あることないこと吹聴《ふいちょう》しとるんやから、こっちも多少は言わせてもらおう」

ミサオが決断したようにきっぱり言いきった。


あっという間に投票日が来た。

その日曜日は、すぐ近くの公民館に投票に行ったあと、杏菜を連れてヒロくんとスーパーに行き、いつものように食料品のまとめ買いをした。家に帰ってヒロくんが一週間分の料理の下拵《したごしら》えをする横で、私は杏菜の小さくなったベビー服をメルカリに出すために、毛玉取り器を使い、次々に写真を撮っていった。その間も、投票結果が気になって頭から離れなかった。

下馬評《げばひょう》では郁子は劣勢だった。ライバルの秋山は栗里市で生まれ育ち、大学の四年間だけは都会に出たが、卒業後は帰ってきて地元の税務署に勤めた。たった数年で独立して事務所を開くことができたのは、市議の父親の顔の広さを利用して顧客を増やしたからだという。地元の商工会議所とも懇意にしていると聞いた。

しかし……。

――秋山さーん、お父さんが入院中に受け取った議員報酬五百三十二万円は何に使ったんですかあ？

今回だけはスピーカーを使った。これだけ非難されれば即刻返金すると思っていたのに、秋山は最後まで返金しようとしなかった。

――楽勝やと思っとるからや。

ヒロくんはそう言った。返さなくても郁子なんかに負けるわけがないという自信があるのだろう。だけど私は、五百万円のインパクトは想像以上に強いと見ていた。庶民にとっては大金だし、貧乏でもないのに返さないのは秋山の人間性に問題アリと見た人は多いと思う。かなりの悪評だと実家の両親も言っていた。それに、郁子に寄付を募って小さなことからコツコツと町を整備している。そのことを知らない人はいないだろう。いつかヒロくんが言ったように、余所者だからと除《の》け者にするのではなく、余所者だからこそ期待できると思う人も増えたはずだ。

郁子ならきっとイケると私は踏んでいたが、顔にも口にも出さないようにして、自分の頭からも追い払うようにした。期待した分だけ落選したときの落ち込みが激しいからだ。

早めに夕飯を済ませ、家族三人で郁子の家へと車を走らせた。

既にミサオや舞子が到着していて、落ち着かない様子で開票を待っていた。国会議員の選挙などとは違い、テレビで速報中継があるわけでもないから、選挙管理委員会からの電話を待つしかなかった。誰も選挙のことには触れず、たわいもない話題で雑談をしている。だが気もそぞろなのが、みんなの表情から見て取れた。

それでも市政の話にずっと触れないわけにもいかなかった。勉強会を通して仲間になったのだから、共通の話といえばそれだけなのだ。

「当選しようがしまいが、今後も勉強会を続けていきましょうね」と郁子が言った。とっくに肚《はら》をくくっているのか、郁子だけが落ち着いているように見えた。その言葉をきっかけに、いつものように市の問題点や解決策などを話し合った。

二時間ほど経ったとき、リビングの隅に置かれた電話がけたたましく鳴り響いた。みんな驚いたように電話を見つめたあと、一斉に郁子に視線を移した。

郁子は誰とも目を合わさず無言のまま湯呑みを置いて立ち上がり、電話のところまで歩いていった。

「はい、霧島でございますが。ええ、霧島郁子は私です」

息を呑んで郁子の横顔を見つめた。

「は？　ああ、そうですか。はい、わかりました」

郁子の表情が硬い。またもやダメだったのか。

「郁子さん、気を落とさんで」と舞子が言った。

「そうやわ。次また頑張ればええんだわ」とミサオも言う。

郁子は受話器を置いて振り返ると、ニヤリと笑った。「当選しちゃった」

「えっ、本当ですか?」

「こういうときは冗談なしですよ」と、私は言った。

「本当だってば」と、郁子はガッツポーズをしてみせた。

「やったー」と、舞子が両拳《りょうこぶし》を天井に突き上げた。

「やった、やったあ」と、ミサオまでもが年甲斐もなく飛び上がるようにして立ち上がり、大きな声で「バンザーイ」と叫んだ。

ミサオはすぐさま選挙管理委員会に電話をかけて、票差を尋ねた。

「思ったより大差やったぞ」とミサオは言った。「まっ、考えてみりゃあ当たり前だわ。郁子さんは寄付を集めてミラーやら何やら整備してくれたし、そもそも秋山の親父さんは入院中でも歳費をもらい続けとって、本人の職業が税理士となりゃあ、あの一家の血税に対する意識はどうなっとるんかとみんなプンプンやったもんなあ」

「ほんでも、ロマンスグレーのイケメン税理士やって言うてたやないですか」と、舞子が口を尖らせる。「私ら若い世代からみたら、いったいどこを見てイケメンと言っとるのか、年寄りの美的感覚が全く理解できんかったけど」

「ああ、それな。それは私からの危機意識のプレゼントですがな。油断せんと頑張るようにと思っての」と、ミサオが平然と言ってのける。

「なんだ、気ぃ揉んで損したわ」と、舞子はミサオを睨みながらも嬉しそうに笑った。


翌日、朝刊の地方版に選挙結果が小さく載った。
1、当選　尾崎邦彦（69）食料品店経営　七、八〇三票
2、当選　塩月芳樹（65）元会社員　七、二五六票
3、当選　霧島郁子（61）元会社員　六、八七五票
4、落選　秋山竹彦（65）税理士　四、八〇四票
5、落選　平岩史郎（74）元市議、元市役所職員　二、二一二票
本当に当選したのだ。

ヒロくんが記事を切り抜き、冷蔵庫にマグネットで張り付けた。

15　霧島郁子

寝返りを打った。

──引っ込めっ。女が政治に口を出すんじゃねえよ。

──女のくせに生意気なんだわ。

──そんなんやからダンナに嫌われるんじゃ。

──年増のヒステリーなんて最悪だわな。

「ああ、もう、いい加減にしてよっ」

自分の大声で目が覚めた。

なんだ……夢だったのか。

夢なのに、目が覚めたあとも屈辱感でいっぱいだった。

ドアが細く開き、廊下の電灯の光が差し込んできて、眩《まぶ》しさに手をかざした。

「誰？　亜美なの？」

枕《まくら》から頭だけ持ち上げて見てみると、ドアの隙間から亜美が覗いていた。昨日から、長女の理美と次女の亜美が有給休暇を取って遊びに来ていた。リビングの奥にある八畳の和室に布団を並べて寝ていたはずだが、一階にまで聞こえるほど私は大声で寝言を言ったのだろうか。だったら隣の夫の部屋には筒抜けのはずだ。

「お母さん、大丈夫？　ひどくうなされてたみたいだけど」

逆光で表情は見えないが、心配そうな声だった。

「亜美、ごめん。起こしちゃったのね」

「もしかして、市議会の夢とか？」

「……うん、まあ、そんなところかな。あんまり覚えてないけど」

本当ははっきり覚えていた。議場で質問に立ったときの自分の姿が胃の辺りで重く留まっている。さすがに表立ってのセクハラ発言はなかったが、私が質問に立つ日だけは、なぜか村井は最前列の席に座るのだ。議員在籍年数が長くなるほど後ろの席と決まっていて、最前列は新人議員の席なのだが、わざわざ新人と交替し、私にだけ聞き取れる小さな声で「ババア」だとか「年増」などとつぶやく。村井の戯《ざ》れ言《ごと》など最初の頃は無視する余裕があったのに、何度も囁《ささや》かれるうちに、六十歳を過ぎた女というものが、まるで恥ずかしい存在であるかのように思えてきたのだった。

このままでは精神を病んでしまう、耳を傾けるんじゃない、と何度も自分に言い聞かせるが、うまくいかなかった。

そして、いつの間にか、市議になったことを後悔するようになっていた。だが、たとえ市議を辞めたとしても、既に有名人になってしまっているから、この町では暮らしにくい。それを思うと、取り返しのつかないことをしてしまったと後悔し、先行きが不安でたまらなくなった。

「亜美、今、何時？」

「まだ夜明け前だよ。四時過ぎくらいかな」

「私は大丈夫だから、もう少し寝なさい。心配してくれてありがとね」

ドアが閉まり、暗闇《くらやみ》の中で天井を見つめると、深い溜め息が漏れた。

もう辞めたい。

市議会議員なんて、なるんじゃなかった。だけどここで辞めたりしたら、応援してくれた仲間を裏切ることになる。それも、議員になってからまだ一年も経っていない。辞めたいなどと言ったら、みんなは呆れ返り、私を軽蔑《けいべつ》するだろう。

そして、夫の中学時代の同級生たちは、こう言うだろう。

──やっぱり女はすぐ辞める。

──税金の無駄遣いだった。

──辞めるくらいなら最初から立候補なんかしなきゃよかったのに。

居酒屋に集まり、私を笑い物にして酒が進む。そんな様子が目に浮かんだ。

そして夫は？　夫はそのとき何と言うだろうか。

——あんな嫁で恥ずかしいよ。

同級生の前では、そんなことを言うのかもしれない。

私が辞めたら、娘たちはきっとがっかりするだろう。

——市政を変えるだとか、もっと暮らしやすい町にするだとか、あんなに張りきっていたのに、お母さん、あれは口先だけだったの？

いや、うちの娘は三人とも口には出さない。それどころか、私の苦労を自分のことのように理解してくれるだろう。だが、いつまで経っても変わらない日本のムラ社会に挑戦して敗れた母親の姿を見ることで、娘たちにも絶望感をもたらすのではないか。

目を閉じると、階下のリビングの壁に貼った写真が頭に浮かんだ。市議会議員として初登庁した日の写真だ。白いブラウスに紺色のスーツ姿が我ながら若々しい。喜びの笑顔も、まるで第二の青春とばかりに潑剌《はつらつ》としている。胸に抱えきれないほどの花束が年齢を隠すほどの華やかさを添えている。

あの写真は由香が撮ってくれたのだった。あの日、まさかこれほど落ち込む日がくるとは想像もしていなかった。議員になれば、たくさんの苦労があるだろうことは覚悟していた。意見の食い違いからくる侃々諤々《かんかんがくがく》の議論で言い負かされたり、自身の勉強不足を思い知らされたり、住民への説得の難しさに胃がやられたり……。そんなことを予想するたび、素直に反省して猛勉強して、自腹で研修を受けてでも克服しようと思っていた。だけど実際は、それとは次元の異なる苦労ばかりだった。

——女は考えが甘いんだわ。

——女は口を開きゃあ福祉福祉って。馬鹿の一つ覚えやわ。

——そもそも女っちゅうのは世間知らずで何もわかっとらん。

提案者が女というだけで、一部の男の議員たちは無性に腹が立つらしい。その表情からは憎しみに似たものを感じるときがあり、恐ろしくなったことも一度や二度ではない。いったい何がそんなに憎いのか。何度も考えてみたが、女の自分には理解できない感情だった。

もちろん男性議員全員がそうだというわけではない。穏やかで常識的な男性議員の方がずっと多い。だが、村井は陰で「議会のドン」と呼ばれていて、その取り巻きの五人が実質的に議会を牛耳《ぎゅうじ》っている。その五人の中には不思議なことに市長も入っていて、まるで市長は村井の部下のように見えるときがある。市長には人事権があるから、つまり市長に気に入られようと思えば、村井に気に入られなければならないという構図になり、みんな村井に抗《あらが》えない。だからか、村井のヤジを諫《いさ》めてくれないどころか、みんなクスクスと笑う。そうしなければ、村井から敵と見なされる。

登庁初日には、右も左もわからない私に親切にしてくれた男性議員が何人もいたはずだった。だが、議会のときに出た豪華弁当を私が食べなかったことで、みんなの顔色が変わった。ミサオの大反対で廃止されていたはずの弁当が、ミサオが辞職してすぐに復活したと、後になって事務局の女性が教えてくれた。そして弁当一つが三千円もすることと、弁当業者が村井の親戚だということも。

弁当以外にも、市内の電車無料券やバス無料券、そして駐車場無料券と催し物無料券などももらえる。議員報酬以外の余得が多すぎる。私がそれをいちいち議題に挙げたことで、それまで親切だった議員の多くが、私と目を合わせようとしなくなった。

初登庁のときは仲間を増やせる予感に気持ちが浮き立っていたのに、今では四面楚歌《しめんそか》だ。住みよい地域にしよう、住民の意見をどんどん取り入れていこうと意気込んでいたが、そんなのは、どうやら青臭い考えだったらしい。

もう辞めたい。

ああ、辞めたい。

議会というのは魔界だ。誰にも言っていないが、体調もすこぶる悪かった。最近は下品で無教養なオヤジ議員たちと同じ空間にいると思うだけで吐き気がするようになった。空気も薄くなったような気がして、頻繁に深呼吸をしないと、パニックを起こしそうになる。

もう若くはないのだ。残された人生を、チャコのように趣味や旅行を存分に楽しんで生きていくのが理想的な老後ではなかったか……この問いが何百回も頭の中でぐるぐる回っていた。

身支度を整えて議会に向かった。

議場へ入るとき、何げなく中二階の傍聴席を見上げると、理美と亜美が並んで座っていた。娘二人は昨日もここに来たのだった。もう来ないでほしいって、あんなに何回も言ったのに……。

惨《みじ》めな姿を見られたくなかった。

それにしても、我が娘ながら強いなと思う。それまでに、「屈辱的な目に遭ってるのよ」などと電話で愚痴をこぼしたことはあったが、話に聞くだけなのと実際に見るのとでは衝撃度が違うはずだ。それなのに今日もまた来た。二人とも私よりずっと心が強くできているのか、それとも神経が図太いのか。

どうせ今日も配付資料の朗読だけで終わるに決まっている。まともな審議があったためしがない。だからこそ私が質問しただけで目立つのだ。

「DV防止法のことですが」

そう言いかけると、あからさまな大きな溜め息があちこちから聞こえてきた。見渡せば、これ見よがしに大きなアクビをしている男性議員もいる。

「DV防止法を担当する課の設置が未だに決まっていないと市民の方から苦情が来ています。市役所に相談に行ってもたらい回しにされるそうです。シェルターについては、もう十年以上も討議中のままです。その点に関しまして……」と言いかけたときだった。

「何が、その点に関しまして、だ。そんなもんは要らん。今さら蒸し返すなよ」

またしても村井のヤジだ。質問に立った議員の意見を最後まで聞く常識もなければ、議長も注意するでもなく見て見ぬふりをするのが本当に信じられない。小学校の学級会の方がマシだ。

「そういうことにこそ税金を使うべきです。無駄な経費は削減して……」

「しつこいなあ。欧州視察のこと、まだ言うか。わしはとっくに返金したぞ」

「そもそもあんたが市議になること自体が税金の無駄遣いですがな」

どっと笑いが渦巻いた。

傍聴席を見上げてミサオを目で探したが、なぜか今日はいなかった。いつもは真ん中あたりの席に座り、目が合うと、頑張れとばかりに拳を振り上げてくれるのだ。ふと視線をずらすと、隅の方に姑のフミと瑞恵が見えた。

もうこれ以上、この場にいたくない。こういった低次元の人間たちと口を利くのさえ嫌だ。急に息苦しくなり、慌てて息を吸った。最近ここに立つと、あまりの絶望感で、呼吸をするのを忘れることがある。

私一人の力で、この人たちを変えられるわけがない。

そもそも他人の考えを変えるなんて不可能なのだ。

もう十分頑張ったじゃないか、自分。

この町には、優しくて聡明《そうめい》な男性がたくさんいる。由香の夫もそうだし、舞子の夫もそうだ。どぶ板選挙をしたから、たくさんの人と話したが、大半が常識のある人々だった。人間社会というのは不思議なものだ。少数の、それもほんの数人の非常識な人間が牛耳ってしまうことがある。独裁者のいる国も少なくない。独裁者――ここでは市長と村井――さえいなくなれば、ガラリと雰囲気が変わるのではないか。

「ところでダンナは何やっとるんだ？　女房を議員にさせて、ほんに情けない男やな」と、村井は言った。立派な枝ぶりの松や灯籠やナントカ石のことを、いまだに根に持っているのだろうか。そして電子レンジやテレビを捨てたことも。

「ダンナを尻に敷いとるらしいのう」と、村井はしつこい。

「それもそのはず、でっけえケツだもんなあ」と、村井の取り巻き議員の一人が言うと、議場内に大爆笑の渦が巻いた。

なんで私はここにいるんだろう。

どうしてこんなバカに囲まれているんだろう。

私を屈辱的な目に遭わせる権利が、どうしてこんな輩にあるんだろう。もう辞職しよう。そう決心したときだった。

「いい加減にしろっ」

傍聴席から降ってきたのは、聞き覚えのある声だった。

驚いて見上げると、夫が中二階の手すりのところに立って、議員席をすごい形相で見下ろしていた。理美と亜美が夫を挟むようにして両脇に立っている。普通なら大声を出せば警備員が飛んできて退場させられるところだが、予算の関係で警備員を雇っていないから、夫を止める人間はいなかった。

「お前ら恥ずかしくないのかっ。一人を寄ってたかってイジメやがって。恥を知れっ、恥をっ」

耳を疑った。目も疑った。だけど、叫んでいるのは、紛れもなく我が夫だった。

「もっと真面目にやれよっ。栗里市は世界から取り残されてるぞっ」

再び夫が叫んだとき、議長がすっくと立ち上がって一歩前に出た。きっと静かにするよう、夫に注意するのだろう。

そう思っていたら……。

「お前、コイツのダンナやろ。尻に敷かれてみっともない。お前こそ恥を知れっ」

「うるせえ、お前らみんな税金泥棒だっ」

夫が声の限りに叫ぶと、議長はうつむき、自分の席に戻った。言い返さなかったということは、税金泥棒と言われて思い当たる節があるのか。それにしても我が夫、どうしてしまったのか。再びの心境の変化があったのか。昨日は夜遅くまで娘二人と話す声が聞こえてきていたから、娘たちに何か言われたのかもしれない。

それとも、法事で栗里市に帰省した安藤《あんどう》との間に何かあったのか。安藤は夫の高校時代の同級生で、互いに新婚だった二十代の頃に、夫婦二組で何度か食事をしたことがあった。先週、彼が来訪したときは短い挨拶を交《か》わしただけで、私はすぐに外出した。前回うちに来た中学時代の同級生たちの印象が強烈すぎて、夫の友人が来訪するというだけで怖気《おじけ》づいてしまい、多忙を装った。そしてその夜、夫が珍しく話しかけてきた。それまでは目も合わせない日々が続いていたというのに。

――安藤は関連会社に出向になったんだってさ。それが畑違いの化粧品会社でね、役職者の六割が女性なんだって。

確か、そのようなことを夫は言った。少し興奮気味で、ときどき私をチラリと見る上目遣いが申し訳なさそうに見えた。安藤は帰京後に、段ボール箱いっぱいの本を夫宛に送ってきたが、何に関する本かは聞いていない。

娘たちの前では気が張っていたが、二人が東京へ帰っていった後は、更にふさぎ込む日々となった。

辞職したい、辞職しよう。

そう思うが誰にも相談できないでいた。思《おも》い止《とど》まれと説得されるのも励まされるのも嫌だった。

引っ越してきたばかりの頃、図書館の帰りに傍聴席で梨々花を見たときのことを、最近になってたびたび思い出すようになった。

――あんなこと言われてどうして黙ってたの？　言い返しなさいよっ。

――今さらメソメソしたって意味ないじゃない。どうせなら議場で泣き叫んでやりゃあよかったのよっ。

――なんで愛想笑いばかりしてたのよ。だから女はナメられるのよっ。

今となっては、梨々花を偉そうに叱り飛ばした自分が恥ずかしい。人のことをあれこれ言えた義理じゃない。梨々花のように愛想笑いを返したりはしないが、ヤジに対して言い返すことができなかった。絶望クンが脳内に姿を現し、溜め息ばかりが漏れてしまう。

私が言い返さないのを見て、村井たちは私を言い負かしたと思っているらしい。まるで小学生の喧嘩《けんか》のようだ、相手にする価値もないと思いつつも、悔しくてたまらなかった。ギャフンと言わせてやらねば死ぬに死ねない気がしているのだから、我ながら呆れるほど低レベルだと思う。だが一旦その低レベルの世界に取り込まれてしまうと雁字搦《がんじがら》めになり、そこから抜け出すには辞職の道しか思いつかなかった。

四六時中、心の中で葛藤しているからか、市議会の帰りに、精神的な疲れがどっと襲ってきた。軽自動車を車検に出している関係で、今日はバスで来たこともあり、気分転換になればと、駅前をぶらついてから帰ることにした。

ふらりと駅前の飲み屋に入った。

間口が一間ほどしかない店は奥行きが長く、カウンター席しかなかった。まだ早い時間帯だからか、客は一人もいない。冷たいビールを一杯だけ飲んですぐに帰るつもりだった。だが飲み屋なのに、なぜか挽《ひ》き立てのコーヒー豆の、なんともいい香りが漂っていた。

戸口に立って奥まで見通していると、「いらっしゃい」と至近距離で声がしたので、飛び上がるほど驚いた。見ると、四十歳くらいの女が一人、カウンター内のこちらに近い端で、私をじっと見ていた。出っ張った柱の陰になっていて見えなかったのだ。その派手なドレスと長過ぎる付け睫毛《まつげ》からして、ここは女性客が来るべき店ではないとわかった。

「すみません。間違えました」

こちらを凝視する鋭い目つきからしても、自分が場違いな客だとわかる。慌てて出ていこうとすると、「は？　間違えたって、何を？」と、女は間延びしたような声を出した。男だけを相手にする店なんでしょう、などと言うのも憚られたので、「まだ時間が早いのかなと思いまして」と、言ってみた。

「うちはかまわんよ。ほら、そこ座って。あんた、市議の霧島郁子さんやろ？」

「え？　ええ……まあ」

「ほんでミサオの弟子なんやろ？　私、高校時代の担任がミサオやったんやわ」

「あら、そうだったんですか」

「何か飲む？　この店に入ったってことは酒を飲みに来たん？」

「それはそうなんですが、さっきからコーヒーのいい香りが……」

カウンター越しに女の手許を覗き込んでみると、コーヒーを淹れている途中だった。

「だったらコーヒー、飲む？　メニューにはないけど四百円でどう？」

「はい、いただきます」

「私のこと馬鹿だと思っとるやろ」

いきなりだった。

「正直に言うてええよ」

「何の話でしょうか。初対面でそんなこと言われても……」

言ったそばから後悔した。どぶ板選挙では、短い期間に多くの人と話をしたので、名前も顔も覚えきれなかった。だから、もしかしたら、この女性ともどこかで会って話をしたのかもしれない。

「男相手に飲み屋やっとるような女を本当は軽蔑しとるんやろ」

「まさか、そんなことありません」

「そう？　ありがと。あんた有名人やから初対面って感じせんわ。私は店名と同じでヤスミンって呼ばれとるの。本名は康美《やすみ》やの。あんたが市議会で苦労しとるって聞いたんで、前から気になっとったんよ」

ヤスミンは、マグカップにたっぷり入ったコーヒーを目の前に置いてくれた。

「あんた……えっと、これからはイクミンって呼ばしてもらってええかな？」

「ええ……はい、どうぞ」

そんなことより、コーヒーが驚くほど美味しかった。今までの人生の中で一番と言ってもいいくらいだ。さっきまで店に入ったのを後悔していたが、議会の帰りに毎回ここに寄ってコーヒーを飲みたいくらいだ。

「古い考えのオッサンらとうまくやっていくコツ、よかったら教えるけど」

返事ができなかった。もう既に、うまくやっていこうとさえ思わなくなっていた。

だって私は何も悪くない。仮にコツとやらがあるとしても、どうしてこちらがコツを習得しなければならないのか。夫をおだてて家事を手伝わせましょうという昔からの論理と同じだ。それは夫婦ではなく母親と息子の関係だと思ってゾッとしてしまう。狭量だと非難したければするがいい。

「あのな、イクミン、男女平等やとか男女差別やとかゆう言葉はご法度《はっと》やで。オッサンらのほとんどがそういった言葉にアレルギーがあんねん」

「それはそうかもしれませんけど、でも、それじゃあいつまで経っても……」

「男っちゅうのはな、いっつも機嫌良うニコニコしとる女が好きなんよ」

「そりゃあそうでしょうよ。それは男女にかかわらず上司と部下の関係でも同じですよ。不満を言わず常ににこやかな部下は使いやすいですから」

「やっぱり話のわかる人やな。そこでやな、イクミンが『女性が』と言いたいところを『市民が』に変えたり、場合によっては『老人が』だとか『若者が』に変えた方がええねん」

「……なるほど」

「な？　たったそれだけのことで反発がぐっと少のうなるはずやわ。今度一回試してみ。それとな、市議の高田と和田《わだ》を味方につけることやわ。この二人はイクミンと同じように、下品なオッサン議員らに日頃から辟易《へきえき》しとんねん」

「そうでしょうか。結局は男性市議はみんな同じじゃないでしょうか」

「それが、そうでもないんだわ。奥さんらは商売しとって朝から晩まで働いとる。高田も和田もここに来るときは必ず奥さんを連れてくるけど、まあ、どんだけ奥さんに気ぃ遣っとることか」

「そうでしたか。ご意見として伺っておきます」

「浮かん顔しとるね」

「多勢に無勢なもんですから」

「女は梨々花しかおらんもんな。私は前からイクミンに心から同情しとんねん」

「それはありがとうございます。それで、あのう、女性議員を増やすにはどうすればいいと思われますか？　例えば男女半々になればいいのにと夢みたいなことをたまに思うんですが」

「半々かあ。それはええなあ。つまり、次の改選で女性議員を半分にするっちゅうことやな。それを実現するためには、少なくとも女が堂々と偉そうに演説したらアカンと思う」

「と言いますと？」

「あくまでも下手に出るんやわ。女は難しいことはわかれへんけれども、生活に密着した問題なら男よりよう知っとる。何世代も前からそうした問題に深《ふこ》うかかわって苦労してきたからや。だから、どうか哀れな女たちを助けてください。そう言うて主婦感覚を前面に押し出して男たちを騙したらええ。つまり、正面切って政治論を戦わせたりしたら、男らの反感を買うだけやわ。例えば、女性は人類の半分であるから女性の視点や意見は大切である、それらを無視しとったら地域の損失になる、とか何とか難しげな言葉を使ったら絶対アカン。どこの世界でも生意気な女が嫌われるのは常識やん」

「その生意気って言葉ですけど、もう本当に、虫唾《むしず》が走るほど嫌なんです」

「わかるわかる。イクミンの言いたいこと、わかるよ。私かてこの店を繁盛させるためにアホのフリしとるんやもん。アホな女やからこそ、男たちは安心して飲みにくる。もしも私が東大出の弁が立つ女やったら、誰が飲みに来てくれまっかいな」

「おっしゃってることは、とても現実的だとは思います。ですが、下手に出るとか同情を誘うとかバカなふりをするだとか……精神的に参ってしまいそうで」

「イクミン、あんた考えが甘い。ええか、権力を握るまでは屈辱に耐えるしかないねん。それと村井の爺さんのことやけどな。アイツは学歴コンプレックスがある」

「でも、あの世代で大卒の人は少ないでしょう？　劣等感を持つ必要あるかしら」

「違うねん。爺さん自身の学歴はどうでもええのよ。あの世代なら高卒でも上等やわ。問題は、息子が二浪した挙げ句の高卒で、孫が高校中退やねん」

「なるほど。それで、お孫さんは今、引きこもりになっているとか？」

「いいや、息子も孫も親戚の建設会社で雇ってもらっとる」

「だったら何も問題ないじゃないですか。親戚の会社に就職できたんなら、学歴なんてどうだっていいでしょう？」

「見栄《みえ》の問題だわ。村井一族は戦前からの土建業でカネだけはたんまり持っとる。ほんでも、息子も孫も頭は悪いし根性もないくせに誰に対しても威張りくさって性格も悪いし不細工なんだわ。そやから息子と同世代のイクミンが女だてらに大学出とるんを許せんのだ」

「そんなこと言われたって……」

「ほれに噂で聞いたけど、三人のお嬢さんのうち何番目か知らんけど、青陵《せいりょう》大学を出てはるんやろ？　一流やんか」

亜美のことだ。それにしても……。「そんなことまで、よくご存じで」

「村井の爺さんのコンプレックスをこれ以上刺激せんように気ぃつけや」

「……はあ」

「一人ずつ味方の議員を増やしていって、いつかイクミンが大派閥のドンになる。そうやって権力を握ってから、思う存分、言いたいこと言うなりして本領発揮したらええわ。今は辛抱のときだわ」

コーヒーを飲み干して店を出た。苦かった。

その夜、由香からスマートフォンにメールが届いた。

――緊急事態発生！　すぐにユーチューブを見てください。

URLが貼り付けてあったので、タップしてみると、議会でヤジが飛ぶ動画が流れた。つぶやくような声の村井のヤジまで高性能マイクが拾っている。いったい誰が撮影したのだろう。

驚いたのは翌日だった。例の動画がテレビのワイドショーで放映されたのだ。コメンテーターたちが大声で批判し、その一週間は、どのチャンネルもその話題で持ちきりだった。ネットは炎上し、夥《おびただ》しい数のコメントがついた。ヤジを飛ばした犯人探しと、それを制止もせずに笑って見ている議長や周りの男性市議たちを責めたり呆れたりするものが大半だった。だが、村井たちを擁護する声も少なからずあった。

――単なる失言なのに騒ぎすぎ。

この世には、ひどく寛容な人々がいるらしい。

――議会が男性だけなら、もっとスムーズなんだろうに。

――なかなか勇気ある男性市議たちだ。俺たち男がヒステリックなババアに対して常日頃から思ってることを代弁してくれた。

――これのいったい何が問題なのか全く理解できない。

スマートフォンを閉じると、絶望クンの出現を待つまでもなく、深い溜め息が漏れた。偏見を持つ人に対して、世間は優しすぎる。男女平等のことを男女共同参画なんていうオブラートに包んだ言い方をして、そもそもそんな小難しい長ったらしい言葉、意味がわからないし世間に浸透するわけがない。「男女平等」という言葉に男性の年配国会議員たちが大反対したことで、共同参画という言葉が生まれたと何かで読んだことがある。

——男と女は全く同じではない。法律的な権利は平等でも異質なものだ。

男性国会議員たちの言葉は一見正しいように聞こえるが、男女の何が違うのかと問えば、男らしさとは強さや逞《たくま》しさやリーダーシップだと答えたという。まったくナンセンスだ。

栗里市は、いや日本は、世界から取り残されていく。

そして、この田舎を出ていった女たちは、決して戻ってはこない。

16　落合由香

土曜日に霧島家へ向かった。

毎週同じ時間に勉強会があるのだが、なぜか今回だけは前もってわざわざミサオから電話があり、なるべく夫婦揃って出席するよう言われた。

「今日は何か特別なことがあるんですか？」

ヒロくんと杏菜とともに霧島家に到着し、リビングに入るなり郁子に尋ねてみたが、郁子はキョトンとしている。

「私は何も聞いてないけど？　今日は会計監査の講義の続きじゃなかった？　それより、この麦茶を庭に運んでくれる？」

「俺が運びます」と、ヒロくんが特大のヤカンに手を伸ばした。

家で揚げてきた大量のシナモンドーナツを郁子に渡してから庭に降りてみると、郁子の夫がガーデンテーブルを拭《ふ》いていたので、驚いて思わず足を止めた。

「こんにちは」と背後から声をかけてみると、郁子の夫は振り返って「お疲れ様」と言いながら微笑んだ。

どういう風の吹き回しだろう。郁子の政治活動にあれほど無関心だったというのに。今までだって、勉強会のある日は外出しているか、それとも二階に籠《こ》もりきりで降りてこなかった。郁子もそのことに関しては一切触れないし、聞かれたくないと背中が語っているようで、いつの間にか郁子の夫に関する話はタブーといった空気になっていた。だけど家に帰れば、ヒロくんとは頻繁に話題にした。郁子の夫は妻の政治活動に反対なのだろうか、それともああいうのが「都会的な夫婦」というものなのか、あるいは夫婦仲がとっくに破綻《はたん》している仮面夫婦なのか、と。

郁子の夫はテーブルを拭き終えると、軒下《のきした》に重ねてあったガーデンチェアを並べ始めた。ヒロくんが「あ、俺がやりますよ」と言いながら走り寄っていくと、「こんな椅子じゃあ、ケツが痛くなるだろ」と郁子の夫は言い、家の中に取って返し、座布団やらクッションやらを運び始めた。

そのとき、舞子夫婦の車が到着したのがフェンス越しに見えた。車を降りた舞子は、道路から直接庭に入る木戸の所でハッとしたように足を止めた。郁子の夫がいることに気づいたらしい。そして私を目で探すと、大きく目を見開いて見せた。だが、さすが高校時代に演劇部だった舞子だけのことはある。ひとかけらのわだかまりもございませんといった体で、郁子の夫に対し、屈託《くったく》のない笑顔で挨拶してみせた。

だがミサオが到着したときは、そうはいかなかった。

「あら？　霧島くんやないの。今日はどういう風の吹き回しなん？　高校時代はええ子やったのに、郁子さんの選挙活動をちっとも手伝わなんだ。妻が栗里市のために一生懸命働いとる、議会でも苦労しとるっちゅうのに、なんぼなんでも冷血漢やわ。そもそも霧島くんも今は栗里市民なんやろ。住民のために働いとる妻を何と心得とるんじゃ」

言えば言うほど激昂してくるのか、どんどん声が大きくなってきた。

「ミサオさん、郁子さんのご主人は議会を傍聴に来られたんです」とヒロくんのお母さんが言った。

初耳だった。その日は私も舞子も仕事が入っていて傍聴に行けなかったのだ。

「あの日は腹を壊しとったんだわ。銀杏《ぎんなん》拾いに行って調子に乗って食べすぎた」とミサオは言った。

「その日、郁子さんのご主人は、下品なヤジを飛ばす議員たちを傍聴席から大きな声で叱り飛ばしたんです」

ヒロくんのお母さんの言葉に驚いて、思わず舞子と目を見合わせた。

「霧島くん、それは本当か？」

「ええ、まあ。ついカッとなっちゃって」

「なんや、そうやったんか。さすが私の教え子じゃわ。今日は大事な話があるもんでちょうどよかった。霧島くんにも聞いてもらいたかったんや」

「大事な話って何ですか？」と、郁子の夫が尋ねたとき、郁子がリビングの掃き出し窓から庭に降りてきた。その後ろを、霧島家のお婆さんが無花果《いちじく》と柘榴《ざくろ》が山盛りの特大のボウルを持って歩いてくる。

「もうすぐ市長選があることは、みなさんご存じかな」

そう言うと、ミサオは咳払いをした。なんだかもったいぶっている。

「そこで私は考えたんじゃ。市民生活にしっかり目を向けとる男性市議をみんなで市長に推す計画を立てようってな」

「例えば誰ですか？」と、舞子が尋ねた。

「今のところ、市議の高田さんか和田さんがええと思う」

「確かに今の市長よりはずっとマシやと思うけど、二人とも押しが弱そうな感じするわ。村井に反論されたらショボンとなりそう」と、舞子が言う。

「俺も同感です。村井派のヤジにタジタジとなってしまいそう」と舞子の夫も言う。

「実は私も、あの二人はちょっと頼りない気がしとった。ほんだったら市議以外の一般人から選んだ方がええかもしれん。市役所の職員の中に、誰ぞ良さそうな男はおらんかの。それと、郁子さんは会派を作るべきやわ。今は一人でも、そのうち仲間を増やしていくことを見据えての。となると、会派に名前をつけんとならん」と、ミサオが言った。

「たんぽぽ会か、コスモス会というのはどうですか？」と私は提案してみた。

「花の名前かあ。それはちょっと……」と、ミサオが浮かない顔をする。

「ダメですか？　たんぽぽもコスモスも、踏まれても踏まれても起き上がるイメージがええように思うんですけど」

「花の名前は嫌いなんだわ。なんや女らしい感じがして」と、ミサオは言った。

ミサオの世代は、私や舞子とは比べ物にならないほど、女にとって厳しい時代だったのだろう。女らしさというものに過剰ともいえるアレルギーを持っている。ミサオは決して化粧をしないし、ピンク系や花柄の物は、洋服はもちろんのことハンカチといえども持っていない。

「麦はどないやろ。踏まれても起き上がる代表格や」と、ミサオが言った。

「麦の会、ですか。郁子さん、それでええですか？」と私は尋ねた。

「私は何でもいいです」と、郁子が興味なさそうに答えるのが気になった。

「ほんなら麦の会に決めまひょ」

ミサオが満足そうに、ひとりうなずいてから麦茶をゴクリと飲み干した。

「すみません。その前に私、実はみなさんに申し上げたいことがありまして……」

見ると、郁子は思い詰めたような顔をしている。

嫌な予感がした。

「今までみなさんに応援してもらったのに、本当に申し訳ないんですが」

やっぱりそうだったか。

「実は私、市議をもう辞めたいと思っておりまして」

次の瞬間、「ええっ」と一斉に驚きの声が揃った。驚かなかったのは、私と郁子の夫だけだった。最も身近で見てきた私は、郁子の苦悩が手に取るようにわかっていた。郁子の夫も察していたのだろう。もしかして、市議を辞めることについて夫婦で事前に話し合ったのか。郁子の夫が今日は珍しく顔を出したのは、郁子が辞職するからなのか。だから機嫌がいいのか。いそいそとテーブルまで拭いたりして……そう考えると途端に憎らしくなってきた。

なんと不似合いな夫婦だろう。本当につまらない男だ。

「郁子さん」と、舞子が口を開いた。「そんなこと言わんと、これからも頑張ってくださいよ。郁子さんのお陰でカーブミラーも設置できたんやし、郁子さんに感謝しとる人は多いんやから」

舞子が懇願《こんがん》するように言ったが、私は引き留めてはいけない気がした。もしも自分が郁子の立場ならばと想像すると……連日のように下品なヤジを飛ばされ続けたら全人格を否定されたようで気を病み、心療内科の世話になっているかもしれない。

「郁子さんは私たち女性の代表なんやから、これから先も……」と舞子がなおも言おうとするのを、郁子は遮った。

「あのね、私は女性の代表じゃないの。ちっぽけな虫けらに過ぎないの」

そう言って、郁子は暗い表情でテーブルの一点を見つめている。

「虫けらやなんて、郁子さん、そんなこと……」と、舞子の夫が絶句した。

「あんな次元の低いヤジなんか無視してくださいよ。この町にもマトモな男がたくさんいて、みんな郁子さんを応援してるんです」とヒロくんも言うが、郁子は俯《うつむ》いたままだ。

ミサオはと見ると、腕組みをして目をつむったまま微動だにしなかったが、ふっと顔を上げて言った。「ほんなら初めて会ったあの日、なんで梨々花を怒鳴ったんじゃ？」

「それは……自分でもよくわかりませんが、いきなり爆発してしまって」

「ああいうわけのわからんオヤジらとは関わらんでおこう、そうやって何べん決心しても郁ちゃんの正義感が邪魔するんだわ。だからマグマが噴火するんじゃ」

「そんな気持ちは忘れて気持ち良く老後を過ごしたいんです」

「それは無理だわ。老人といえば縁側で猫と日向《ひなた》ぼっこしとる姿を想像するかもしれんが、実際は逆じゃわ。何十年も溜めてきたマグマが、出口を求めて噴き出すんじゃ。溜めた年月が長ければ長いほど、岩を突き破って噴き上がる高さが高いんだ」

そのとき、「嫌なら辞めなよ」と、郁子の夫が言い放った。

みんな一斉に郁子の夫を見た。腹立たしかったが、「もう降りていいよ」という優しさがないと、郁子は救われないだろうとも思い、複雑な気持ちになって私も黙っていた。

「市議会議員なんて辞めちゃってさ、そのあとは」と、郁子の夫は言葉を区切って、すっと息を吸った。

で、辞めたあとは？　郁子の夫が言いたいことは容易に想像できた。

――この庭で紅茶と読書を楽しんで、ゆったりとした日々を送ればいいんだよ。きっとそう言う。それを誰が止められる？　私も舞子も議員になって闘う勇気などカケラもない。そんな情けない私たちに何を言う権利があるだろう。ヒロくんのお母さんにしたって、郁子と一歳しか違わないのに、家出して霧島家の母屋でいまだに世話になっている。自立さえできないのに郁子を非難する権利なんかあるはずもない。三人の娘を育てながら定年まで働き続けた立派な――たぶんド根性が備わっている――郁子ですら耐《た》え難《がた》いと思うのだから、議場で味わう屈辱感はよっぽどのことだ。

「ダンナさん、さっき何を言いかけたんですか？　議員を辞めたあと、どうしろと言うんです？」と舞子が促した。

「郁ちゃんは市議会議員を辞めて、市長に立候補すべきだと思う」

「は？」と、郁子は思いきり顔を顰《しか》めた。それと同時に、そこにいる全員が郁子の夫を、信じられないといった目で凝視した。

「霧島くんはええこと言うた。ほんやけど、この栗里市で女が市長になるなんて、どう考えても無理やわ。それに、郁子さんが市長に立候補するには、市議を辞めんとならん。市長選に出たところで敗れるに決まっとる。そしたら市議はまたもや梨々花だけや。一人ずつ地道に女の市議を増やしていく作戦が水の泡になる。郁子さんは女性議員を増やす礎《いしずえ》を築く役割を負うとるんだわ」

「いしずえ、ですか？」と、郁子の夫は、なぜか溜め息まじりに言った。

「ほうじゃ。万が一、天地がひっくり返って女が市長になったとしても、いきなり市政が根底から覆《くつがえ》るわけやない。なんせ何を議題に提案したところで、議会では多数決で決まる。ということは男の意見が通ることには変わりないからの」

「やっぱり、そうなるのか」と、ヒロくんは暗い声を出した。

「礎を築くのは立派な行為やぞ。讃《たた》えられてしかるべきじゃ」と、ミサオは郁子の方を向いた。市議を辞めるなという圧力をかけているようにも見える。

「毎日夕方になると、いったい何のために移住してきたんだろうって、空を仰いでしまうんですよね。毎日嫌な思いばかりして……もしもあのまま東京にいたら何倍も楽しかったに違いないんです」

　思わず本音が出たといった感じだった。そりゃあ郁子にとっては東京暮らしの方が何倍も面白いだろう。私も東京は大好きだ。今まで修学旅行とディズニーランドに行っただけだが、思い出しただけで華やかな気持ちになる。ただ、人の多さに酔ってしまい、すぐに田舎に帰りたくなったことも事実だ。だけど郁子は東京の人だから人の多さに酔ったりはしないのだろう。もしかして、移住してきたことをこれまでずっと後悔し続けていたのだろうか。

「ミサオ先生、いつまで礎なんて言ってるんですか。そんなこと言ってたら日が暮れちゃいますよ」

「ほんだって霧島くん、男ばかりの集団に女が一人か二人しかおらんのだったら、女の意見なんか通らんよ。除け者にされるか笑い物になるか、特別視されるのが関の山じゃ。私は嫌というほどそれを経験してきたんだわ」

「先生、女の市議を増やす計画を何年前から提唱しておられますか?」

郁子の夫の声は不気味なほど冷静だった。みんなもそう感じたのか、シンとして、風が木々の葉を揺らす音だけが聞こえた。

「私が市議になったんは定年退職してからやけど、女性市議を増やす運動そのものは高校で教鞭《きょうべん》を執っとった頃からやから、かれこれ五十年になるかの。考えてみれば半世紀にもなるんやな。我ながらよう頑張ってきたもんだわ」と、ミサオはしみじみと言った。

「つまり半世紀経っても、ちっとも変わってないってことなんですよ」

「ほんでも霧島くん、私なりに頑張ってきたんだわ」

「ダメなんですよ。そんなやり方じゃあ。もう最後の手段としてクオータ制を導入するしかないんですよ。それを実現するには郁ちゃんが市長になるしかないんだ」

　郁子の夫がそう言うと、郁子はびっくりしたように夫を見た。そして何を思ったか、目の前にあった皿からドーナツをやにわに手に取り、大きく口を開けて、ライオンか何かがガブリと獲物に噛《か》み付くみたいにして食べた。郁子の心の動きが私には読めなかった。もうどうにでもなれと思ってヤケになっているのか、それとも百獣の王みたいに闘争心が燃え上がったのか。

「クオータ制って聞いたことあるけど、えっと、それ何でしたっけ。英語で四分の一っていう意味ですよね？」と、舞子が尋ねた。

「発音は似てるけど綴《つづ》りが違う」と、郁子の夫が続けた。「採用や入学のときに、予《あらかじ》め一定の人数を割り当てておくことを言うんだよ」

「あ、それなら知ってます。姉の住んどる市も三つの町が合併してできたんですけど、それぞれの町から五人ずつ計十五人の市会議員を出すことに決まっとります」

「それそれ、それがクオータ制だよ。で、俺がいま言っているのは、少なくとも四割が女性議員になるよう枠を決めておくことなんだ」

「幹夫、あなた何を寝惚《ねぼ》けたこと言ってんの？」と、郁子がピシリと言った。まだ言い返す気持ちの余裕があるとわかり、私は内心ホッとしていた。

「クオータ制なんて無理に決まってるでしょう。逆差別だって言われるのがオチよ。

性別に関係なく能力のある人が議員になるべきでしょう。女というだけで優遇されるなんて非難囂々《ごうごう》に決まってる。そんなの火を見るより明らかよ」

「だろうね」と、郁子の夫は即座に認めた。

「は？　私のこと、からかってんの？」

「郁ちゃんの言う通りなんだよ。非難囂々になるのは間違いないと俺も思う。だけど、なぜか北欧では取り入れることができてる。ノルウェーだとか」

「やめてちょうだい。気が遠くなるわ。ノルウェーのようになるなんて、それこそ百年かかるわよ」

「百年なんかじゃないよ、郁ちゃん」

「だったら何年なのよ」

「何年経とうが無理なんだよ。この町も日本全体も、ずっとこのままだ。だからこそ奇抜な策に出るんだ。そうでない限り変わらないんだ」

霧島夫婦の会話をみんな黙って聞いていた。ミサオはと見ると、またしても腕を組んで目を閉じている。

「男どもを見てみろよ。みんな権力にしがみついてる。末期癌で入院中でも辞めなかった男もいた。みんな死ぬまで市議を辞めないつもりだよ。辞めるときは息子に継がせるときだ。そんなアイツらから見たら女は敵なんだ。男の既得権益を奪う敵なんだ」

「霧島くん、それだけわかっとるんなら、やっぱり地道に一人ずつ女の議員を……」

と、ミサオが口を挟む。

「ミサオ先生、このままだと、この地域はダメになります。大きな改革が必要なんですよ。スイスを見てください。一九八五年までは既婚女性は夫の許可なしで働いてはいけないという法律があったんですよ」

「えっ、風潮やなくて？　そんな法律があったん？」と、私は思わず大きな声を出していた。

「信じられないけど、本当にそういう法律があったんだ。それにスイスで女性参政権が認められたのは一九七一年になってからなんだ」

「そら遅いがな。一九七一年ゆうたら、ついこの前やないか」とミサオが言う。

私が生まれる十年以上も前のことだから、私には「ついこの前」という感覚はピンと来なかったが、日本よりずっと遅いことに驚いていた。

「幹夫、いったいどうしちゃったの？　随分詳しいじゃないの」

郁子はグラスに入った麦茶を飲んだ。喉が渇いていたのか、ゴクゴクと一気飲みだった。隣席の舞子が立ち上がり、大きくて重いヤカンから郁子のグラスに注いでやっている。

「私、スイスのこと知らんかった。なんかショック」と、舞子がポツンと言った。

「どうしてそうなったか、わかりますか？」と、郁子の夫はみんなを見渡した。

「わからんわぁ。ほんだって欧米は日本よりずっと進んどると思っとったから」と、舞子が言う。

「スイスは直接民主制だから国会で決めたんじゃなくて、男性だけの住民投票で決めたからなんだ」

「男しか投票できんのに、女性参政権を得られたってことですか？」と私は尋ねた。

「そうなんだ。男たちの考えが変わったんだ。他のヨーロッパ諸国を見て、時代遅れで恥ずかしいと思った男もいただろうし、女性たちの連日のデモを見て考えが変わった男もいただろうし、妻や娘からヤイノヤイノ言われて仕方なくっていう男もいたんじゃないかな」

「で、結局、幹夫は何が言いたいの？」と、郁子が尋ねた。

「つまり、男たちの考えを変えるには、ショック療法だとか外圧が必要なんだよ。一人ずつ女の議員を増やしていくっていう地道な戦略じゃダメなんだ。それだと、たぶん何十年もかかる。もしかして百年以上か、それとも永遠にダメかも」

外圧とは具体的に何のことだろう。日本国中の市町村がクオータ制を取り入れていて、栗里市だけがまだというのなら外圧というのもわかる。だけど、そんな制度を取り入れている議会は一つもないのだ。

「市議会でクオータ制を提案したら大反対の嵐でしょうね。女性議員が四割になるってことは、男の四割が落選するってことやもんね」と、舞子の夫が言う。

「自分の名誉や食い扶持《ぶち》を女に譲るなんてとんでもないと思うに決まっとる」とミサオが続ける。「本来は、議会っちゅうのは色んな立場の人の意見が必要なんだわ。住民の半分を占める女の意見が反映されとらんのに、それがおかしいことだとみんな気づいてもおらん。人類の半分を占める女への差別はあまりに広範囲で、あまりに長きに亘って行われてきたからの。その不当さに気づかん女や、気づいとっても諦める女が歴代おびただしい数に上りよる。本当は気づいとる男もたくさんおるんやろけど、それを解決しようという心の広い男はなかなかおらん。もしも、そんなフェアな心を持った男前に若いとき巡り合《お》うとったら、私かて結婚したんじゃがの」

「つまりさ、待っているだけじゃ埒明かないってことだよ」

「そうは言うても霧島さん、議員に相応《ふさわ》しい女が栗里市内にそんなにたくさんおるかなあ。この地域でしっかりした女の人ゆうたら、ミサオさんみたいに学校の先生を定年まで勤め上げた人くらいしか思い浮かばんわ。その中で立候補する人が果たしておるやろか。女医さんも何人かおるけど、市議になるとは思えんし」と、私がさっきから気になっていたことを、舞子が代わりに言ってくれた。

「男の市議を見てみなよ。みんなそんなに立派な人物ばかりか？　ろくでもない親父が何人も紛れ込んでるだろ。考えも古いし、市議になったくらいで偉くなったように勘違いしてる」と、郁子の夫が言う。妻の郁子を馬鹿にされ続けた恨みがあるのか、その目には怒りが表れていた。

「幹夫の言いたいことはわかるわよ。でも理想論を言われてもね」

「今すぐ立ち上がらないと手遅れになるんだよ。待ってたってダメなんだ。世の中には女が半分いるんだから、代表の半分が女でもおかしくないだろ。当然のことじゃないか。探せば有能な女はたくさんいるはずだよ」

「俺の会社でも、女性の幹部登用の話題となると、お偉いさん方は『もうすぐ育つ』と毎回同じことを言うんですよ。もうすぐって、いったいいつなのか、気が遠くなります」と、ヒロくんが言った。

「ロールモデルもないのに人が育つわけないんだよ。とにかく女性を登用することが先決なんだ。それを繰り返すことで女性が育っていく。地位が人を育てるっていうだろ？　管理職にしろ役員にしろ、やってみなくちゃわからないことがたくさんあるんだから。まだ磨いていないだけで原石はたくさん転がってるよ」と、郁子の夫が言う。

「万が一、私が市長になれたとする」と郁子は続けた。「だとしても、クオータ制をどうやって実現する？」

「それはこれからみんなで考えようよ。デモをやるとかさ」と、郁子の夫が言う。

「それは無理です」と私は断言した。「ここは東京やないんです。こんな田舎でデモに参加する人なんておりません。笑い物になるだけです。若い娘さんなら嫁に行けんようになる」

言うそばから我ながら時代錯誤的なことを言っているように思えて気分が悪かった。だけど、それが現実なのだ。

「なあ、幹夫」と、霧島家のお婆さんが珍しく口を挟んだ。「古今東西、誰しも女の言うことより男の言うことに耳を傾けるもんだわ」

最年長の八十代だけあって言葉に重みがあったが、舞子は構わず「何やの、それ。女の言うことは無視するなんて、まったく頭にくる」と吐き捨てるように言った。

「舞子ちゃん、そら頭にくるやろけど、ほんでもそれが現実ですがな。ほんやから言いたいことがあったら男の口から言わせるこっちゃ」とお婆さんは言う。

「男に言わせる？　クオータ制を導入しろって？　そんなこと言ってくれる男が市議の中におるやろか」と舞子が言う。

「ターゲットを定めて、男の議員をひとりずつ取り込んでいったらどうやろ」と、ミサオが言う。

「そうですね。それと並行して、次期市長選には女性ではなく、クオータ制に賛同してくれる男を担ぎ出すのが近道じゃないかしら」と、郁子は言った。

「やっぱりそれが現実的かも」と、舞子が言う。

「そうじゃな、確かに男の市長の方が……」とミサオが言いかけたときだった。

「ほんでも私は、できたら女の人に市長になってもらいたいです」と、ヒロくんのお母さんが遠慮がちに口を挟んだ。勉強会にはいつも参加しているが、ほとんど黙って聞いているだけだから珍しいことだった。

「母さん、それはどうして？」とヒロくんが尋ねる。

「女の市長は希望の象徴だわ。私ら希望の星が見たい。世の中が変わるかもしれんっちゅう光が見えんことには、生きとることがどうにもつらい」

舞子が感動したような顔をしているが、私は心から賛同するという気持ちにはなれなかった。義父がうちに夕飯を食べにくる回数が増えていたからだ。土日ともなると、朝早くから来る。

——最近まともな朝ご飯を食べとらん。

義父の言う、まともな朝食というのは炊き立てのご飯と味噌汁のことだ。歳を取ってから妻に出ていかれたらつらいだろうと、つい同情心が湧き、せっかくの土日なのに朝から鮭《さけ》を焼いたり卵焼きを作ったりした日もあったが、そうすると歓迎されていると勘違いしたのか、義父は前にもまして頻繁に来るようになり、平日に来る回数も増えた。夫が見かねて注意してくれたばかりだった。

――親父、朝食くらい自分で作って家で食べてくれよ。うちの朝は、本当はパン食なんや。米を食うのは夕飯だけ。それも発芽玄米しか食べん。親父のために由香がわざわざ白米を買ってきたけど、もう勘弁してくれよ。

夫がはっきりと言ってくれたお陰で朝は来なくなったが、夕飯に週三回は来るようになった。玄米でもかまわないのだと言って。今のところ義父は元気だが、寝たきりにでもなられたら、やっぱり私が世話をしなければならないのだろうか。それを想像しただけで泣きたくなる。大嫌いな人を介護するなんて、想像するだけでつらい。そんな私の気も知らないで、女性の市長は希望の星などと、夢見る少女みたいなことを言うヒロくんのお母さんに猛然と腹が立ってきた。

――親父、今度スーパーの惣菜コーナーに行ってみたら？　選《よ》り取り見取りやわ。何もわざわざうちに来《こ》んでも。

夫が義父にそう言ったとき、義父は怒った。

――ああいうのは味が濃くて身体に悪い。お前はわしの健康が心配やないんか。

まさにお殿様だった。周りの者はみんなわしの身体を心配し、長生きしてほしいと心底願っている――そんな義父の思考が透けて見えた。長生きしてもらいたいなんて私は思っていませんよ。本音を見つめると、自分が血も涙もない悪人に思えてくる。

だけど、もうへとへとなのだ。いったい義父にはどう対応すればいいのだろうか。このところ、それをずっと考え続けている。

——惣菜を買っとるところを知り合いに見られたらどうするんじゃ。

どうしてこうもプライドが高いのだろう。女はみんな生きていくために、とっくの昔にプライドなんか捨てて見切り品のワゴンに群がっているのに。

「うちの嫁さんが市長になるやなんて、そりゃあ、どえりゃあこっちゃわ」と、霧島家のお婆さんが言った。

「母ちゃんは反対なのか?」

「いや、反対やない。面白いことになってきた。残り少ない人生にこんなワクワクすることが残されとったとは」

「何度も言うようだけど、この地域を根こそぎ変えるには、それしか方法はないんだよ。市長には人事権があるから、もしも郁ちゃんが市長になったら、議員も市の職員も今までと違って郁ちゃんに対する態度をガラリと変えるはずだ」と、郁子の夫は言った。

市長は副市長を指名し教育長を任命できるし、市職員の人事も決めることができると、ミサオの講習で学んだ。出世したいなら市長の顔色を窺《うかが》うだろう。

「つまりそれは、私の意見に反対したら閑職に異動させると脅せと言ってるの?」

と、郁子が尋ねる。

「そんなことわざわざ口に出す必要はないよ。郁ちゃんがチラリと睨むだけで、向こうは保身のために忖度《そんたく》するはずだよ」

「そこまでわかってるんなら、幹夫が立候補すればいいじゃないの」

「俺じゃあ当選しないってば」

「あら、どうして？　男の人の方が当選しやすいに決まってるじゃない」

「俺には郁ちゃんみたいなカリスマ性がないもん」

「ああ、嫌だ、あのね、私はね、カリスマ性だとかオーラだとか、そういうワケのわかんない言葉が大っ嫌いなのよ。占い師が使うようなそんな言葉は金輪際《こんりんざい》、私の前で言わないで」

「別に俺はそんなつもりで……」

「悪いけど今日は遠慮なく言わせてもらうわ。議会ではね、本来は理論的で科学的な内容を話すべきなのよ。つまりエビデンスとサイエンスと専門家の知見の三つが重要なの。それなのに、あの議会はバカばっかり。愚か者の集合体なのよ」

珍しく興奮気味だった。

「あんな奴らにクオータ制の必要性を説いたってわかるわけないじゃないの。教養どころか基礎学力さえないような男だって少なくとも四人はいるし、そんな人間に言葉で言っても土台無理なのよ」

「ほんに、その通りですわ」と、ミサオはノンビリした調子で言った。「ああいう人らは自分で実感せん限りピンと来んのだわ。教養っちゅうのは自分を客観視できるっちゅうことやからの。進歩のないオヤジ議員を動かすのは難儀だわ。ほんやけど、そうやないマトモな男性議員が年々増えてきとるのも事実なんだわ。ほんやから希望が全くないわけじゃない。それに……」

言いながら、ミサオは「人格帳」と表紙に書かれたノートを鞄《かばん》から出してテーブルの上に置いた。市議全員のプロフィール、考え方、性格などが書かれているという。

「この中から味方を増やしていきんさい。二重マルをつけてあるのが最も話がわかる議員だわ。その次が一重マル。じっくり話をして、麦の会に取り込んでいくんじゃ。わけのわからんオヤジが牛耳っとる市議会が変わらんうちは、私は死ねん。新しい変化を受け入れんで目先の利益ばっかり追う市議がようけおる。自分が死んだ後の未来のことなんか関係ないと思うとるからの。何よりフェアネスへの意識が低すぎるし、弱い立場の人間に対して威張りくさりよって、ほんと腹が立つ。私が『オヤジ』ゆうのは、年齢や性別には関係ないぞ。古い価値観に拘《こだわ》っとる人間全員のことじゃ。そういう意味では若い女の中にも、たまに『オヤジ』がおる」

「ああ、確かに。うちの職場の女の先輩の中にも女を馬鹿にする人がおる」と舞子が言う。

「この町には大手術が必要なんだ。俺だって、郁ちゃんが特別に素晴らしい人間だと思ってるわけじゃないけど、この町に郁ちゃんほど大胆で、人目や噂を気にしない人間は他にいないと思うんだよ」

「何なのそれ。まるで私がバカみたいじゃない」

「そうじゃないよ。郁ちゃんには正義感があるし、老人から赤ん坊までよく観《み》てるし、貧困な人々にも目を向けている。それは、もう本能だろうね。それに郁ちゃんは知識欲が旺盛だし、目的意識もはっきりしてる。なんといっても行動力があるしね」

　行動力という言葉に、全員が深くうなずいた。それを郁子はチラリと見たが、憮然《ぶぜん》とした表情のまま何も言わなかった。

「それに、この土地にはしがらみが全くないから、誰にも媚びる必要がない」

「そりゃそうよ。私は栗里市の出身じゃないんだから」

「行く先々で皮肉を言われただろ。お宅のご主人はずいぶん理解がありますね、とか、ダンナは文句を言わないのかとか」

「言われたけど？　それが何なの？」

「そういうことを無視して突き進める女性がこの地域には少ないんだよ」

「は？　そんなことないわよ。誰だってできるわよ。簡単なことよ」

そのとき、全員が首を横に振った。

「そうなの？　できないの？　情けないわね」

「だから、郁ちゃんは適任なんだ」

郁子の夫は、私が昨日まで思っていた人とは全く違う人物だった。うちの義父と同じで、女を馬鹿にしている人だと思っていた。だって、そうじゃないとしたら、どうして選挙のときに応援もせず、会合や勉強会のときにも姿を見せずに「二階で読書」とやらをしていたのか。

「女性は男性よりはるかに現実主義者なんだよ」と郁子の夫は言った。

「そんなこと女なら誰でも知ってるわよ。で、だから何？」と郁子が問う。

「たくさんの小さな湧き水が集まって小川になって、やがて一級河川になるんだよ」

「は？　幹夫、いつから詩人になったの？　いったい何の喩《たと》え話？」

「つまりさ、栗里市からじわじわと日本を変えていくんだよ」

「なに夢みたいなこと言ってんだか、まったく。人の気も知らないで能天気なこと言っちゃってバッカみたい」

郁子はまたドーナツにガブリと大口でかぶりついた。両頬が大きく膨らみ、杏菜の絵本に出てくる栗鼠《りす》のオバサンみたいだった。

17　霧島郁子

誰に何と言われようとも、市長選に出るつもりはなかった。

それどころか、私は市議を辞めたいのだ。それなのに、クオータ制の話題で盛り上がってしまい、辞職話の腰を折られてしまった。思いきって告白したというのに。

だが、周りへの影響を考えると辞職の踏ん切りがつかなかった。

——女はすぐに辞める。だから女はダメなんだ。

——最初から立候補するなよ。迷惑だ。

そんな認識が広まったら、この地域の女性たちに迷惑をかけることになる。男たちは昔から「女」という括《くく》りで十把《じっぱ》一絡《ひとから》げに判断するからだ。それに……リビングの隅に目をやると、美しい箱が目に入る。後輩の夏織が、わざわざ東京からチョコレートを送ってきてくれたのだった。

——心が疲れたときは、熱い飲み物とともに、甘いチョコを食べて、ホッと一息ついてください。

手書きのカードが添えられていた。夏織のガラじゃないだけに、彼女の気遣いが心に沁《し》みる。夏織も本当は苦労し通しなのだろう。部長の中で紅一点《こういってん》なのだ。私がここで市議を辞めてしまえば、夏織にも心理的によくない影響を与えるのではないか。それとも自分など、夏織の周りにいる「脱落していった多くの女たち」の一人に過ぎないのかもしれないが。

そんな折、「タンポポ会」という川柳の同好会から茶話会に呼ばれた。川柳の心得はなかったが、茶菓子を囲んで年配者と談笑するのをイメージして、気軽な気持ちで出かけて行った。

だが集会所に入ってみると、そこにいたのは想像していたのとは違い、子連れの若い母親たちで、しかも何やら悲壮感が漂っている。長机がコの字形に並んでいる中、十人ほどの女がいた。

「霧島さん、お忙しいところ、おいでいただきありがとうございます。私は会の代表を務めております城所望美《きどころのぞみ》と申します」

「こちらこそお招き感謝申し上げます。地域の方々の声を直《じか》に聴ける機会を設けていただきまして嬉しい限りでございます」と、型通りの挨拶を返した。

「実は、市議会議員である霧島さんに是非とも保育園の待機児童問題の解消をお願いしたいと思いまして」

なるほど、そういうことで呼び出したのか。見渡すと、みんな切羽《せっぱ》詰まった表情をしていた。きっとそれぞれに生活がかかっているのだろう。

「小学校へは全入なのに、保育園に入れんとはどういうことなんでしょうか」と、望美が尋ねた。

「私の同級生が東京に住んでますけど、タワーマンションができて子供の数が一気に増えても小学校に入れん子は一人もおらんと聞いとります」

タワーマンションが一つ完成すると、千戸前後の世帯が一気に入居する。それに合わせて近くに小学校や中学校を造って教師を配置する。いきなり児童や生徒が増えたからといって、間に合わなかったり、何かの手違いがあったりして入学できなかった子がいたなどとは聞いたことがない。

逆に少子化で、東京郊外の小学校や中学校が合併したり閉校になることも昨今は多いが、子供たちの通う学校はきちんと確保されている。つまり、民間マンションが一棟建つというような細かいレベルにまで対応できているのだ。それなのに、なぜ保育園はできないのか、ここにいる母親たちはそう言いたいらしい。

「霧島さん、保育園全入は公約でしたよね？　だから私たち、霧島さんに一票を入れたんよ」

「まあまあマミちゃん、そんなこと言うて霧島さんを責めたらあかんよ。すみませんねえ。吊るし上げようと思ってここにお呼びしたわけやないんやから、マミちゃんもちょっと落ち着いて。霧島さんだって、取り囲まれて責められたら怖いですよね」

「いえ、とんでもない。おっしゃる通り私どもの力が及ばなくて申し訳なく思っています。保育園と保育士を増やすよう議案を提出したのですが、なんせ……」

「わかってます。この中の何人かが傍聴に行きましたから」

そうなのか。あんな惨めな姿を見られてしまったのか。

「市長の胸像や無駄なハコモノは造るくせに保育士は増やせんって、どういうことなんです？」

マミと呼ばれた三十歳前後と見える女は、またもや責め口調になった。

「なんせ多数決で決まるわけで……申し訳ないです」

「謝らんでください。あんな下品なヤジに耐えておられるだけでも私ら尊敬しとるんです」

それは皮肉なのか本心なのか、望美の表情からは読み取れなかった。

「何を提案したところで男の議員の方が多いから多数決で負けるってこと？」と、マミは眉間に皺を寄せながら続けた。「それはつまり、霧島さんや梨々花が議会におっても何の意味もないってことなんか？」と容赦ない。

「ちょっと、マミちゃん。そういう言い方ないわ。女の議員の存在意義は大きいで」

「大きいって？　それは具体的に言うと、例えばどういうことで？」

眉間の皺が消え、マミは不思議そうに首を傾げた。

「どういうことって、だって、それは……」と、望美は答えられない。

「近隣の市町村議会は女が一人もおらんとこ多いみたいやもん。栗里市は二人もおるからマシやわ」と、三十代後半と見て取れる髪の長い女性が、望美の代わりに答えた。

「だから、つまり、どういうこと？」と、マミは食い下がる。「私の質問に答えとらん。ごまかさんといてよ」

マミは子供を保育園に預けられず、そのために働きに出ることができなくて、経済的に追い詰められているのかもしれない。このままでは内輪揉《うちわも》めしそうだったので私は口を挟んだ。

「色々な問題があることはわかっているんですが、力及ばず申し訳ありません」

「謝って済むんなら警察要らんわ」

「ちょっと、マミちゃん、言い過ぎやわ」

「実は、クオータ制を導入するしかないと考えておりまして……」

言ったそばから後悔した。若い母親であるマミの鋭い目つきに追い詰められて、つい口が滑ってしまった。

「クオータ制って何ですか？」

マミが打って変わって静かな声で尋ねたのに対し、望美がわかりやすく説明してくれた。

「望美さん、よくご存じですね」と、私は言った。

「大学では政治経済を専攻していたんです。まっ、今は一介の専業主婦ですけどね」

悲しそうに笑い、膝の上で寝ている二歳くらいの男の子の頭をそっと撫でた。聞けば、望美も保育園の抽選に漏れ、それまで総合職として勤めていた地銀を辞めざるを得なかったという。

「今の望美さんの説明やと、女性議員が最低でも四割になるってこと？　どうやって？」と、マミが問う。

「霧島さん、それはなんぼなんでも無理やと思います」と、髪の長い女性が言うと、ほぼ全員がうなずいた。

「いや、そんなことないわ。リングに上がる前から諦めたらあかんやろ。そのクオータ制とやらを実現するために、私らが知恵を絞らんと」とマミが言う。

「そんなこと言うたって、マミちゃん、現実問題として……」

「いや、望美さん、今のままやったら、若い女はこの町をどんどん出ていく。女が出ていったら子供も生まれん。要は何十年後かに、この町は消滅するってことなんよ」

マミはそう言うと、腕組みをした。

「どうしたらクオータ制が可能になるんか、私らも一応は考えてみますけど……」と望美が自信なさそうに続ける。「霧島さん、何か私らでお役に立てることがあったら遠慮のう言うてくださいね」

「意外と何とかなるんやないかな。そんなに難しいことでもない気がする」と、マミは言った。「ほんだって、市議は十七人おる。そのうち女は二人で男は十五人。そうや、たったの十五人や。男の議員を一人ずつ洗脳していって、クオータ制に賛成票を入れさせたらええやん」

「洗脳って、マミちゃん……」と、望美が呆れたような顔でマミを見る。

「高校時代からマミちゃんて変わった子やなあと思っとったけど、年齢とともに変人ぶりに磨きがかかってきとるね。すごいわあ」と、さも感心したように言ったのは、マミと同世代と思われる美人ママだ。

「あれ？　おかしいぞ」と、マミは宙を睨んだ。「ほんだって、有権者は男女半々おるんやで。全部の女が女性候補者に投票したらどうなる？」

「そう言われたらそうやな。女のくせに男性候補者に投票しとる人がたくさんおるってことやわ」

「その言い方、おかしいわ。性別だけで判断して投票する方が変やろ」

「それ以前に、端《はな》から女には入れんという女の人が案外多い気がする」

「それはある。女だっていうだけで論外やと思う人は女の中にもおる」

「今度また補欠選挙があったときに、女の有権者を説得して回ってみよ。そしたらどういう結果になるか、一回試してみたいわ」

「……うん、そうやね。その方法で一人ずつ女性議員を増やしていくしかないね」と望美が続ける。「百年はかかりそうやけどね」

「百年か。うちら全員死んどるがな。子供らもたぶん死んどる」

マミの絶望的な言葉で場が静まり返った。部屋の隅で大人しく遊んでいた二人の子供が静寂に気づき、積み木を握ったまま思わず振り返ったほどだ。

「とにかく世論を高めたらどうやろ。クオータ制を大勢の人に知ってもらわな話にならん」とマミが言う。

「わかりやすう説明したパンフレットみたいなんは、なんなら私が作ってもええけどね」と望美が言う。

「それを郵便受けに投げ入れて回るんか？　みんな読まんと捨てるやろ」とマミが続ける。「そうや、ミニ集会を開こ。そこで霧島さんが説明して、そのあとみんなで議論する。うん、そうしよ。集会所なら市内に何十ヵ所もあるし」

「マミちゃん、それ、ええアイデアやわ。なるべく男の人も集まれるように、時間帯や曜日も工夫して」

「うちのダンナはたぶん、クオータ制に大賛成やと思う」

「うん、きっと、うちのも。この子が保育園に入れんかったせいで私の稼ぎがなくなったから、将来に不安覚えとるのはダンナも同じやもん」

「うちのダンナは、それ以外にも、嫁はんが働けんで機嫌が悪いのがこたえとる」とマミが言うと、みんな一斉に笑った。

「簡単に考えすぎかもしれんけど、市議の半分が女になったら、保育園や老人ホームを増やす議案はすんなり通る気がする」

「私もそう思う。ほんで、胸像作りは一発で却下される」

「豪華な欧州視察旅行もな。あんなん二度と許さんよ」

「返金したから、もう済んだ話やと議員さんらは思っとるんやろけど」

「ハコモノも問題あるしなあ」

「もうこれ以上税金の無駄遣いはやめてほしいわ」

「第一歩は、クオータ制が何なのかを知らせることやね」と、望美が締めくくるように言った。「霧島さん、それでいいですよね？」

「……ええ、まあ。ご協力いただければ助かりますが。でも、もしもクオータ制が通ったとして、この中から市議に立候補してみたい人、おられますか？」

「私は無理」と、マミは即答した。「性格的にも能力的にも縁の下の力持ちの方が向いとる。望美さんが適任やと思う」

「私が？　冗談やめてよ。絶対に無理やわ。人前で話すんが、どうもね」

「ミサオさんみたいに、学校の先生や市役所を定年退職した女の人がええと思いますけど」と、髪の長い女性が言うと、みんなが一斉に頷いた。

そのとき初めて自分の立ち位置がわかった気がした。私は看板なのだ。ここにいる若い母親たちは、自分の意見をしっかり持っている上に行動力もある。だが、全員が目立ちたくないと思っている。裏方であれば頑張れると考えているのだ。つい先日、夏織から届いたメールを思い出した。

——先輩は市長という看板にピッタリです。いざとなれば東京に逃げ帰ればいいんだから。そんな人、他にはいないでしょ。それに、ダンナの出身地だから全くの余所者でもないし、娘や孫も東京にいるから迷惑は及ばない。つまり、いい塩梅《あんばい》の立ち位置にいるんですよ。市長というのは、神様がお与えになったポジションなんです。

そのとき、私は即座に返信したのだった。

——他人事だと思って何言ってんだか。

だが今になって、夏織の言う通りかもしれないと思う。一点だけ間違っているのは、もう東京に逃げ帰る気がないことだった。この封建的な土地柄には辟易しているが、広々としたリビングとイングリッシュガーデンを手放したくなかった。庭もない東京での窮屈な生活空間には耐えられそうにない。それに、ミサオや由香を始め、腹を割って話せる知り合いもできた。東京にも友人がいることはいるが、これほど近所に住んでいるわけではない。徒歩や自転車で気軽に訪問し合える関係は、チャコと年に何回かレストランを予約して都心で会うそれとはワケが違う。

多くの敵を作ったとしても、この土地に骨を埋めるような気がしていた。


その夜、亜美から電話がかかってきた。

――お母さん、あれからどうしてる？

「元気よ。何でだか知らないけど、お父さんが急に協力的になったの」

――ああ、やっぱりね。

亜美の話によると、高校時代の親友の安藤に、「お前の奥さんに対する態度は、あまりに封建的だ」と注意されたらしい。安藤は出向先の化粧品会社で、セクハラやパワハラの苦情窓口を担当したことがきっかけで、ジェンダーバイアスについて真剣に研究したという。

「なるほど、段ボール箱で届いたのは、そういう本だったのね。お父さんは中学の同級生に毒されてしまってたのね」

――お母さん、同級生よりもひどかったのは、剣道部の恩師だよ。「男は男らしく、女は女らしく」って考えで、同窓会でも「女房の尻に敷かれるなんて男として恥ずべきことだ」って説教されたんだってさ。中学のときから尊敬してただけに洗脳されちゃうわけよ。

「知らなかったわ。お父さんは私より亜美の方が話しやすいのかしら」

——お母さんはちゃんと尋ねたの？　どうして態度が豹変《ひょうへん》したのかって。

「……聞いてないけど」

——ダメじゃん。私はしつこく聞いたんだよ。だからお父さんは仕方なく教えてくれたんだと思う。あのさ、お母さん、夫婦っていうのはね、会話が大切なのよ。

「独身の亜美に言われてもね」

——アハハ。確かに確かに。そういえば私、独身だったね。それに彼氏もいないしさ。マジ、ウケる。

そう言って、亜美はケラケラと朗らかに笑った。

18　落合由香

もしかしたら、郁子は市長選に出ることを決めたのか。

市議ですら辞めたがっていたのに、郁子は積極的にミニ集会を開き、クオータ制の必要性を説いて回るようになった。公民館や福祉センターや集会所などを借り、既に十ヵ所以上で開催した。

今日はパートが休みだったので、久しぶりに郁子のミニ集会についていくと、川柳の同好会に所属する望美とマミを紹介された。郁子を市長に推《お》し上げてクオータ制を実現するという共通の目的があるからか、初対面で意気投合したのだった。

開始時間が迫り、集会所に続々と人が集まってきて、三十脚ほど並べていたパイプ椅子がほぼ埋まった。半数以上が年配の男性だと知り、今日の集会は今までになく手強そうだと郁子が言う。

いつも通り、望美が作ったリーフレットをもとに、郁子がクオータ制について説明し、その後で質疑応答といった段取りで進んだ。

「農業で生計を立てている人が、海辺に住む漁師さんの声を代弁するのが無理であるように、男性だけの議会で女性の代弁は難しいんです。年齢にしても、極論を言えば小学生から百歳の老人まで万遍なく議員がいてもいいくらいです。つまり、議会には多様性が絶対に必要なんです」

頷いている人もちらほらいるが、腕組みをして郁子を睨むように見ている男性がほとんどだった。

「男性議員は、道路やハコモノといったハード面の政治課題に力を入れる人が多いんです。その一方、女性議員は、保育園、社会福祉、保健医療、環境問題に重きを置いています。どちらが大事かという問題ではなくて、限られた財源の中で、バランスの取れた価値観が不可欠なんです。そのためにも女性の議員がたった二人というのでは偏りがあります」

郁子がそう言うと、痩せた老人が手を挙げて勝手にしゃべり始めた。

「それは違う。保育園や老人ホームを充実させたら、ますます女がダメになる」

私と望美は思わず顔を見合わせた。その横で、マミは眉間に皺を寄せて老人を思いきり睨んでいる。

いつだったか、似たような話をミサオから聞いたことがあった。戦後の復興期に、日本で初めて電気洗濯機が販売されたときのことだ。男性たちがこぞって反対し、販売を阻止しようとしたらしい。女たるものは盥《たらい》と洗濯板を使うべきであって、便利な電気製品を使わせたりしたら、女が怠けてしまってロクなことにならない。女を甘やかすな。それが反対理由だったという。

「わしは、女には男にない別の使命があると思うんだわ」

「と、おっしゃいますと？」と、郁子が尋ねた。内心ウンザリしているのだろうが、このような発言に慣れているからか平然としている。

「あんたらは女の幸せっちゅうもんを奪っとる。女が政治に口を出したり表舞台で晒《さら》し者《もの》になったりしたら、結局は女が不幸になる」

「さすが元校長だけのことはある。蔵屋敷《くらやしき》先生は人間普遍の真実をご存じじゃわ」

女性の苦難の歴史を垣間見《かいまみ》た思いがした。このテの男たちと闘うのは大変だったに違いない。現代に生きる女たちが当たり前だと思っている権利は、実は女たちが闘いとってきたものだということを忘れがちだ。私の夫や舞子の夫のように、女を見下す気持ちなどさらさらない男と結婚できた私たちは幸せだ。杏菜のためにも、もっとみんなが生きやすい世の中にしなければ。

「両性はそれぞれ別の役割を持っとるんだわ。男女が平等になると互いに不幸になる」と、蔵屋敷先生と呼ばれた老人が言った。

「先生の言う通りだわ。女が男と同等になると家庭が崩壊する。そもそも自然の摂理に反しとる。国もそういう考えのはずじゃわ。その証拠に夫婦別姓を認めとらん」

驚いたのは、さっきから二十代半ばと見える若い母親たちがクスクスと笑っていることだった。そばにいる若い夫たちも失笑している。なぜ腹を立てないのか。どうして笑うことができるのだ。

「平尾《ひらお》くん、ええこと言うなあ」

「僕は蔵屋敷先生の考えに百パーセント同感です」

この平尾と呼ばれた男は、蔵屋敷とどういった関係なのだろう。どこの世界にも腰巾着が存在するらしい。

「日本中の女どもが保育園が足らん足らん言うとるけど、母親が働いて犠牲になるのは子供やろ。放ったらかしにされて可哀想だと思わんのかっ」

最後は怒鳴り声になった。

そのとき、失笑していたはずの二十代と見える若い夫が、すっと手を挙げた。

「ちょっとええですか？　保育園や老人ホームの定員が足らんで困っとるのは女性だけやないですよ。俺ら男にとっても死活問題なんです」

「僕もそう思います」と、もう一人の若い夫が言う。

「俺ら世代は共働きせんと生活が苦しい。そのことに今の市長は気づいとらんのです」

「そうそう、市長自身が四世代同居で、立派な門構えの大きな家で暮らしとるから、若い世代の苦しい現実を知らんのです」

「それはお前らが安月給の貧乏人だからだわ」と、蔵屋敷は言い放った。

この暴言には、さすがの腰巾着平尾も聞こえなかったふりをして、明後日《あさって》の方向を見た。

「蔵屋敷先生んとこの息子さんも、確か派遣社員やなかったですか？」と、若い母親が尋ねた。馬鹿にしたのではなく、単に不思議に思っている様子で首を傾げて蔵屋敷を見ている。

「何を生意気なことを……お前なんかに何がわかる」

「ちょっと先生、うちの妻をお前呼ばわりするの、やめてもらえませんか。失礼です」

「なんだと、いったい貴様は……」

そのとき、後ろのドアが音もなくそろそろと開き、女性が忍び足で集会所に入ってきた。あれでも変装しているつもりなのだろうか。いつものスーツ姿でなく、ジージャンを羽織《はお》ったラフな格好の梨々花は妙に新鮮だった。壇上に立っていた郁子もすぐに気づいたらしく、後ろを振り返って、私にだけ聞こえるような小声で言った。

「梨々花さんに前に出てきてもらって話をしてもらうのはどうかしら」

「いいですね。女が少ない議会とはどんなものか、とか」

郁子は頷いてから前に向き直ると、「松岡《まつおか》梨々花さん」と呼びかけた。

出席者のほとんどが梨々花に気づいていなかったらしく、一斉に後ろを振り返った。梨々花はバツが悪そうに下を向いてしまった。

「議会での経験談を話してもらえないかしら」

「え……でも」

「あなたにも本当は言いたいことがあるでしょう？　それを聞きたいのよ」

「……はい。わかりました」

十中八九断るだろうと思っていたから意外だった。梨々花がおずおずと前に出てきて壇上に立つのと入れ替わりに、郁子は後方に退いた。

「おっ、梨々花ちゃん。ええとこに来てくれた」と、腰巾着の平尾が勢いづいた。

「あんたはちゃんとした家のお嬢さんや。育ちの悪い東京女に洗脳されて、わけわからんこと言うとる女どもにガツンと言うてやってくれ」

梨々花は平尾の方を壇上からチラリと見ただけで返事をしなかった。

「クオータ制の話だそうですね。お役に立つかどうかわかりませんが、私が日頃感じていることを話させていただきます」

「梨々花さん、もう少し大きい声でお願い」と、郁子が梨々花の背後から言った。

梨々花は前を向いたまま頷き、「議会で私の意見に耳を貸す人はいません」と言った。ほんの少し声が大きくなった。

「最初は私が若くて未熟者だからかと思っていましたが、そうではないと途中から気づきました。毅然とした市川ミサオさんさえ議会では軽《かろ》んじられていましたし、そのあと議員になられた霧島郁子さんが理路整然と納得のいく話をされても同じことでした。男性の集団の中に女性が一人か二人いたってダメなんだとわかりました。女性の意見は無視されるか、からかわれるかのどちらかです。それに、女性議員は情報からも遠ざけられています。男の人たちは議会が終わってから飲み屋に繰り出して、昼間の議決を平気でひっくり返してしまうんです」

どよめきが起こった。

「まるで小学生やな」と、子供を膝に乗せた若い女性が言った。

「小学生でもそんなアホなことするかいな」と、赤ん坊を抱っこしている若い男性が言う。

「これではいけない、何とかしなくちゃと思って、私も無理して飲み会に参加した時期もあったんですが、ああいうお酒の場はなかなか大変で……」

飲み屋でのセクハラまがいの空気が容易に想像できるのか、あちこちから女性たちの溜め息が聞こえてきた。

「私も自分なりに福祉のあり方を研究したり、他の市町村の女性議員に連絡を取って教えを乞《こ》うたりしています。ですが、それらを議会で話すと生意気だと思われるみたいで、『そんなことより、いったいいつ結婚するんだ、恋人もおらんのか』って、プライベートをからかわれるんです」

梨々花の声がどんどん大きくなってきた。

梨々花も苦労してきているんだなと思った。セクハラやパワハラは日常茶飯事なのだろう。いつの間にか二期目に入っていることを思えば、ほっそりとした気弱な雰囲気とは違い、肝が据わってきたのかもしれない。そうでなければ屈辱に耐えかねて、とっくに辞職しているはずだ。郁子でさえ耐え難いと感じているのだから。

それとも、舞子が揶揄《やゆ》していたように、母親を養うために議員報酬だけが目当てでじっと我慢してきたのか。

「私はクオータ制に賛成です」と、梨々花ははっきり言った。「男性議員ばかりだと、市民の半分の意見を殺していることになるんです」

「あれまあ、以前は可愛らしかったのに、女も三十を過ぎると、こうもふてぶてしゅうなるんじゃのう」

小さな声でつぶやいているつもりかもしれないが、耳が悪いのか、蔵屋敷の声は大きすぎた。

「私は二期目からスカートをやめてパンツスーツに替えました。議会は毎回、私の脚の形の品評会でした。褒めているのだからいいだろうと言う議員が多いのですが、ずっと我慢し続けていたら、ある日、夜中に大声で叫んでしまったんです。ストレスが溜まってこのままでは精神的にダメになると思って、翌日からパンツスーツに替えました」

「品評会やなんてひどいわ」と、赤いセーターを着た中年の女性が言うと、「被害妄想やないかな」と隣に座る男性が言った。

「そんな言い方ないわ。あんたがそんな人やと知らんかった」

「ほんだって、お前……男の議員らは軽い気持ちで言うただけやと思うし」

「それがアカンのよ。悪意があってからかう方がまだ理解できるわ」

夫婦喧嘩が始まったらしく、あちこちからクスクスと笑い声が聞こえてきた。

「おっしゃる通り、男性からしたら被害妄想に思えるかもしれません」と、梨々花の静かな声が響き渡った。「社会の変化を体感していない人にとっては、女性の反発が過剰に感じられるようです。議会の年寄りは、ミサオさんや霧島郁子さんが何を言ってもウーマンリブだと言って非難します。彼らに言わせたら、女性が言うことは何もかもが被害妄想らしいです。こちらとしては、当たり前のことしか言っていないのですが……」

「またウーマンリブか。もう聞き飽きた」と、蔵屋敷が言った。

「議員報酬をもらっとるんだから女を捨ててやれよ」と発言したのは、意外にも若い男性だった。

「そうや、そうや。女っちゅうもんはみんな覚悟が足りんのだわ」と、白髪交じりの女性が加勢する。

「クオータ制なんて私も絶対反対。男でも女でも実力次第やろ。女に下駄《げた》をはかせるなんて逆差別でしかないわ」と、これまた初老の女性が言う。

「私が思うに」と、梨々花はめげずに続けた。「人間が生きていくうえで避けては通れない育児、家事、介護を、『これといって取り柄のない主婦が無料でやっている価値の低い仕事』だとして軽視しているのが、そもそもの原因じゃないかと思うんです。その結果……」

「育児も介護も、昔はみんな女が文句ひとつ言わんとやったんだ。何を贅沢言うとる。自分が遊びに行きたいだけやろ」

「プライベートなことを税金で何とかしてほしいって言うのは、どうなんやろ」

「甘えすぎなんじゃ」

「図々しいにもほどがある」

「静かに聞きましょう」と言ったのは、四十歳前後の男性だった。

「えっと、ですね、その結果として、ですね」と、梨々花は話の腰を折られて、まごまごしている。「保育士や介護士は、その責任の重さやスキルに比べて、信じられないような低賃金で雇用されています。資格を持っている人は栗里市内にも大勢いるのに、別の仕事をしています」

そのとき、さっきの四十歳前後と見える男性が手を挙げた。

「大塚《おおつか》と言います。僕は高校の数学教師でシングルファーザーです。一人娘の保育園の送り迎えを始め、家事育児も一人でやっています。近所に住む母を頼りにしていたんですが、最近になって病気がちになりました。母は手助けしてくれるどころか、夜中でもしょっちゅう電話をかけてきて私を呼び出すようになりました」

「それは大変だ、嫁はんはどうしたんだ？」と、蔵屋敷が遠慮なく尋ねる。

「先生、知らんのですか。大塚先生が離婚したんは有名ですわ」と、腰巾着の平尾が答えた。

「嫁はんに逃げられたんか？　みっともないのう。まっ、どっちにしても、早《はよ》う次の嫁をもらわんことにはどもならん。よかったら誰ぞ紹介したろか？」

「僕のようにシングルファーザーも増えていますから」と、数学教師が蔵屋敷を無視して続ける。「女性だけの問題ではないんです。男の中にも生きる苦しさを抱えている人がいます」

「ちょっと、いいですか」と、手を挙げたのは若い女性だった。

「私はクオータ制の導入には賛成ですけど、そうはいっても実際に女性で立候補する人がそんなに何人もいるんでしょうか」

「いいご質問ですね。霧島郁子さんに代わります」

梨々花はそう言って、後ろを振り返り、郁子と場所を入れ替わった。

「女なんてロクなんおらんわ」と、蔵屋敷はまだ言い募っている。

「聡明なのに自分に自信のない女性がたくさんいます。これを克服するために、訓練していこうと思っています。そして二年、三年と市議を続ければ、立派に育つはずです」と、郁子は言った。

「無理無理、女は所詮女だわ」と蔵屋敷が言うと、何人かが我が意を得たりとばかりに大きくうなずいた。

「つまり長い目で女性議員を育てていくということですね」と、若い母親が言った。

「そうです。クオータ制を導入したヨーロッパでは、この三十年間で労働時間が減ったのに順調に経済成長しています。ですが日本は相変わらず長時間労働で経済成長は停滞しているんです」

郁子が話す間も蔵屋敷が勝手に何やら発言しているが、誰もが郁子の言葉に耳を傾け、蔵屋敷の言葉だけでなく存在をも無視し始めたように見えた。

世の中には色々な男性がいるらしい。蔵屋敷のような男が父親でなくて本当に良かった。実家の父は優しい人で、気の利いた冗談を言っては母を笑わせてばかりいるのだから。


今日は長い一日だった。

ミニ集会の討論の途中で梨々花の登場があり、高揚《こうよう》したり絶望したりで、ぐったり疲れてしまった。こういう日に限って杏菜も機嫌が悪い。久しぶりに実家に預かってもらい、祖父母に代わる代わる抱っこされて甘やかされていたからだろう。

ミキサーでリンゴジュースを作り、コップを渡そうとしたら、杏菜はいきなり手で払いのけた。蓋《ふた》がきちんと閉まっていなかったのか、床がビショビショになった。

「何するのっ」

思わず大声で叱ると、火がついたように泣き始めた。杏菜の甲高《かんだか》い声が神経に障《さわ》る。そのときスマホが振動し、ヒロくんからメールが届いた。

――帰りは十時を過ぎると思います。夕飯はコンビニで済ませます。

休日出勤なのに残業だという。写真が添付されていて、おにぎり二個とカップ味噌汁が写っていた。

疲れているうえに、ひどく空腹だったので、杏菜が大泣きしているのを無視して、食パンを焼かずにレタスとハムを載せて二つに折り、立ったまま食べた。それで夕飯は終わりにすることにした。空腹が満たされて気分が少し落ち着いた頃、杏菜も泣きやみ、スプーンを握って離乳食の白身魚を黙々と食べ始めた。

そのときチャイムが鳴った。インターフォンの小さな画面に映っているのは、またしても義父だった。

また来たの？　もう勘弁してよ。

渋々ドアを開けるが、どう努力しても愛想笑いができなかった。

「今日の夕飯は何や？」と義父が尋ねた。

「すみません。何も作ってないんです」

「いえ、私はさっきパンを食べました。ヒロくんは会社でコンビニおにぎりで済ませるそうです」

「……そうか」

「今から作るんか？」

——お義父さん、何か作りましょうか。

その言葉が出てこなかった。だって、どう見ても、義父より私の方が疲れている。義父は今日一日、何をしてすごしたのだろう。テレビを見てゴロゴロしていただけではないのか。

義父が病気だというならともかく、市の健診に行ったときも、「わしはどっこも悪いとこない」と自慢するのだ。そのときふと、昼間聞いた若い女性のクスクス笑いを思い出した。時代錯誤も甚だしい蔵屋敷とかいう老人の発言を聞いても苦笑するばかりだった。あの余裕はいったいどこから来るのだろう。

冷蔵庫に何があったかな。毎週日曜日にまとめ買いをするのだが、今日は夫婦ともに忙しかったからスーパーには明日行く予定で、つまり冷蔵庫は空っぽに近い状態だ。

でも確か……使いかけの玉葱《たまねぎ》と卵と鶏肉が少し。となると親子丼？

ああ、面倒臭い。

腰も痛いし、今すぐにでもソファにゴロンと寝転びたいのだ。

「あのう、だったら……」親子丼でも作りましょうかと、言おうとしたときだった。

――自分から犠牲になりに行くな。我慢を重ねて恨みを持つな。

ヒロくんがそう言ったのは、まだ新婚の頃だった。家事の分担で言い争いになったとき、ヒロくんはそう言った。

「お義父さん、お願いがあるんですが」

「なんじゃや、改まって」と言いながら、義父は勝手知ったる家といった感じで、ソファにドサッと座った。

「食事は家で食べてもらえませんか」

怒鳴られるのは覚悟していた。だが義父は一瞬顔を強張《こわば》らせはしたものの、静かに言った。「無理じゃわ。昔の男は料理なんてできん」

「お義父さんが日頃から馬鹿にしとる女だって作れるんですから、男のお義父さんなら作れます。だって板前さんは男ですよ」

「そら、あれは職業やもん」

「ヒロくんは料理ができます」

「わしらはヒロとは世代が違う」

「習えば誰だって作れますよ。オヤジの料理教室というのがあるんです」

義父に見せたチラシは、舞子が最近始めた仕事だった。

——保育園はもう諦めた。子連れで働くには起業するしかない。

公民館の調理室を借りられることになり、資金がなくてもできると舞子は言った。

「みっともない。そんなとこ、わしは行かん」

「そう言わんと通ってみてくださいよ。週に一回のコースでもええですから」

「行かんと言うとるじゃろっ」

「お義父さん」

そこで私は深呼吸した。「うちに毎晩のように来ておられますよね」

「何や、それが迷惑やって言うのか」

「はい、迷惑です」

ドキドキしていた。その気持ちを察したかのように、ベビーチェアの杏菜までが神妙な顔をして私を見上げている。

「なんちゅうことを言う嫁じゃ。気の強い女じゃ。ロクな育ちやない」

言葉はきついが、表情に気弱さが見て取れた。妻に出ていかれて途方に暮れているのだろう。息子夫婦の家だけが頼りなのだ。

「それが親に対して言う言葉か」

「お義父さんは私の親ではありません」

「落合家に嫁に来た日から、わしが親になったんじゃ」

「実家の父は優しくて穏やかな人です。料理も作れます」

そう言うと、義父は黙った。実家の父は義父より三歳年上だ。もう世代が違うなどという言い訳は通用しない。

「仕事と子育てと家事だけで私はいっぱいいっぱいなんです」

「ほんだって瑞恵は、うちの両親や姉の介護をしながら家のことも全部……」

「だから、出ていかれたんですよ」

言い過ぎだとわかっていたが、自分の生活を守るために必死だった。

「スーパーにも、お惣菜がいろいろ売っとります。宅配弁当業者は三社もあるし」

「そんな恥ずかしいことはできん」

「何が恥ずかしいんですか」

「ええ歳したジジイが一人でスーパーで買い物したら笑い物になる。女房に逃げられた惨めな男だと思われる」

事実じゃないですか、という言葉はさすがに呑み込んだ。

「それが嫌なら、お義母さんを迎えに行って話し合ってください」

「そんなこと、わしにはできん。そのうち向こうが帰ってくるやろうし。そのときは許してやろうとは思っとるけど」

「お義母さんは離婚したいと言っておられましたよ」

「えっ？」

心底驚いているようだった。

離婚など考えたこともなかったのだろうか。能天気すぎはしないか。

「お義母さんは離婚するために働き始められました。駅前の総合病院で掃除の仕事をされとります。人に笑われるかもしれんなんて気にしとる場合やないと、切羽詰まっておられました。苦しんでおられるんです」

「そんなこと、わしに言われたって……」

義父はソファから立ち上がり、何も言わず帰っていった。

19　霧島郁子

――蟹沢銀悟《かにざわぎんご》（79）現職　当選五期
――霧島郁子（62）元市議会議員

市長選の立候補者が出揃った。二人だけだが、長年に亘って無投票が続いていたので、久しぶりの市長選で市内は活気づいていた。

立候補を決心したきっかけは、夏織からのメールだった。

――先輩は知ってますか？「一人では何もできないが、一人でも始めなければならない」って言葉を。私は躓《つまず》くたびに思い出すようにしてるんです。

夏織からのメールに背中を押された気がして、それ以来、精力的に選挙演説に回るようになった。ついこの前までは市議を辞めて、ひっそりと暮らしたいと願っていたのに、今では何が何でも市長にならなければ、市も自分自身もダメになる気がして、焦りさえ感じるようになっていた。

町を歩くと、若い男女のほとんどが私に好感を抱いているように感じられて心強い思いがした。だが……そんなのは初めての市議選のときもそうだったじゃないの。みんな笑顔で「頑張ってください」などと口々に言ってくれたはず。それにもかかわらず落選してしまった。都市部とは違い、近所づきあいの延長もあって、どの候補者に対しても当たり障りなく笑顔を向けるらしい。

それでも、告示されたときから追い風が吹いているような気がしていた。それというのも、現市長である蟹沢銀悟の胸像建設に反対する声が大きかったからだ。道路やダムの建設とは違い、胸像が無駄であることは誰の目にもわかりやすく、そのことは私にとって幸運なことだった。そして決定的なことは、先月落札して市庁舎の玄関に飾られている三千万円もする絵画だった。画家が市長の知り合いだと聞いて驚いたが、その上まさか裸婦像だとは思いもしなかった。芸術的に高く評価されているといくら説明されても、それを目にする女たちの不快感は消せなかった。「いやらしい」と、正直な気持ちを吐き捨てるお婆さんもいた。小さな子供を持つ母親たちの中には、市役所に抗議した人もいる。

——女は見られる側の性であること、つまり観賞用の生き物という先入観を幼い子供にまで与えてしまうから飾らないでほしい。

そう訴えたらしいが、窓口カウンターに出てきた年配の男性職員は、母親たちがいったい何を言いたいのか、まるで理解できなかったようで、「個人の好き嫌いで絵画を取り外すことはできない」と言って母親たちを追い払った。

そういった様々なことで、若い人たちの間では「老害」という言葉があちこちで聞かれるようになったと、由香や舞子が言っていた。だが、私自身が既に若くないので、「老害」という言葉に反発したい気持ちもあった。その一方で、自戒する気持ちも芽生《めば》えた。若い人の言葉に謙虚に耳を傾け、「もしかしたら自分の考えは古いのではないか」と常に思考を巡らせて、「頑固な老人」や「時代遅れの老人」にならないよう気をつけねばならないと。

だが今回ばかりは、蟹沢現市長に老害の代表選手となってもらおう。そうなれば、私個人に人気がなくても、消去法で私が選ばれる可能性が高くなる。

イチかバチかでクオータ制を公約に掲げるという勝負に出ることにした。ヤスミンのアイデアで、ポスターには「男性社会から人間社会へ」と書き、「男女平等」だとか「男尊女卑」などという、男ウケの悪い言葉は徹底して避けた。だが、ただでさえ当選する確率が低いのに、クオータ制を公約にしてしまったら、さらに人々の心は離れていくのではないかと不安でもあった。だが選挙参謀を買って出た夫は、強硬な姿勢を崩さなかった。

——もう俺たちは六十歳を超えた。だがまだ頭は辛《かろ》うじて新しいことを取り入れる柔らかさを持っているし、体力的にも耐えられる。今やらなくていつやるんだ。

我が夫ながら頼もしいが、この前までの冷たい態度を忘れたわけではなかった。腹立たしさは消えたものの、これほどまでに他人に影響されやすい男だとは知らなかった。だが、考えてみれば、他人の言葉に影響されない人間などいないかもしれない。夫は中学時代の恩師の忠告で自分を見失ったが、高校時代の友人である安藤と会ったことで自分を取り戻した。明るさが戻ったのは、夫の中にもともとあった考え方と、安藤の考えが一致したからだろう。

あの日のミニ集会をときどき思い出すことがある。蔵屋敷という老人が時代錯誤な意見を言い募った集会だ。驚いたのは、若い夫婦たちがクスクスと笑っていたことだった。私の友人たちなら、みんな怒り心頭に発し、屈辱感でいっぱいになり、最後に絶望クンが現れるのではなかったか。それなのに今どきは、呆れ顔で老害を失笑する余裕を見せる若い女性がいる。知らない間に時代は変わりつつあるんだなと感慨深かった。それはきっと、彼女らの夫が「新しい男」だからだろう。封建的な考えなど微塵もない男を見つけて結婚し、きっとセクハラのない男女同一賃金の職場で働いているからだろうと思う。だから、蔵屋敷老人が自分たちの世界にはいない珍動物であり、滑稽《こっけい》だったのだ。

——古いね。バカみたい。

——うん、関わり合うの、よそう。

そんな若夫婦の会話が聞こえてきそうだった。その余裕が眩しかった。私よりずっと若いのに、あっさりしていて私より大人っぽく思えた。

たぶん、それがきっかけだったのだろう。村井のヤジに対して、ある日突然、腹が立たなくなった。「不思議な生き物」を見ているような気持ちに変化したのだが、だんだんと「可哀想な動物」に変わっていった。今では笑顔で挨拶ができるようになり、それを見て村井がギョッとして思わず一歩後退《あとずさ》りするのを眺めるのが楽しみになった。

あのとき若い夫婦が蔵屋敷老人を完全に無視したように、私も今後一切、雑音を気にするのをやめようと心に誓った。それはつまり、真っすぐに前を見て突き進もうとしていることだと思う。

――特別委員会を作りんさい。

ミサオの勧めで、クオータ制を研究する特別委員会を作った。私と梨々花、それと以前から市議の中では話が通じる方だと感じていた和田と高田を引き込んでの四人だ。公約に掲げたことで、市政に関心のなかった人々の間でも「クオータ制」という言葉が浸透し、知らないと恥ずかしいといった雰囲気まで出てきた。とはいうものの、高齢の有権者が多い栗里市では、受け入れられない可能性が高い。ミニ集会では、女性であっても反対する人が少なくなかった。

ある日、四十歳前後と見える女性が、ふらりと庭に姿を現した。スタッフのほとんどが出払っていて、私たち夫婦と由香の三人で白いガーデンテーブルを囲み、そよ風に吹かれながら、それぞれの事務作業に専念していたときだった。

「あっ、美鈴《みすず》さんやないの、どうしたん？　こんな所に来て大丈夫なん？」と、由香が大層驚いている。こんな所って、どういう意味だろう。

「由香ちゃんのお知り合い？」と尋ねてみた。

「実家が近所やから子供の頃からよう知っとるんですけど、でも……」と、由香が目を泳がせている。「美鈴さんは蟹沢市長の息子さんの奥さんなんです」

「えっ？」

夫が書類から顔を上げて美鈴を凝視した。対立候補の息子の妻が来るとは何ごとかと、思わず私も身構えた。

「そんなに驚かんといてください。大きな声では言えませんけど……私、霧島郁子さんを応援しとるんです」

ほっそりした品のある女性だった。見るからに真面目そうで、嘘をついているようには見えなかった。ましてや敵陣の偵察に来ているとも思えない。

「お舅さんを応援していないってことですか？」と、夫が尋ねた。

「義父が今回また当選したらもう六期目になるんです。あまりに長すぎると思わんですか？　長きに亘って権力を握っとると、人間誰しも腐ってくるもんです」

「一般論としてはよく聞きますね。でも、人それぞれじゃないでしょうか。国会議員なんかはもっと長い人がたくさんいますし」と、私は慎重に言葉を選んで言った。

「だけど、家族も迷惑しとるんです。色々と……」と、美鈴は言葉を濁《にご》した。

現市長に関しては、以前からよくない噂があった。公共工事のたびに市長の親戚筋や知り合いの業者が落札するのだと。だが栗里市には、もともと中規模以上の土木や建築関係の会社は数えるほどしかない。だから、それがたまたま市長と関係のある業者だったとしても怪しいとは言いきれないとして納得している人も多かった。

「胸像を作られたりしたら一家の恥さらしです」

意外だった。親戚中が胸像を誇りに思い、完成を待ちわびていると思っていた。

「今はネットであれこれ言われる時代やもんね」と、由香が言う。

「義父はネットなんて見ないから知らんのです。人間は引き際が大切やと家族で説得しとるんですが、頑固で一歩も引かんのですわ。ミサオさんのようにスパッと辞める聡明さが義父にはないんです。今なら孫たちも『市長まで務めた立派なお祖父《じい》ちゃん』として誇りに思えるのに」

「つまり、立候補を断念させることができないから、落選するしか辞めさせる方法はないと？」と、夫が尋ねる。

「そう、その通りです」

「でも、そんなこと私たちに言われてもどうすることもできませんしね」と、私はまたしても慎重に言った。

「ギャフンと言わせてやりたいんです」

「えっ？」と、私と夫、そして由香の三人が声を揃えた。

「お義父さんは家でも人格を疑いたくなるほど威張り散らしとります。お義母さんと私のことも、まるで奴隷か何かみたいに思っとる。陳情に来る人がひっきりなしで、私ら接待に疲れ果てとるんです。今までずっと我慢してきましたけど、晩年になって女の立候補者に負けたってことになったら、私もスカッとすると思うんです」

「そんなお役目は真っ平ゴメンだわ」と私はきっぱり言った。

美鈴が驚いたような顔で私を見た。「私、もしかして何かお気に障るような……」

「美鈴さんは結婚以来、お舅さんに対してずっと恨みを溜めてきたのよね？」

「……はい」

「いつかはその恨みを晴らしたいってことよね。それも他力本願で？」

「他力本願って……」

「ちょっと郁ちゃん、もうそれ以上言わなくていいよ」と夫が制した。

常日頃から言動には気をつけていた。狭い田舎ではすぐに噂が広まるからだ。でも言わずにはいられなかった。

「今の生活が嫌なら自分でなんとかしなさいよ。奴隷扱いされるのに、どうして同居してるの？　アパートを借りるなり何なりして出ていけばいいでしょう？　恨みを溜めるのはよくないわ。性格が歪むし、あなた自身の人生が台無しになるもの」

そう言うと、美鈴はうつむいて黙ってしまった。

「それとも家を出られない事情でもあるの？」

「いえ、それはないですけど」と、美鈴は小さな声で答え、「お邪魔しました」と言って、さっと踵を返すと白いフェンスの木戸から出ていってしまった。

「なんだか暗い顔してたね」と夫が言う。

「美鈴ちゃんは苦労しとるみたいです。ストレス溜まりまくりやって、会うたび愚痴こぼしとるから」

「どうして別居しないの？」

「プライドやと思います。蟹沢家のあんな大きなお屋敷やもの。この前、郁子さんも車で通りかかったとき見たやないですか。駅前の一等地やし、ぐるりを塀に囲まれとる。いいお家《うち》の若奥様っちゅうステータスを失いたくないんやないですか？　私らと同じような狭い安アパートに住むなんて、美鈴さんのプライドが許さんと思います。美鈴さんは京都のええ大学を出てはって若い時は弁護士を目指しとったたって聞いたことあります。まっ、今は専業主婦でパートにすら出とらんけどね」

田舎で暮らすのは大変だ。軽自動車の話にしたって、いまだに理解できない。ケチなプライドを後生大事にし、大切なことを見失っているように見える。そして、そのプライドとやらを保つために、無用な苦労を抱え込んでいる。駅前で見たあの程度の家を田舎ではお屋敷と呼び、ステータスとなるらしい。東京では何億円もするマンションや豪邸に住んでいる人が大勢いるし、年収が億を超す人も少なくない。そんな環境の中で暮らしていると、否応《いやおう》でも自分は「平凡な庶民」だと誰もが自覚せざるを得なくなる。

「美鈴さんは、ずっと家にいるの？　子育てに忙しいとか？」

「息子さんが一人おるけど、小学校を卒業して神戸《こうべ》の私立中学に行ったんですわ。全寮制やと聞いとります。ダンナさんは建築資材の会社を経営しとられますわ。儲かっとるとは聞いとらんけど」

「今までは息子さんの中学受験で大変だったのかもね。でももうそろそろ自由に羽ばたいてもいいんじゃないの？」

「羽ばたく？　うーん、やっぱり郁子さんは都会の人だわ。私ら田舎もんには郁子さんみたいにドライで自由な発想はなかなかできんです」

空が夕焼けに染まってきたとき、仕事を終えた由香の夫が由香を迎えにやってきた。保育園に寄ってから来たらしく、杏菜を抱っこしている。由香の夫は、舞子の夫とともに頼りになる存在だ。各々の職場だけでなく、草野球チームやフットサルチームを通じて、若い父親たちに支援の輪を広げてくれている。

「野菜を少し持って帰らないか？」

夫は朝から用意していた大きな袋を差し出した。

「いっつもすみません。助かります」と、由香の夫は嬉しそうに微笑んだ。

投票日の夜のリビングは、徒労感が漂っていた。

それというのも、敵陣は大阪の落語家を応援演説に呼んだからだ。聞いた話だと、村井の知り合いの遠縁にあたるという。最近はあまりテレビでは見かけない年配の落語家だが、栗里市では芸能人を見る機会が滅多にないからか、商店街はものすごい人だかりだった。ショックだったのは、それが卑怯なやり方だと批判する声がついぞ耳に入ってこなかったことだ。握手をしてもらっただとか、一緒に写真を撮ったなどと口々に言い、お祭り騒ぎとなった。

――是非とも蟹沢銀悟に清き一票をお願いしまっせ。

落語家は、票と引き換えに握手をしてやるのだと言わんばかりだったらしい。

――もちろん蟹沢さんに入れますよ。

そう言いながら、お婆さんたちが握手の順番待ちの列をなしたと聞いた。

そんなことが本当に票と直結するのかどうか私には見当もつかなかったが、由香たちスタッフの暗い表情が私の落選を物語っていた。

市長選があるときは、市議会議員の欠員が一名だけであっても補選が行われる。ついさっき発表されたのだが、私の後釜を決める補選で当選したのは、前回落選した秋山竹彦だった。例の、入院中でも報酬をもらい続けた市議の息子だ。女性の立候補者を立てようとミサオたちも奔走したのだが、急なことで見つけられなかったのが悔やまれる。

またもや市議会の女性は梨々花だけになってしまう。

「みんな精一杯頑張ったがな。市長に女が立候補したっちゅうだけでも、栗里市始まって以来のことで有意義やった」

ミサオの言い方だと、既に落選が決まっているかのようだ。

「郁子さんの演説に感動したって言う人も何人かはおりましたしね」と、舞子が慰めるように言う。

もしかしたら、みんな最初からダメだと踏んでいたのか。何かの間違いで当選するかもしれないなどと夢を見ていたのは私だけだったのか。

考えようによっては、これをきっかけに堂々と市議を辞めることができたとも言えるのだった。有名人になってしまったから、当分の間、買い物は夫に行ってもらおう。そもそも晴耕雨読の田舎暮らしが目的で移住してきたのだ。そう考えると、元に戻るだけで失うものは何もない。だけど……今までの改革計画がすべて無駄になる。せっかくヤル気満々だったのに。そう思うと、やはり悔しさは拭《ぬぐ》いきれなかった。

そのとき、電話がけたたましく鳴り響いた。

「もう決まったん？　早すぎん？」と目を見開いた由香が、壁の時計を見てからリビングの隅に置かれた電話に視線を移し、そして私を見た。

「ちと早すぎるけど、大差なら有り得んこともない時間帯じゃわ」と、ミサオが暗い声を出した。

みんなの視線に促されて、私はグラスを置いて立ち上がった。

「はい、霧島でございます」

――残念やったな。ご苦労さん。

この特徴のある濁声《だみごえ》は村井に違いない。どうやら蟹沢が当選したようだ。早々に当確が出るということは、ミサオが言ったように大差だったのだろう。村井は選挙管理委員から裏で情報を仕入れ、私の落胆の声をいち早く聞きたくて電話してきたのか。だったら一言も聞かせてやるもんか。そう思って黙っていると、背後から次々に声がかかった。

「郁ちゃん、気ぃ落とすなよ」と、夫が言った。

「あーあ、栗里市は死んだ。未来はない」と、ミサオが溜め息まじりに断じた。

「あんなに説明して回ったのに、住民の意識って変わらんのですね」と、由香の夫が言う。

「やっぱりクオータ制に触れん方がよかったんかなあ」と、舞子の夫も言う。

「落語家の握手が効いたんやわ。思った以上に低レベルの市民やわ」と舞子が吐き捨てた。

次の瞬間、私は「はい、わかりました。ラーメン二つですね」と大きな声で言ってから電話を切り、振り返って「間違い電話だったわ」と告げた。

「え?」と、由香がポカンと口を開け、「そりゃそうや。なんぼなんでも早すぎるがな」と、ミサオが簡単に前言を翻《ひるがえ》した。

落選したことを、よりによって村井なんかから知らされたくなかった。さっきの非常識極まりない電話はなかったことにして、正式な落選通知を待とうと決めた。

一拍置いて姑が「お茶のお代わりでもどないです？」と沈黙を破り、由香がいそいそとキッチンに入ったり、夫が棚から黒豆入りオカキを出したりすることで、重く沈んだ空気がほんの少し入れ替わった。

熱いお茶を飲んでいると、再び電話が鳴り響いた。

しつこいっ。

電話の向こうに村井のニヤニヤ笑いを見た気がして、受話器を持ち上げた途端に怒りが爆発した。

「もしもし、いったいどこまで性格が悪いのよっ。いい歳して嫌がらせ？　よく恥ずかしくないわねっ」

――あのう……もしもし？　こちら選挙管理委員会ですが。

「は？　選挙管理委員会？」

背後で、みんなが一斉に息を呑んだ気配がした。

――あれ？　間違えたかな？　霧島郁子さんのお宅ではなかったですか？

「あ、はい……えっと、すみません。アハハ、私、霧島郁子です」

――ですよね。霧島さんの声ですもんね。

「はい、霧島です。すみません」

「市長に当選されました。誠におめでとうございます」

「え……」

私が市長？

本当に？

嬉しい気持ちよりも責任感で押しつぶされそうになった。だから、みんなの方を振り向いたときには、奈落《ならく》の底に堕《お》ちたような顔をしていたのだろう。

「郁ちゃん、気ぃ落とすなって」と、夫がまた言った。

「そうやわ。次回また頑張ればええんだわ」とミサオが励ます。

どんな言葉が出てくるかと私の口もとを凝視しているのは由香だけで、他のみんなは私から目を逸らし、あらぬ方向を見ていた。

「当選しちゃったわ」

「えっ、本当ですか？」と言うと同時に、由香は涙目になった。

「郁ちゃん、本当か？」

「うん、本当よ」

「本当に本当か？　冗談ナシだぜ」

「しつこいわね。本当に当選したんだってば」

次の瞬間、歓声が上がった。

「郁ちゃん、やったな」

「長生きしてよかった。人生これからや。まだまだ死ねん」

「郁子さん、おめでとうございます」

口々に声が上がる。

もう後には引けないのだ。無理やり笑顔を作った。

「みなさまのお陰です。ありがとうございました。今後も一生懸命頑張りますので、ご支援のほどよろしくお願いいたします」

深々とお辞儀をすると、割れんばかりの拍手が起こった。

「これからが勝負だな。クオータ制が実現するまで頑張るぞ」

夫はまるで自分自身が市長になったかのように緊張した面持ちで言った。

20　落合由香

こんな封建的な田舎で女の市長が誕生するなんて、誰が想像したろう。

しかし全国を見渡せば、市長どころか都道府県の知事が女性であることも珍しくなくなっている。たまたま栗里市に住んでいるから実感できないだけで、実際は日本のあちこちで変化は起きつつあるのだろう。

そして世界を見渡せば、さらに変化は起きている。ルワンダでは国会議員の六割が女性だと何かで読んだ。アフリカのどこにあるのか、どんな国なのかは知らないが、そのことを聞いただけで、先進的で知的な国という印象を持ち、女が威張っている国は平和だと思ってしまうが、それは錯覚だろうか。聞けばルワンダ以外にも、アフリカには女性議員が五割を占める国がたくさんあるという。

なんだか羨ましい。そんなことを思いながら、パートの休憩時間に新聞を広げて、地方版に載った選挙結果を見つめていた。

――霧島郁子（62）元市議会議員　一九、三九一票
――蟹沢銀悟（79）現職　　　　　一七、三三〇票

地元の名士に郁子は勝った。この土地の人間ではない郁子に、二万人近くもの人が投票したことに感動を覚えていた。

舞子によると、蟹沢の長男の嫁である美鈴の裏工作なるものがあったという。舅を落選させるためとはいえ、過去のハコモノの落札業者に親戚筋が多かったなどという良からぬ噂を流すのは家の恥になるし、孫の代までダメージが大きい。そう考えた美鈴は、知人に会うたびボヤいていたという。

――うちの義父は体力がなくなったみたいで、家では居眠りばっかりしとる。

――入れ歯の調子がようないみたいだわ。

――ここのところ、物忘れがひどうなって家族が困っとるんよ。

それが功を奏したかどうかは知る由もないが、美鈴の思惑通り、黒い噂が立つこともなく、「歳のせい」で静かに引退する形になった。

「由香ちゃん、選挙には行ったんか？」

背後からの声に飛び上がるほど驚いた。耳に息がかかるほどの近さだった。慌てて立ち上がり、数歩離れてから振り返ると、守衛の佐久間がニヤニヤして立っていた。

「そんなに驚くことないやろ」

店では立ちっぱなしだから、休憩時間は椅子に座ってパンパンに張ったふくらはぎを揉みほぐしたかった。だが佐久間がイヤらしい目で見て、「わしが揉んだろか」と言うので、たったそれだけのことさえできないでいた。

「噂で聞いたけど、由香ちゃんは郁子の家に出入りしとるの？　そんなん嘘やろ？

わしの由香ちゃんはそんな女やないわなあ」

　わしの由香ちゃん……その言葉にゾッとした。郁子を呼び捨てにするのも腹立たしい。こういうとき、男は女と違って「見る側の性」だと思い知らされるのだった。たいていの女は、自分の外見が相手に気に入られるかどうか、年齢が釣り合っているかどうかを気にするものだ。だから七十代の女が三十二歳の男に言い寄ったりしない。だが佐久間は七十代なのに、あわよくば三十二歳の私を手に入れようとしている。佐久間が日に日に大胆になっていくようで、気味が悪くて恐ろしくてたまらなかった。

　佐久間がズボンのポケットに手を突っ込んだ。きっと飴を二つ出すのだろう。体温で飴が温まっているのも気持ちが悪かった。

　ああ、早くパートの冬子さんが来てくれないかな。四十代の冬子さんは、絹江さんとは違い、一目見て私が嫌がっていることを察してくれる。あの日もそうだった。この部屋に私が一人でいるときに佐久間が入ってきて、わざわざ隣の椅子に座ったことがあった。パイプ椅子が三つ並べられているというのに、だ。そして駅売りだと思われるスポーツ新聞を広げたのだった。家庭に配達されないスポーツ新聞にはエロい記事が満載だ。そして性的な話題を振って来て、私の表情の変化を楽しもうとした。そんなとき、冬子さんが部屋に入ってきてすぐに、「この子猫、すごくかわいい。由香ちゃんも見てみる？」などとスマホを指さし、冬子さんのいる入り口付近へ誘導してくれたのだった。即座に移動して覗き込むと、初期画面のままだった。

「由香ちゃん、これ、あげる」

そう言って、佐久間はポケットから飴ではなく缶コーヒーを取り出した。

「私、缶コーヒーは飲まないので」

「そういうのが由香ちゃんのあかんとこやって言うてるやろ。年上の親切を無にするようなこと言うて。育ちが疑われるで」

佐久間は私に無理やり缶コーヒーを握らせると、私の手を両手で包み込むようにした。年の割に力が強くて恐ろしかった。

「ああ、今日もこれで寿命が延びたわ。好きな人に触れたお陰で十秒は延びた」

振りほどこうとしても放してくれなかった。触られた所から両腕に鳥肌が広がっていく。この数秒が苦痛でたまらなかった。七十代になっても男という動物は、こんなにもイヤらしいものなのだろうか。

冬子さん、早く来てっ。早く、早く。

心の中でそう念じていたら、ドアが開いて冬子さんが入ってきた。

「佐久間さん、みっともないですよ。いい歳をして」

佐久間の手がふっと緩んだ瞬間に、私は手をさっと引いた。

「みっともない？　何やその言い方は。年上に向かって」

「年上だろうが年下だろうが関係ありませんよ。その行為はセクハラです」

「なんでこれがセクハラなんじゃ」

「由香ちゃんが嫌がっとるやないですか」

「嫌がっとらんよ、なあ、由香ちゃん」

一瞬言葉に詰まった。佐久間を怒らせると、あとで恐ろしいことになりそうで何も言えなかった。冬子さんがセクハラとまで言って私を助けてくれたというのに。

「ほうら、由香ちゃんは嫌がっとらんやろ」

そう言って、佐久間は手を伸ばしてきて私の頭を撫でようとした。

そのとき、脳裏に郁子の夫の声が響いた。

――黙っていたら男はなんぼでも調子に乗る。つまらない男を調子に乗らせるな。ヤジを飛ばされても黙って耐えている妻の郁子に対し、「反撃しろ、百倍言い返せ」と、郁子の夫が言ったことがあった。

次の瞬間、私は佐久間の手を思いきり払いのけていた。強い力だったらしく、佐久間がよろけるほどだった。

「私に二度と触らんといてっ」

狭い休憩室に反響するほど大きな声を出していた。そして缶コーヒーを佐久間に突き返し、「要りませんっ」と叫んだ。すると佐久間は、私と冬子さんを順に思いきり睨んでから、「あほくさ」と言って休憩室を出ていった。

「冬子さん、ありがとうございました。助かりました。でも、冬子さんが逆恨みされて佐久間さんに意地悪されるかもと思うと……」

「気にせんといて。私、今月いっぱいでここ辞めるんよ」

「えっ、そうなんですか？　ここより条件のいい仕事が見つかったとか？」

「調理師免許を取ろうと思っとるの。自分の店を持ちたいんよ。うちは子供もおらんし、生き甲斐を何か一つは持たんと、歳取るごとに精神的にキツうなってきてね」

「すごい。だって、冬子さんの……」

冬子さんのお宅って、そんなに経済的余裕があったとは知りませんでした。だって、その歳になってから調理師専門学校に行けるだなんて……などと失礼なことを言いそうになってしまい、思わず口を閉じた。

「飲食店で二年間修業すれば、受験資格を得られるの。このままじゃ私の将来が見えんから思いきって挑戦してみろって、うちのが後押ししてくれたのもあってね」

「冬子さんの将来、ですか。優しいダンナさんですね」

四十代にもなった妻の夢を後押ししてくれる夫がいるとは新鮮な驚きだった。

「うちのダンナと佐久間さんが同じ男とは思えんわ」と、冬子さんは言った。

「ですよね」

互いに顔を見合わせて笑った。わざと大きな声で笑った。スカッとして、佐久間のことを忘れたかった。だって私は何も悪いことをしていない。真面目に働いているだけだ。それなのに、どうしてこうもチョッカイを出したがる男が多いのだろう。これからもずっと、こういった嫌な目に遭いながら生きていかなければならないのだろうか。そう思うと気分が落ち込みそうだった。

「そんな暗い顔したらあかんわ。由香ちゃん、佐久間のことなんか無視したらええよ」

品のある冬子さんが、佐久間を呼び捨てにしたことにびっくりした。

「休憩室がここしかないですから、無視しろと言われても……」

「佐久間は守衛やから、私らの売り場の上司でも先輩でもあれへんよ。睨まれたとしても、仕事上で困ることはないでしょ。私はもうすぐ辞めるから、佐久間のこと、職場長に言っておいたげる。由香ちゃんの名前は出さんから心配せんといて」

「それは助かります。ほんと、ありがとうございます」

そう言いながら、自分が情けなくなってきた。冬子は前途洋々の将来を語ったうえに、佐久間を懲《こ》らしめようとしてくれる。

そのとき、女には二種類あると思った。郁子やミサオのように毅然とした女と、私や義母のように我慢するしかない女だ。この二派に分かれている。生まれつきの性質だから、人生の途中で派を変更することは難しいのだろうか。

「冬子さん、ご親切ありがとうございます。でも、思いきって自分で職場長に言ってみようと思います」

「ほんと？　由香ちゃんに、できる？」

「だって自分は安全地帯におるままで、冬子さんを矢面《やおもて》に立たせるなんて卑怯ですもん。こんなんやから私は佐久間にナメられとるんやと思います」

冬子さんはきっとこう答える――ナメられとるんやないよ。私はもう四十代やからセクハラされんだけやわ。でも由香ちゃんはまだ若いから――

だが、予想に反して、冬子はふっと黙ってしまった。

「由香ちゃん、こんなこと言うのもアレやけど……気ぃ悪うせんとってね」

「何ですか？　冬子さん、はっきり言うてください」

「由香ちゃんが佐久間にナメられとるのは間違いないわ」

「え？」

「毅然とした態度が由香ちゃんには必要かもしれん」

「……そうですよね。はい、本当に」

言いながら、ハハハと声に出して笑って見せたが、本当はショックだった。

「ごめん。言い過ぎたかな」

「いいえ、はっきり言うてもらって助かります」

「由香ちゃんて、嫌なときも笑顔やもんな」

「えっ？」

「たぶん佐久間を怒らせんよう無理して笑顔でおるんやろうけど、そういうのが相手をつけあがらせるんよ。ああいう男はバカやから表面しか見ん。女がニコニコしとったら嬉しがっとると単純に思い込む。まさか無理して愛想笑いまでしとるとは想像もせんのだわ。ほんやから由香ちゃんも気ぃつけんとな」

「……はい」

「男をつけあがらせん方法を中学校で教えてほしいもんだわ。経験から学んでいくとなると、人によっては習得するのに何十年もかかる。一生わからんままの女もようけおるけど」

「……そうですね、確かに」

義母の瑞恵を思い出していた。瑞恵は我慢我慢の人生だった。

そうはいうものの、瑞恵の人生はやはり立派だったと思う。瑞恵がいたからこそ、落合家は成り立っていた。福祉の行き届かない、封建的な考えが跋扈《ばっこ》する田舎で、落合家にとって瑞恵はなくてはならない存在だった。だけど義父からしたら、嫁として「当たり前のことをした」以上のことは感じていないに違いない。それどころか義父は、重箱の隅を突《つつ》くような不満ばかり言って義母を責めていたとヒロくんから聞いたことがある。

義母の尊厳はどこにあるのだろう。不満が溜まりに溜まって、六十歳を過ぎてから家出する羽目になった。近いうちに正式に離婚して、私が義父の世話をすることになる。それを考えると、ひどく気が滅入《めい》った。

それなのに、冬子さんには店を持つ夢がある。私もそのうち四十代になり、そしていつか六十歳の誕生日を迎える。六十を過ぎると田舎では仕事も見つかりにくいし、そもそも六十歳では、もう人生をやり直せないのではないか。

このままじゃダメだ。

私の人生、なんとかせんと。

そのためには、私自身がもっと変わらんといけん。

21　霧島郁子

焦っていた。

このままでは市役所の出張所の建て替えが多数決で決まってしまう。ただでさえ、その地区は人口減少が著《いちじる》しく、一人当たりの利用回数にしても年に一回あるかどうかだ。建て替えどころか出張所自体の必要性を議論すべきなのだ。まさかとは思うが、ここにも村井の利権が絡んでいるのだろうか。

　一日も早く味方を増やさないと、税金の無駄遣いを次々に許すことになってしまう。そのためには、やはりクオータ制の導入が必要だ。今はまだいいが、ハコモノ建設の維持管理費用は次世代が負うことになる。子や孫にツケを残さないためにも財政を立て直し、急いで健全化を図らなければならない。

　ミサオは、公共施設白書を早急に作るべきだと言う。ハコモノを一覧表にして議会と市民に示せと言う。今後の人口減少を考えて、どの施設を残すべきかを議論し、市民の意見を取り入れなければならない。何ごとも、当事者不在で決定してはならないとミサオは言った。

「お手許《てもと》にお配りしましたクオータ制の資料ですが」と私は切り出した。

「冗談やろ。議員の四割を女に割り当てるなんて」

「馬鹿も休み休み言え」

　手を挙げて議長の指名を待ってから発言するという常識すらなくなりつつあった。大声を出したもん勝ちの世界になっている。これも市長が女だからナメられているのか。ふと絶望クンが顔を出しそうになるのを、息を数秒間止めることで阻止した。

「クオータ制のことなら知っとるわ。郁子はんが、市長に当選する前からあちこちでミニ集会を開いてはったんは有名やからな」

「女を四割も増やしたら、市議が二十四人に膨れ上がってしまうがな。今は十七人やから、ちと多すぎんか？」

「それは違います。定数は今と変わりません」と私は答えた。

「まさか市議の定数十七人を変えんまま、女を四割以上にするってことか？」

「そうです」

「ほんならわしら男の四割が職を失《な》くすってことになるやないか」

「そういうことになりますね」と、私は平然と答えた。

「アホらし。そんな法案、誰が賛成するかいな」

「ズルいわ。この世は女に対する優遇で溢《あふ》れとる。駅前の居酒屋のモーゼにしたって、その隣のカラオケ大王にしたって、レディース割引があるぞ。男には割引なんて一こもないのに。ほんまに女は得や」

「逆差別だわな」

「逆差別だと騒ぐ人々は、男性がいかに高い下駄を履いているかという実態に気づいていないんですよ」と私は言ってみた。言ったって、どうせ意味などわからないだろうとは思ったが、黙っているわけにもいかない。

「なんだと、俺たちがバカばっかりだとでも言うのか」

ふと、ヤスミンの顔が思い浮かんだ。

——なあイクミン、もっとうまく立ち回らんとあかんよ。言葉遣いにも気ぃつけんとね。

ヤスミンの声が聞こえた気がして、咄嗟に私は笑顔を取り繕《つくろ》った。

「まさか、そんな意味で申し上げたんじゃありませんよ」

とってつけたような私の満面の笑みに不気味さを感じたのか、議場が静まり返った。

「人口の男女は半々でしょう？　ですので、能力のある割合も同じだってことなんですよ」

「それはない」と、初老の男性市議はきっぱりと撥《は》ねのけた。「俺はな、市議になる前は神戸の貿易会社で働いとったんだ。そのときも政府から女の役職者を増やせとせっつかれてな、俺は女を抜擢《ばってき》しようと目を皿のようにして社内を探したけど一人も適任者が見つからんかった。たったの一人も、やぞ」

そう言って得意げな顔をした。周りの男性市議のほとんどが、それ見たことかとでも言いたげに、私をニヤニヤしながら見つめてくる。

「適任者が見つからないのは当たり前ですよ。それまで女性幹部が一人もいなかったんだから、お手本がないのよ。そんな環境では相応《ふさわ》しい女性人材が育っていくはずがないんです」

そう説明しながらも、この男はどうせ聞く耳を持たないのだと思うと、だんだん声が小さくなってしまった。

「それだけやないぞ。女はみんな口を揃えて昇進したくないって言うたんや」

よく聞く話だが、残業が増えるから断るのだ。生活が立ちゆかなくなるからだ。

「妊娠だの出産だの子育てだのって、職場に家庭のことを持ち込むのがそもそも理解できん。頭がイカレとるか、図々しすぎるかのどっちかだわ」

「その発想は……」

言いかけて、深い溜め息が出てしまった。最近は何かというと、自助・共助・公助などと言うが、自助というのは無償で使える妻や嫁のことを指す言葉ではないかと思うことがある。国民の半分である女という資源を家庭内で使い果たしていることにどうして気づかないのだろう。国際競争力がどんどん落ちていくというのに……。

脳内に再び絶望クンが顔を出した。それを追い払うように大きく深呼吸をし、息を吐き出すと同時に一気にしゃべった。

「その発想が、日本の社会の存立そのものを脅かすところまで来ていることに、なぜ気づかないんですか？」

あまりに愚かで視野が狭いですよ、という言葉は辛うじて呑み込んだ。

「神学者マルティン・ルターも言うとった」と、今度は九十代の最長老市議が語り出した。「『女というものは何もいいことを成さない』ってな。『女は常に家長に従うべき』、『出産は女にとって神から与えられた最も重要な名誉ある任務』とも言うた」

知識をひけらかすことができた満足感からなのか、得意げに周りを見渡すが、さすがに他の男性議員たちはギョッとした顔で目を逸らしている。

「新兵衛《しんべえ》さん、それはちょっとどうやろなあ。今の時代、そういうのは、なんぼ何でも……」と言ったのは、村井の腰巾着と言われている山田《やまだ》だった。

「ルターさんだけやないぞ。日本にも『女と鍋釜《なべかま》には休日がない』っちゅう昔からの言葉があるんじゃ」と新兵衛はしたり顔で言った。

逆の立場に立ってみて、もしも自分が言われたらどう思うのだろうか。きっと怒り狂うのではないか……などと想像するのはいつも女だけで、男は天地がひっくり返っても女の立場を自分の身に置き換えて想像したりはしない。

そのとき、珍しく梨々花が手を挙げた。「ひとつ提案があります」

今までとは違って声も大きいし、ハキハキしているからよく通る。

「何でしょう。どうぞ、言ってみてください」

そう促すと、梨々花はすっくと立ち上がった。

「新兵衛という名前を、旧兵衛《きゅうべえ》に改めたらどうでしょうか」

次の瞬間、議場に爆笑の渦が起こった。びっくりして梨々花を見るが、にこりともしない澄まし顔である。

「梨々花ちゃん、法律上の男女の権利は平等かも知らんけど、そもそも男と女は違うんだわ」と、今まで黙っていた村井がおもむろに口を開いた。

「どう違うとおっしゃるんですか？」と、梨々花が尋ねる。

「男には男の役割があって、女には女の役割がある。原始時代から決まっとる」

「ですから、男性の市議と女性の市議とでは、どこがどう役割が違うかをお聞きしているんです」と、梨々花も人が変わったように強気だ。

「私は性別の差よりも、個人差の方がはるかに大きいと思いますが」

「いや、やっぱり男と女は違うんだわ」と、村井も譲らない。

「ですから、市議としての仕事上、どこがどう違うんですか？　村井さん、はっきり説明してください」と、梨々花の涼しげな目元が、今日は凄《すご》みを帯びて見えた。

「説明する必要はない。男と女が違うのは常識中の常識やからな」

「あのね、根拠のないことは金輪際口にしないでもらえますか？　時間の無駄ですから」と、梨々花が言ったので、みんなびっくりしたのか一瞬シンとした。

「なんだと、こらっ。調子に乗りやがって」と、村井がいきなり立ち上がった。

「まあまあ、村井さん、ちょっと落ち着きまひょうな」

そう言ったのは、腰巾着の山田だ。「情報番組で流されますよ」

「えっ？　ビデオカメラ回しとるんか」と、村井は言い、中二階の傍聴席を見上げた。傍聴席には、夫とミサオがいた。由香や舞子たちは仕事があるから平日の昼間は滅多に傍聴できない。夫が動画撮影をしているのは、マスコミに流すためではなく、由香や舞子が様子を知りたいと言うので撮っているのだった。

「聞いてください」と、梨々花は毅然とした態度で続けた。「ノルウェーを始めとしてヨーロッパ諸国はクオータ制を導入することで国民の幸福度が上がったんです。女性が生きやすくなって出生率も上がっています。その事実を村井さんはどう思われますか？」

「お前はアホか。日本のこんな片田舎とノルウェーを比べて何の意味があるんじゃ。ほんにウーマンリブっちゅうのは相変わらず浅はかじゃのう」

そう言って村井はせせら笑った。この瞬間、議会のマスコットだった梨々花が村井会の敵になった。

——大人しくニコニコしとれば今まで通り可愛がってやったものを、郁子に洗脳されやがって、このバカが。

村井の心の内が透けて見えるようだった。

そのとき私は、議会にテレビカメラを正式に導入して、ケーブルテレビで議会中継をしようと心に決めた。傍聴席に足を運ぶのは面倒でも、家にいながらテレビで見られるとなれば、多くの市民が見るに違いない。都会と違って、どの議員も顔を知られていて、誰が誰の親戚で、または妻と同級生で、または家が近所でと、それぞれにつながりがあるだけに、どんなバラエティ番組よりも面白い。どの議員がどんな意見を述べるか、誰が居眠りをしているか、誰が下品なヤジを飛ばしているのか、そして極めつけは、知識もなく研究もせずに議員を務め続けているのは誰なのか、それを白日の下に晒《さら》したい。

マスコミが再び騒ぎ始めたのは、私がクオータ制を正式に議案として提出した翌日だった。駅前のホテルは満杯になり、こんなことは創業以来だと、経営者の笑いが止まらなくなったとヤスミンから聞いた。町の至る所で井戸端会議を見かけるようになり、閑古《かんこ》鳥《どり》が鳴いていた古びた喫茶店でさえも、今では常に満員で入れなくなった。そして、それまで家の中にばかりいた老人たちも、広場や公園に出てくるようになった。若者の間では、ネット上で侃々諤々《かんかんがくがく》の議論が巻き起こっている。

過疎化の進む栗里市に活気が出て、人々の交流が盛《さか》んになったのだから、仮にクオータ制の議案が通らなかったとしても意義のあることだ。そのことを夕飯のときに夫に言ったのだが、夫は私の考えを一蹴《いっしゅう》した。

「郁ちゃん、それだけで終わったら意味ないってば。このお祭り騒ぎは二度とやってこない。マスコミだって二度目は注目しない。一発で議案を通さないとダメなんだって。それができなかったら、市民は郁ちゃんに失望してしまうよ」

「失望か……うん、それはそうかもしれないけどね。でも、あの議会の様子じゃあ、とてもじゃないけど、なんせ多数決だから」と言いかけたときだった。

——日本で初めてクオータ制が採用されるかもしれません。議決の場に何としてでも立ち会いたいものです。

点けっ放しのテレビから、リポーターの興奮気味の声が聞こえてきた。背景に映っているのは栗里市の市庁舎だ。

「この人、今この町に来てるのね」

昔からテレビでよく見かける有名なリポーターが、こんな田舎にわざわざ来ていることが、なんだか不思議だった。夫によると、新聞記者やラジオ局や、ドキュメンタリー映画の制作者までが押しかけているという。

——クオータ制をどう思いますか？

市民へのインタビューが始まった。

——わしは市議会議員なんて男でも女でもかまわんと昔から思っとる。そもそも誰が議員になろうが、知ったこっちゃない。

――女が四割？　そりゃまた結構なことで。私は賛成ですけど？

――テレビで取り上げてくれるんなら大歓迎ですわ。ついでに特産のブドウと梨も宣伝してもらえたら助かります。それより、わし死ぬまでにいっぺんでええからテレビに映りたいと思っとったんです。

クオータ制がどうのこうのというよりも、このお祭り騒ぎを面白がっている。ほとんどの市民にとって、市政への関心はその程度なのかもしれない。

――都市部での反響もお伝えいたします。

画面が東京の銀座に切り替わり、若い女性の三人連れにマイクが向けられた。

――クオータ制があるような先進的な町なら暮らしてみたいです。

――セクハラも減るだろうから、女性は暮らしやすいと思います。

「やっぱり女性にはウケがいいわね」と私は言った。

「だな。意外にも若い世代のIターンを期待できたりして」と夫が言った。

部屋で書類の整理をしていると、珍しくヤスミンからメールが届いた。

――いま忙しい？　もし来られるなら、店の裏口から入ってきて。絶対に声を出さないでよ。

何かあったのだろうか。この文面から察するに、私の存在がバレない方がいいらしい。ともかく行ってみようと、すぐに車を飛ばした。

忍び足で裏口に近づき、そっとドアを開けると、一畳ほどの休憩室があり、姿見と座布団が一枚だけ置かれていた。息を殺して中に入ると、壁際には派手なドレスが何着かハンガーにかかっていて、隅の方には、きちんと畳まれたジーンズとピンクのセーターがあった。カーテンの向こうは、カウンターに通じている。

「しかし狂気の沙汰としか思えんの。クオータ制やなんて」と、聞き覚えのある声が聞こえてきたと思ったそのとき、カーテンの下からトレーがすっと差し込まれた。鮨《すし》屋《や》で出るような大きな湯呑みに緑茶が入っている。

「ほんでもマスコミの異常な盛り上がり方からして、クオータ制に反対したら、次の改選でわしらの緑山会には票が入らんぞ」

「確かに。いま郁子に楯突《たてつ》くのはごっついマズい」

「もしもクオータ制になったら、男の市議十六人の中から六人が落選するっちゅうことだわな」

「男の新人も何人か立候補するかもしれん。となると、現職議員がもっと落選する」

「俺ら三人とも生活がかかっとる。議員を辞めても経済的に困らん連中に辞めてもらうのが筋やないか？」

「そらそうや。カネのある議員は次の改選で立候補せんといてほしい」

「わしんとこは長男が四十歳にもなって働かんとふらふらしとるから、わしが議員報酬を稼がんことには家計が立ち行かんのだわ」

「俺んとこも似たようなもんや」

「クオータ制が成立したら、男が議員になるのは狭き門になる。それは困るといって反対したら人気が落ちて落選する……どっち転んでも茨《いばら》の道やな」

「とにもかくにも郁子に睨まれんように気をつけよ。なんといっても市長は人事権を持っとるから怖い」

クオータ制そのものの良し悪《あ》しの議論ではなく、自分たちが生き残るための方策を話し合っているらしい。

「もしも郁子に気に入られて、俺らの会派から議長を出せたらすごいと思わん？　もう二度と村井のドンの言いなりにはならんで済むぞ」

「そろそろ村井も終わりだわ。だって郁子は村井のこと、ごっつい嫌っとるもん」

「それ本当か？　郁子市長殿は村井のこと嫌っとるんか？」

「お前ほど鈍感なヤツ見たことないわ。村井を見るときの郁子の冷たい目つきを見たら誰でもわかる。郁子が村井の家を買うたとき、庭を造り替えた話を知らんのか」

「あ、その話なら聞いたことある。灯籠も電子レンジも捨てたって」

そのとき、店のドアに取り付けられているカウベルがカランコロンと鳴った。客が入ってきたらしい。

「これはこれは、みなさんお揃いで。秘密会議か何か？　わしはお邪魔虫かな」

「村井さん、イジメないでくださいよ。今日あたり村井さんがいらっしゃるんやないかと思って、わしら待っとったんですから」

「どうぞどうぞ、ほら、ここ、真ん中の特等席に座ってくださいよ」

「そうか？　ほんならちょっと座らせてもらうわ」

「今ちょうど郁子の話をしとったところです。クオータ制なんて冗談やないって」

「やっぱりそう思うわなあ。どこの会派もその話で持ちきりだわ」

「村井さんも、もちろん反対されるんでしょう？」

「いや、わしはどっちでもええ。次は立候補せんことにしたから」

「ええっ」と、一斉に驚きの声が上がった。

「それ本気ですか？　なんでですか？」

「村井さん、まだ若いやないですか。八十ちょっとですよね？」

「失礼なこと言うな。わしはまだ七十九じゃ。ほんでも、そろそろ引退して女房と旅を楽しみたいと思っとるんだ」

みんな呆気にとられたのか、一瞬シンとした。村井の妻が車椅子生活となって以降は、息子の妻に任せっぱなしだと聞いていた。

「奥さんと旅行ですか……それは、なんとまあ、ステキな理由ですな」と、一人が言った。

体面を重んじる村井は、次の選挙で落選するくらいなら、その前に引退した方がいいと考えたのではないか。健康上の理由などと言えば、世間から一斉に年寄り扱いされるから、きっとそれも良しとしないのだろう。となれば、妻孝行が最も聞こえがいい。妻が病気であるとなれば尚更だ。

22　落合瑞恵

家に帰ったのは十ヵ月ぶりだった。

「ただいま」

返事がない。

「瑞恵ですけど、ただいま帰りました」

家の中は静まり返っていた。帰る時刻を伝えておいたのに、夫はどこへ行ったのか不在らしい。夫がどういう態度に出るだろうとあれこれ考えて、昨夜はなかなか寝つけなかったのに拍子抜けしてしまった。

——ちゃんとお義父さんと話をしてください。

そう言われる前から、嫁の由香に迷惑をかけているのが申し訳なくて仕方がなかった。それに、いくら霧島家の人々が親切だといっても、いつまでも世話になるわけにはいかない。だったら自分はどうすればいいのか。掃除のパートだけではアパートを借りて生活するのは無理なのだ。どう考えても、ここに戻ってくる以外、道はない。

黒光りしていたはずの廊下が埃《ほこり》をかぶっていた。台所に入ると、流しが茶色く曇っていたが、汚れた食器が一つもないのは、急遽《きゅうきょ》洗ったのか、それとも普段から弁当ばかりで食器など使っていないのか。

庭は雑草が伸び放題だった。

家全体が薄汚れて見えた。きっと主《あるじ》がいないからだろう。

あ。

そうか、この家の主は、夫ではなくて私なのだ。

庭の隅から階段下の収納スペースに至るまで手をかけて可愛がり、大切にしてきた。古くて小さな一軒家だし庭も猫の額ほどだが、この家は私が生きてきた証《あかし》であり、私の苦労の歴史そのものだった。奮発して買った茶器セットからプラスチックの安物のゴミ箱に至るまでの全てが懐《なつ》かしくてたまらなかった。夫に対する愛はなくとも、家への愛は深い。そのことをしみじみと感じていた。

立ったままリモコンでテレビを点けた。

——日本初のクオータ制導入となるのかどうか。これが実現されれば日本全国の市区町村に広がる可能性もあります。そのうち都道府県議会、そして国会へと影響するとなれば、日本の未来図は大きく変わるでしょう。

さっき歩いてきたばかりの町角で、有名なリポーターがマイク片手に興奮気味に話している。

——栗里市は先端を行っています。クオータ制が施行されたら、アジアでは初めてのことではないでしょうか。

台湾やフィリピンからも取材陣が押し寄せているらしい。

——どこの地域でも移住者を呼び込むのに必死です。ですが、どこの市町村もやることはみんな同じです。まず家を用意してあげる。家賃は格安だったり、最初の一年間は無料だったりと、大サービスです。中には五年住んでくれれば無償で譲る所もあります。本来ならば若夫婦に来てもらって、子供が増えるのを期待しているわけですが、実際に移住してくるのは定年退職後の老夫婦がほとんどです。正直言って、老夫婦に来てもらったところで市の税収は増えないですし、少子化を挽回《ばんかい》することもできない。はっきり言って未来も見えず、赤字になるだけなんです。

——ところが、ここにきて栗里市に移住したいという若い女性が増えている、ということですね。

——そうなんです。クオータ制が導入されれば、封建的な考えが一掃されて、きっと女性が暮らしやすい町になると期待してのことでしょうね。

まるでもうクオータ制が導入されたかのようだ。こんなに騒がれて大丈夫なのだろうか。もしも議案が通らなかったら、栗里市はどうなるのだろう。

郁子から市議に相応《ふさわ》しい女性を紹介してほしいと頼まれていた。条例案が通過した暁《あかつき》には、すぐさま十分な数の女性の立候補者を用意できなければ話にならない。公募したところで、そう簡単には集まらないだろう。幼いときから、自分の母親や祖母や、その他大勢の女を見て育ってくる過程で、女はみんな控えめでなければならない、出過ぎた真似をしてはならないことを学んでしまう。この私もそうだった。知り合いの中で、自信に溢れた女など一人もいない。高校時代の同級生で秀才の女の中には何人かいたが、彼女らはみんな都会の一流大学に進学し、卒業後も田舎には帰らず都会で暮らしている。

——出たい人より出したい人を。

それがミサオの確固たる信条だ。今の議会に「俺が、俺が」と自己顕示欲ばかり強くて、民意を吸い上げたり研究する力のない市議がたくさんいるからだと聞いた。学歴や職歴よりも、問題意識があり芯がしっかりしていて弁が立つ女がいいとミサオは言ったが、抽象的で今ひとつピンと来ないのだった。

そのとき、玄関の戸が開く音がして、一気に緊張感が高まった。

廊下をこちらに進んでくる足音で、夫だとわかる。

「帰っとったんか」

夫は目を合わさずにそう言った。怒っているようでもなく、悲しそうでもなく、何を思っているのか表情からはさっぱり読み取れない。夫との意思の疎通など一生涯不可能な気がして、いきなり帰りたくなってきた。

でも、帰るってどこに？　霧島フミの家に？　あそこは確かに居心地がいい。だが私の家ではない。私は居候《いそうろう》に過ぎないのだ。

――この際、お義父さんに言いたいこと言うてください。闘ってください。私もパート先で守衛のおじさんと闘ったんです。

由香はそう言って、職場でのセクハラを話して聞かせてくれた。

――お義父さんを諦めんとってください。家事ができん人間なんて、この世におるやろか。フライパンに油を引いて、肉や野菜を炒めるだけのことができん人がおりますか？　お義母さんの力でなんとかしてもらえませんやろか。お義父さんとの関係をやり直してほしいんです。

嫁姑の間で、男という嵩張《かさば》る荷物を押しつけ合っている。これが可愛い犬か猫ならどんなに良かったか。きっと取り合いになっていただろう。

「私はここに帰ってきたわけやないよ」

そう言うと、夫の顔は強張った。その表情を見ただけで怖気づいてしまいそうになる。夫は暴力を振るう人ではない。一度たりとも手を上げられたことはない。それなのに、部屋の中に二人だけでいるのが恐ろしくてたまらなかった。これは本能的なものなのだろうか。動物の勘とでもいうものかもしれない。自分より腕力の勝る動物はやはり怖い。

「お父さん、私は心底納得できんのです。家事や育児を抱えとるのに、あんたの親や姉さんの下の世話までせんといけんかった。二重三重の労働でへとへとになった私を間近に見とるのに、なんであんたは平気でビール飲みながら楽しそうにプロ野球中継を見とったんですか」

夫は口をポカンと開けてこっちを見ている。

「そんな昔のことで腹立てとったんか？」と、心底不思議そうな顔をした。

「そのときの光景をしょっちゅう思い出して、苦しいてたまらんのですわ。憎しみが募って仕方がないんだわ」

女は執念深い、などと簡単に切り捨てられるだろうと覚悟していたが、夫は神妙な顔で座布団に座り直した。背筋を伸ばしたようにも見えるが、たぶん錯覚だろう。

「私は本当に本当に不思議でたまらんのです。これは皮肉でも何でもないんです。男の心の中は、いったいどういう構造になっとるんやろうかって。もしも逆の立場やったらと考えるんです。夜もろくに眠れんほど働き詰めの女が同じ屋根の下におったら、私なら絶対に放っておくことはできん。何か一つでも手伝えることはないかと探して目いっぱい手助けするんは間違いないんだわ」

「今さら言われたって……そのときに言うてくれたらよかったのに」

「何回も言うたつもりやけどね」

「えっ、そうやったか?」

本当に驚いているようだった。それを見て私は驚愕《きょうがく》していた。

「言うたびに、あんたは不機嫌になって返事もせんから、途中で諦めたんだわ」

「……そうか、そんなことがあったんか」

「え?　覚えとらんの?」

「全く覚えとらん」と、夫は言った。

私の訴えなど取るに足らないものだったらしい。真剣に耳を傾ける価値もないと思われていたようだ。それほどまでに私は軽く見られていたのか。

私は誰にも大切にされていなかった……。

「すまんかった」

夫が謝ったのは結婚以来初めてだった。夫は変わったのか？　少なくとも以前と比べて一ミリくらいはマシになったのだろうか。

——お義父さんと契約を結んできてください。

由香はそう言った。そうだ、契約を結ばなければ。

「私、この家に帰ってこようかと思っとります」

そう言うと、夫の表情がパッと明るくなった。意外なほど素直な反応だった。きっと苦虫を噛み潰したような顔のままだろうと想像していたのに。

四十年近く連れ添っても、どういう人間なのか、まるでわからない。それに、年齢を重ねると考えが変わることもある。この私がそうだ。だから思いきって家出したのだ。もっと早くに家出していたらどんなによかったかと思うが、遅すぎた。

「他人の家にこれ以上世話になるわけにいかんし、アパートを借りるお金もないから」

「……そうか」

「ほんやけど、あんたの世話はしません。私の方が先に死ぬと思うから家事を覚えてください。なんなら料理も教えます。部屋も別々、掃除も洗濯も別々です」

それが、由香に言われた契約というものだった。

「瑞恵の方が先に死ぬことはないやろ。女の方が平均寿命は長いし、わしの方が年上やし」

「この家で寿命が縮むほど働かされてきたんです。絶対に長生きせん気がする」

「……そうか。要求はそれだけか」

「まだあります。財布は私が握らせてもらいます。あんたの厚生年金にしたって、私が家のことを一切合切やってきたからこそ、あんたは会社で働けたんやから、私にも権利があるはずです」

これも由香の入れ知恵だった。俺の年金だ、俺の稼ぎだと言われる前に、一気に言ってしまえと。

「わかった。家計のことは任せる」

「それと、私の方が早起きやから、新聞は先に読ませてもらいます」

「新聞？　新聞とは？」と、夫は首を傾げて私を見た。

郁子の家に行って最初に驚いたのは、郁子が夫より先に新聞を読む光景を目撃したことだった。

「この家におったとき、あんたが先に読んでからでないと私は読めんかった。くしゃくしゃに折り畳まれとって読みにくかったですわ」

「そんなつまらんこと」と言って、夫は薄く笑った。

「馬鹿にせんといてっ」

私は知らない間に大声を出していた。

——お義父さんに感情をぶつけてください。全部吐き出してください。

「おおげさなやっちゃな。新聞くらいのことで」

「どんだけ屈辱的やったたか、あんたには一生わからんやろな」

気づかない間に立ち上がっていた。

もう帰ろう。

だから、帰るって、いったいどこに？

野垂れ死にを選ぶしかないのか。それとも、この家に戻ってきて、こんな男と再び一緒に暮らすのか。こんな家で精神を正常に保って生活できるのか、自分。

「瑞恵、この家におってくれ」

「え？」

「わしの世話は何ひとつせんでもええ」

——わからないことがあったら尋ねてください。お義母さん、推測はダメですよ。

「それは、なんで？　世間体が悪いから？」

「それもないこともないけど」

「けど、何？」

「孤独に耐えられんのだわ」

「え？」

「家の中のどこかにおってくれるだけでええ。物音が聞こえるだけでええ」

夫の孤独を思うと胸が詰まりそうになった。

バカ、同情するな。なし崩し的に家政婦の役割を押しつけられるだけだ。

「あんたの世話はせんよ」

「わかっとる。わしの世話はせんでもええ」

「ヒロのアパートにも行かんでよ。あそこは食堂やないよ」

「食堂って……由香がそう言うたんか」

「あの子はそんなことは言わん。ほんでも、ただでさえ忙しいのに、暇を持て余しとるあんたの食事まで作らんならん気持ちを察してみ」

「……そうか。だったら、もう行かん」

「ヒロや孫に会う目的だけやったら行ってもええけど、そのときは果物か何か手土産を持っていくのが常識やろ。あんた自身が世話してもらいに行くなんて言語道断やわ。忙しい嫁を気遣ってやらんでどうするの」

「……わかった。そうする」

「約束してくれるんなら午後に荷物を運んできますわ」

荷物といっても段ボール二箱くらいだが。

「帰ってきてくれるんか」

「私にもここに暮らす権利がありますよってに。ただそれだけのことですわ」

――お義父さんは悪い人やないですよ。世代的に限界があったんやと思います。男の方が女より偉いということに疑問を持たんと生きてきた世代やから。

由香の言葉の一つ一つを嚙みしめていた。

今日の夕飯は、スライスチーズを載せて焼いたトーストと豆腐入りサラダで済ませよう。もちろん夫の分は作らない。由香の強い勧めの通り、「ついでだから」「一人分も二人分も一緒だから」という安易な言葉を捨てることを心に誓った。至れり尽くせりで夫の世話をした挙げ句、私が先に死んだら、宏輝や由香にどれだけ迷惑をかけることになるか。ここは心を鬼にしなければならない。

動線を分けて生活しよう。夫が夜に風呂に入るのなら、私は朝にシャワーを浴びよう。給料が入ったら、真っ先に自分の部屋に小さな冷蔵庫を買おう。

23　霧島郁子

クオータ制条例案の採決となった。

議場がこれほど静まり返るのは初めてだった。何台ものテレビカメラを意識しているのか、いつものセクハラ発言やヤジは皆無だった。

慣例通り、賛成なら赤い札、反対なら緑の札を投票箱に入れることになっている。ずっと前は匿名投票だったらしいが、村井の提案で変わったと聞いた。村井会に反旗を翻すのを許さないためだ。それが今回裏目に出るとは、村井は想像したこともなかっただろう。

みんなが息を吞んで見つめる中、反対票を入れたのは、次の選挙に出ないと宣言している村井などの数人だけだった。その他の古参議員は、「新しい考えの市議」を演じた。テレビカメラを意識したのか、前日に床屋に行き、スーツも靴もネクタイまでも新調し、町の景気回復に微々たる一役を買ったと聞いている。

「クオータ制条例案が可決いたしました」

議長の声で歓声が上がった。マスコミの人たちが騒々しくなったが、私は喜びを味わう間もなく、女性の立候補者を立てることの大変さに意識が集中していた。というのも、我が「麦の会」のスタッフでさえ、誰も名乗りを上げないのだ。女性の弱気や不安は、いったいどこから来るのだろうか。改選は半年後に迫っている。一難去ってまた一難……か。

その夜、ミサオに電話をかけて相談した。

「由香ちゃんを立候補者として推すのはどうでしょう。勉強熱心ですし、理解力もあるし、人間的にもしっかりしていると思うんです」

──私も由香ちゃんはええと思っとった。それと、前市長の息子の嫁はんの美鈴さんもええと思う。なかなかの策士やから。

「そうですね。前市長を落選させるのに一役買ってくれましたしね」

──それと、ミニ集会で世話になった川柳のタンポポ会の望美さんはどうやろ。

「私も望美さんは適任だと思ってました。法律や経済の知識もあって頼りになります。それと……瑞恵さんもいいかなと思うんですが」

──えっ、瑞恵さん？　それはどうやろなあ。無口な人は向かんよ。

「それが意外にも、説得力ある話し方をするんですよ」

──ほう、瑞恵さんが？

「由香ちゃんも、『お義母さんは頭の回転が速い』と褒めてたことがありました」

──わかった。瑞恵さんにも立候補してもらお。とにかく人数が足らんことには、クオータ制を導入した意味がなくなるからの。

「舞子ちゃんや、マミさんはどうですか？」

──あの人らは、なかなかのアイデアマンだわ。でも、どちらかと言うと、縁の下の力持ちって感じやな。

「そうですね。今後も『麦の会』のスタッフとして力を貸してもらいましょう」

翌日、由香を呼び出し、立候補を勧めてみた。

「冗談でしょう？　私には無理です」

「なんでや？」とミサオが詰め寄る。

「だって、ミサオさんや郁子さんみたいに大学出とるわけでもないし、ただのパートのおばちゃんやもん」

「議員というのは特別なものやない。男らを見てみ、親が議員やったから後を継ぐ輩が多いけど、そんなんが必要条件やと思っとるんか？」

「まさか、そうは思っとりません」

「政治の世界には知ったかぶりする成功者や、自分の考えを常に正当化して弁護することに長けた『政治屋』が大勢おるんだわ」と、ミサオは由香を説得にかかった。

「政治の場には『普通の人』がおらんといかんのだ」

「ミサオさんの言う通りよ。くだらない派閥争いや利権争いはもううんざり。机上の空論は真っ平なの。現場主義を貫《つらぬ》きたいのよ。そのためには庶民の生活を知っている人が立候補すべきなの」

「でも……なんや汚い世界のように思うし」と、由香は尻込みする。

「そんなオッサンらに巻き込まれんよう気をつけたらええだけの話やわ。腐敗するんは、選挙で応援してもらう見返りとして何らかの便宜《べんぎ》を図るからや」

「それは勉強会で習った利益誘導型政治ってやつですね」と由香は言った。

「そう、それ。ほんやから、由香ちゃんはクリーンな選挙を心がけたらええのよ。そしたら弱みにつけ込まれたりせんから大丈夫」

「でも……やっぱり議員なんて難しそうで。市議会中継を見ても、カタカナ語がたくさん飛び交っとるし」と、由香は眉間に皺を寄せた。

「そんなん関係ない。頭が悪いもんほどカッコつけてカタカナ英語を使いたがる。脳ミソが三グラムしかないのを誤魔化しとるだけじゃ」と、ミサオは切り捨てた。「本来、政治はもっと身近なもんやぞ。歳を取ってからどんな生活がしたいか、身体が不自由になったときどうするか、子供らの環境はこのままでええのか、つまり、この町で自分はどう生きていきたいのか。もっとこうしたら暮らしやすいのにと色々思うことあるやろ」

「そりゃあいっぱいありますよ。ショートステイを増やしてほしいという声はしょっちゅう聞きます。予約しようとしてもいっぱいで利用でききんって。そういう施設が絶対的に不足しとるから、介護しとる奥さんやお嫁さんが仕事を辞めて、息抜きもできんで、終いには鬱病になったりしとる。それに」

そのとき、夫が二階から降りてきた。リビングの奥にあるキッチンで、何やら飲み物を作っている音がする。

「それと学校選択制も必要やわ」と、由香は話を続けた。「東京では何十年も前から、イジメに遭《お》うたら別の学校にさっさと転校できるって郁子さんに聞きました。それとスーパー台風が来たとき、公民館に避難しましたけど、寒うて風邪ひきました。自販機の飲み物もすぐに売り切れて防災用品も全然足らんかった。それと……」

由香の話は終わりそうになかった。

「ストップ。由香ちゃん、それらを改善したいと思っとるの？」とミサオが尋ねる。

「もちろんですよ。すぐにでもなんとかしてほしいです」

「もし自分が市議になったら、どうする？」

「片っ端から改善します。難しいことなんか一つもないですもん」

「その意気や。由香ちゃんみたいな人に立候補してほしいと思う」

「由香ちゃん、市議に立候補してみない？」

「お言葉だけ有り難く頂戴《ちょうだい》しときます。光栄です。ほんでも、まだ子供が小さいから無理です。実は……二人目も欲しいと思っとって」

「そんなこと言ってたら、子供が独立するまで無理じゃない。そのとき由香ちゃんは五十歳を過ぎるわよ」

「それはそうなんですけど、でもそれは仕方がないことです」

「実家のお母さんに手伝ってもらうわけにはいかんの？」とミサオが尋ねる。

「頼んだら手伝ってくれるとは思いますけど、でも、母の楽しい老後を奪うようで、ちょっと、それは……」

そのとき、飲み物を手に夫が入ってきた。

「俺は、子育て中の三十代の女性が立候補することに意義があると思うよ」

キッチンで話を聞いていたらしい。

「子育て世代を当選させることで、市政を大きく変えられるんじゃないかと思うんだ。だって、先生がいつも言ってるだろ。当事者抜きで決めてはならないって」と夫は言って、ミサオの方を見た。

「その通りじゃわ。暮らしを知らんオッサン議員らが、ああでもない、こうでもないって想像で議論したところで、だいたいがズレとる」

「だってさ、待機児童の問題は何十年も解決されないままだから、若い夫婦は都会に流出していくばかりで、ただただ時間だけが流れてるよね。なんでだかわかる？」

と、夫は由香の方を見た。

「なんでって言われても、それは保育園も保育士さんも増えんからで」

「そう、その通り。増やそうとしてないからだよ。それというのも、市議の平均年齢が六十九歳で、それも男ばかり。つまり子育てなんか全く興味ないんだよ。母親が働くのが悪い、家で子育てすれば済む問題だ。みんなそう思ってる。老人介護にしたって同じだよ」

「頭にきます」

「このままじゃあ、幼い子供を持つ親の意見なんて、未来永劫市議会で取り上げてもらえないぜ。だから由香ちゃん、君のような若い人が立候補すべきなんだ。それに、議会は年に四回しかないんだから、なんとかなるよ」

「そうは言っても、議会中に子供が熱を出したとか、次の妊娠・出産と重なったりしたらと思うと、やっぱり……」

「市議も産休や育休が取れる条例を作りましょう。幅広い年齢の様々な意見を取り入れなきゃ市議会なんて意味ないもの。どう？　由香ちゃん、立候補する気になった？」

「大変ありがたいです。パートでは給料が安すぎて将来が真っ暗やったんです。もっと稼ぐ方法がないかって、毎日考えとったんです」

由香がそう言うと、夫が噴き出した。「つまり、カネのため？　議員報酬欲しさに議員になるってこと？」と、夫は遠慮なく尋ねた。

「正直言って、それも大いにあります」と、由香は夫を真っすぐに見て答えた。「ですけど、もし私が当選したら、報酬以上に働くつもりです。成し遂げたいことがたくさんありますから。夜遅くまで一人で留守番をしている小学生が集まれる場所も作りたいし、日本語がわからん外国人の子供が学べる場所も作りたい。ＮＰＯがやっとるこども食堂にも、もっと補助金を出してあげたいです」

「なんだ、由香ちゃん、ヤル気まんまんじゃない」と私は言った。

「勉強会で、税金の使い途《みち》のことや市の会計のことなんかを教えてもらったのが生かせそうな気がしています」

「じゃあ、いいのね？　立候補するってことで」

「はい、挑戦してみようと思います」

「男どものヤジにへこたれたらあかんぞ」と、ミサオが言った。

「たぶん大丈夫やと思います。郁子さんや梨々花さんがヤジ飛ばされとるのを初めて見たときは、ごっついショックで夢にまで出てきたけど、だんだん見慣れてきたし、それに、郁子さんのダンナさんみたいに、うちのヒロくんや仲間の男性も、傍聴席から下品な議員を叱ってくれると思います」

これで一人決まった。

その後も、次々に呼び出して説得を続けた。

川柳のタンポポ会の望美は推されたことを素直に喜び、「やってみようと思います」と、目を輝かせて即答した。以前から保育園や小中学校の給食に使われるプラスチック食器が、摩耗したり熱い料理で融《と》けているのを見て、素材を変えてほしいと請願活動をしたが、一万人もの署名をやっとの思いで集めても議会であっさり不採択となり、虚しさを覚えたことがあったという。そのときに市議になりたいとチラリと思ったが、村井会と太いパイプでもない限り、女の自分が当選するはずもないと諦めたらしい。

美鈴はといえば、元市長である舅に「目立つことをするな、一家の恥だ」と大反対されたらしかった。しかし夫の言葉――女性議員が増えることは大切なことだと僕も思うけど、なにも美鈴が出る必要はないやろ――に憤慨して立候補を決めたのだった。これで梨々花を含めて合計四人になった。

瑞恵はといえば、最初はからかわれていると思ったようだった。私とミサオが本気だとわかると、「私なんてガラやない」、「考えられんです」などと言って首を横に振った。「瑞恵さんは議員に向いてると思うのよ」と私が何度も説得するうち、「そんなこと言われても、議会に着ていくものがあれへんし」と、話の方向が変化してきた。ミサオはにやりと笑い、「スーツは持っとらんのか」と尋ねた。瑞恵は「一着だけ持っとります。子供らの入学式に着ていったスーツですけど。でも今より十キロくらい痩せとったし」と、困ったように首を傾げる。「スーツは私がなんとかする」とミサオは請け合った。「知り合いに声かけてみたげる。タンスの肥やしになっとる人が多いと思うで、すぐ調達できるやろ」と。それに対して「そうですか、それは助かりますけど、でもやっぱり私なんか……」と瑞恵は戸惑っている。

「ドキュメンタリーを録画しておいたの、今からみんなで観ない？」と、私が言うと、いきなり話題が変わったからか、ミサオと瑞恵はキョトンとした。

これは、瑞恵を立候補させるための作戦だった。

「なんぞ茶菓子は出るんか？」とミサオが問う。

「え？　ええ……もちろんですよ」と答えながら、廊下に出て母屋の姑に慌てて電話した。

——はい、わかった。いますぐ適当に見繕《みつくろ》って持っていく。

姑はものの五分もしないうちにやってきた。ガラス鉢に山盛りのプチトマトと、これまた山盛りの大学芋をお盆に載せている。毎回のことながら、その手早さには感心してしまう。

大学芋を目にしたミサオは、「あの日、市役所で郁子さんに声をかけたんは正解やった。こんな美味しいもんが食べられるとは」と、嬉しそうに言った。釈然としなかったが、私はリモコンの再生ボタンを押した。

それは、アフリカの難民を撮影したものだった。内戦で農地も荒れ果て、食うや食わずの生活の中で男は言った。

──傭兵《ようへい》となるしかない。それしか家族を養う術《すべ》がないんだから。テロリストになることで、食い扶持をやっと得られる生活だ。ボロを纏《まと》った妻と幼い子供たちが、薄暗い部屋の隅で瓦礫《がれき》に埋もれるようにして、怯《おび》えた目でカメラを凝視している。締めくくりのナレーションもなく、淡々と事実を伝えてドキュメンタリーは終わった。

「こういう人らに比べたら、私らどんだけ幸せかと思うわ」と、姑のフミが言った。

「市議に立候補するくらいのことでビクビクしとる自分が、ごっつい情けないです。こんな悲惨な生活に比べたら、栗里市の問題なんて小さい小さい。私には怖いもんなんて一つもないいっちゅう気になってきました」と、瑞恵が言った。

「でしょう？　だったらこの際思いきって立候補を決めちゃったらどうかしら」と私はすかさず言った。

「素人に怖いもんなし。やってやれんことはない」と、ミサオも勇気づける。

「そうですか、ほんなら……立候補させてもらいます」と、瑞恵は決断した。

これで五人を確保できた。その他にも、「麦の会」に入会して立候補したいとメールをくれた女性が二人いた。一人は北浜千景《きたはまちかげ》という五十代のバツイチ女性だ。栗里市内の高校を卒業後、神戸の大学へ進み、神戸で中学教師を務めていたというが、いよいよモンスターペアレンツに耐えきれなくなり、末息子が大学を卒業して就職したのを機に辞職したらしい。彼女が目指すのは公立中学改革だった。彼女自身が栗里市内の中学生だった当時から、今も変わらず理不尽で意味不明な校則がたくさんあるという。生徒の髪型や靴下に至るまで、こと細かな規則があり、目を皿のようにして違反者を探す教師がいまだにいると、栗里市内にいる同級生から何度か相談を受けたことがあったらしい。中学生への締め付けがもたらす心理的悪影響をなんとかして取り除いてやりたいというのだった。

もう一人は、大友《おおとも》カホルという二十代後半の女性弁護士だ。生まれも育ちも東京だが、以前から景色の良い所で人間らしい暮らしをしたいと思っていたこと、そして法《ほう》曹《そう》界でも未《ま》だ女性が活躍できる場が限られていると言い、弁護士の過当競争がある都心ではなく、少ない地域でじっくり相談に乗ることを目指したいらしい。市議になることで人々の生活を知り、活躍の場を広げながら、弁護士の仕事も続けるという。

これで、我ら「麦の会」からの立候補者は総勢七人となった。現職の梨々花、落合家の瑞恵と由香、政治経済に詳しいタンポポ会の望美、前市長の息子の妻である美鈴、神戸からUターンしてきた元中学教師の北浜千景、そして東京からIターンした弁護士の大友カホルだ。

市議は全部で十七人だから、クオータ制で四割以上となれば最低でも七人ということになる。本当は過半数の九人以上を狙いたかったが、日にちが足りない。もっと早くから準備すべきだと悔やまれた。

その数日後、村井会派と清風会からも女性が立候補すると聞き、ホッとした。たとえ村井の息がかかっていてもかまわない。とにもかくにも人数だけでも確保しなければ、せっかくのクオータ制が台無しになってしまう。

「これで安心じゃ。女の立候補者は全部で九人になったでの」

そう言って、ミサオも安心したような笑顔を見せた。

24　落合由香

まさか自分が選挙に出るなんて、夢にも思わなかった。

起伏のある人生だとか、波瀾万丈《はらんばんじょう》なんて言葉は、自分には一生縁がないと思っていた。平凡なレールの上を歩むことに不満を持っていたのに、いざそこから外れるとなると緊張と不安でいっぱいだった。

十七人の定員に対し、二十四人が立候補した。女性が九人で、男性は十五人だ。村井は噂通り立候補しなかった。

　今日もたくさんのマスコミが押し寄せている。日本で初めてのクオータ制導入後の選挙というので大騒ぎだった。私も何度かインタビューを受けてテレビに映ったことで、「テレビ見たよ」と、都会に出ていった同級生や部活の仲間たちが次々に連絡をくれた。

　投票率は八割近くにもなった。過去に無投票だったことが、いったい何度あったことか。それを思うと、郁子旋風がどれほど影響を及ぼしているかがわかるというものだ。

　翌朝の新聞には、得票数の多い順で掲載された。

　下に余白があったので、メモを鉛筆で薄く書き込んでいった。早く特徴を覚えて、名前と顔が一致するようにしなければならない。

1、当選　男　萩尾松男（68・現職）三、一五四票　↑村井会、七三ポマード
2、当選　男　和田浩二《こうじ》（62・現職）三、〇一四票　↑麦の会、紳士、教養あり
3、当選　女　松岡梨々花（33・現職）二、四八八票　↑麦の会
4、当選　男　秋山竹彦（66・現職）二、三三六票　↑村井会、元税理士
5、当選　女　蟹沢美鈴（39・新人）二、二八五票　↑麦の会、前市長の長男の嫁
6、当選　男　尾崎邦彦《おざきくにひこ》（69・現職）二、一五五票　↑清風会、食料品店経営

7、当選　男　河野《こうの》新兵衛（92・現職）二、〇七一票　↑緑山会、居眠り太郎
8、当選　男　高田信一《しんいち》（57・現職）一、五九八票　↑麦の会、頼りになる兄貴分
9、当選　女　大友カホル（29・新人）一、五三六票　↑麦の会、弁護士
10、当選　男　川島弘明《かわしまひろあき》（87・現職）一、五〇九票　↑清風会、元PTA会長
11、当選　男　山田光男《みつお》（70・現職）一、四五四票　↑村井会、村井の腰巾着
12、当選　男　島本正則《しまもとまさのり》（68・現職）一、四四五票　↑緑山会、巨漢、ゴルフ焼け
13、当選　男　雨宮幸三《あまみやこうぞう》（45・現職）一、三五〇票　↑村井会、角刈り、声が渋い
14、落選　男　塩月芳樹《しおつきよしき》（65・現職）一、二五三票　↑村井会、長身、キリン似
15、落選　男　中山満《なかやまみつる》（76・現職）一、一四七票　↑清風会、銀髪角刈り
16、落選　男　畑田数馬《はたけだかずま》（74・現職）一、〇八三票　↑所属会派なし
17、落選　男　山路昭雄《やまじあきお》（82・現職）九七八票　↑村井会
18、当選　女　北浜千景（55・新人）九三四票　↑麦の会、元中学教師
19、当選　女　落合由香（33・新人）八五一票　↑麦の会、私
20、当選　女　城所望美（34・新人）八一二票　↑麦の会、タンポポ会代表
21、落選　男　平岩史郎（75・元職）七一二票　↑村井会
22、当選　女　落合瑞恵（63・新人）六五六票　↑麦の会、ヒロくんのお母さん
23、落選　女　村井智代《ともよ》（42・新人）五二四票　↑村井の姪《めい》

24、落選　女　岡田佐千子《おかださちこ》（56・新人）九六票　↑清風会

女性は七名が当選した。クオータ制で決められた四割に当たる。ミサオはそれ以上を目指していたがダメだった。男性は五人が落選することになった。問題は、その五人全員が、当選したヒロくんのお母さんより票が多かったことだ。

思った通り、村井派が黙ってはいなかった。都会から取材に来ていたテレビ局のインタビューに、暴言を吐く現職も少なくなかった。

「ええ加減にせえよ。おままごとじゃねえんだから」

「こっちは生活がかかっとるんだから」

「これこそまさに逆差別というもんやろが。女を優遇しすぎとるわ。いわば、民意に逆らっとることになるから大問題だわ。東京や大阪みたいな大都会でもクオータ制なんて採用しとらんのに、こんな田舎で採用する意味がわからん。最近の女は調子に乗りすぎとる」

麦の会での大問題はヒロくんのお母さんの嘆きだった。

「私、もう外を歩けん」

「そんな弱気なことでどうする。堂々としてもらわんと困る」とミサオは言った。

「だって、私がズルい人間みたいにみんな言いよる。職場でも卑怯者って言われた」

ヒロくんのお母さんはまだ病院の仕事を辞めていなかった。掃除の仕事は人手不足の上に先月も一人辞めたとかで、とても辞められる状態ではないと言う。そして、生まれて初めて外に働きに出たことで、自分が日々成長しているのがわかり、まだ辞めたくないと言うのだった。本業と掛け持ちしている議員は他にもたくさんいるので、働くことそれ自体に問題はない。

ヒロくんのお母さんが元の家に戻ってから、お義父さんは我が家には姿を見せなくなった。早朝にチャイムが鳴るのが恐怖心さえ覚えるほど嫌でたまらなかったが、それがなくなってストレスが半減していた。ヒロくんのお母さんの話によれば、お義父さんはスーパーの惣菜コーナーに通うようになったという。客が少ない時間帯を狙って帽子を目深にかぶって行くらしい。考えようによってはお義父さんもある意味犠牲者だったのかもしれない。男子厨房《ちゅうぼう》に入らずなどという時代を、未だに引きずっている。ヒロくんが言うには、お義父さんは色白で痩せ型なので「女々《めめ》しい」といってイジメられた過去があるという。もっと男らしくしろと周りから散々言われて育ってきたと伯母さんから聞いたことがあるらしい。だからあんなに威張るのだろうか。そして女を支配下に置かないと男らしくないと思って生きてきたのか。今さら変われるのだろうか。

「お義母さん、票数が十四位だった塩月さんが落選しとるでしょう。塩月さんより票が少ないのに当選した女は、私を含めて四人もおるんですよ。お義母さんだけやありませんよ」

「ほんでも、私は他の人より票が少ないもん。ビリケツやし」

「瑞恵さん。何を言われても気にすることあない」と、ミサオは言う。

だが、気にするなと言われたって、気になるものは気になる。

「町を歩いとっても、病院の廊下をモップで拭いとるときも、すれ違う人がみんな軽蔑の目を向けとる」と、義母は暗い顔で言う。

「そんなの錯覚ですよ。しっかりしてくださいよ」と、郁子は何度も言った。

ヒロくんのお母さんの落ち込みようは気の毒になるくらいだった。そのうち当選を辞退したいと言い出すのではないかと、みんなハラハラしていた。

「お義父さんは、どう言うておられるんです？」

家でも罵倒されているのではないか。だとしたら、議員報酬がもらえるのだから、さっさと家を出ればいい。

「なんでか知らんけど、あの人は頑張れって言うとる」

「え？　本当ですか？」

「せっかく当選したんやから、しっかりやれって」

「その通りだわ。卑怯者呼ばわりする人たちを見返してやりましょう。クオータ制になってよかったと言われるような栗里市を作り上げていきましょうよ。挑戦すれば違う世界が見えてくるはずよ。パーッと目の前が開けるのよ」と、郁子が言った。自分の経験なのだろう。

「頑張らんといかん。女は男の十倍努力せんと認められんからの」

「ミサオさん、その考え方は古いですよ」と、郁子がピシャリと言った。

ミサオはポカンとした表情で、郁子を見た。

「古いんやなくて、間違っとります」と、ヒロくんのお母さんが続けた。「男と同じ成果で、男と同じくらい認められるのが正しい社会なんですわ」

「それはわかっとるけど、今までそうはいかんかったからの。私の考えが古いとみんなが思う時代になったら、ほんに嬉しいけど……」

「ねえ、瑞恵さん」と、郁子はヒロくんのお母さんに向き直った。「もし辞退したら、票が少なかった他の女の人たちだって、きっといたたまれない気持ちになるわ。そしたら女性がごそっと辞退するかもしれない」

「そんなことになったら、クオータ制導入に奮闘した苦労が水の泡じゃわ」

「あのね瑞恵さん、市議会の役割を端的に言うと、税金の使い途を決めることなのよ。女の市議が少ないと多数決で負けてしまうの。きっとハコモノ建設が増えて、カーブミラー一つなかなか設置されないことになるわ」

「だよね」と、いきなり郁子の夫の声が頭の上から降ってきた。

見ると、大きなトレーいっぱいに、食べやすく切った西瓜を載せている。

「瑞恵さん、ここはぐっと我慢してくれませんか」と、郁子の夫が続ける。「だって、こうなることは最初から想像していたでしょう？　誰かはわからないけれど、少ない票数で当選する女性が何人かは出るってこと。でも、だからこそクオータ制にしたんですよ。そうでなければ、未来永劫、女性市議は増えませんから」

「……確かにそうでした」と、ヒロくんのお母さんは言った。

「お義母さん、一緒に頑張りましょう。私だって職場で色々言われとるんよ」

休憩室で守衛の佐久間に会うたびに嫌味を言われる。パート仲間だった冬子さんのお陰でセクハラがなくなったと思ったら、今度は嫌がらせが始まったのだ。

「ほんでも、私に務まるやろか」と、ヒロくんのお母さんは弱気だ。

「それは大丈夫よ。瑞恵さんは物事の裏表を見透かせる人だと思うから、太鼓判を押すわ。議会が開かれたら、すぐにわかるはずよ。伏魔殿《ふくまでん》にはわけのわからないことを堂々と主張する生き物がウヨウヨしてるって。そんなのに比べたら瑞恵さんの方が何倍も優秀だもの」

新しいノートの表紙に、「現状のここを変えたい」とマジックで書いた。初心を絶対に忘れたくない。いつか自分も市議の身分に慣れてしまい、村井のようになるかもしれないと想像すると嫌でたまらなかった。

そのことを言うと、ミサオは「村井のようになる？　由香ちゃんが？　まさか、まさか」と言い、声を上げて笑った。「由香ちゃんは若《わこ》うて情熱があるし、市民目線を持っとる。それに、しがらみがないから、ええ政治ができると思うぞ」

今ミサオが言った言葉をノートの一ページ目に大きく書いておこう。今後もずっと、「しがらみ」を持たないことの決意を新たにするために。

郁子がこの町に来てから、自分の人生がどんどん変わっていく。まさか三十歳を過ぎて、それも子持ちになってから政策関係の本を読み漁《あさ》り、知識を次々に吸収していく日々が来るとは思ってもいなかった。杏菜を育てながらパートに励んで、オバサンからオバーサンになって、あとは死んでいくだけだと、この前まで思っていたのだ。

「我が市は問題山積じゃが、郁子市長さんは、何から手をつけるつもりじゃ？」と、ミサオが尋ねた。

「無駄遣いを徹底的に洗い出すつもりです」

「由香ちゃんは、何に力を入れるんじゃ？」

「介護士と保育士を増やすことです。それには待遇改善が必要です」

「給料を上げんことにはどうしようもないのう。いっそのこと、栗里市内の保育士と介護士全員が一斉に辞表を出したらどないじゃろ」

「ええっ？」

「それくらい嫌になっとることを世間に示さんといかん」

「……なるほど。すごいショック療法ですね」

「数万円アップくらいではダメやろね。最低でも月に十万円は上げたらんと、あんな大変な仕事、やってられんわなあ」

「そうですね。手取り十四万円と聞いてますから、十万円アップでも多くはないですね。やはり給料が安いと人間の尊厳を保てませんものね。自分が価値ある働き手だと実感するには、給料が高くないと」と、郁子は続ける。「思いきって、やれることは全部やってみましょう。例えば市議会のときの三千円もする弁当の廃止、それと、市内の電車無料券やバス無料券や駐車場無料券と催し物無料券、市議が行うソフトボール大会やゴルフ大会に出す補助金……そういった議員報酬以外の市議の余得を全部ヤメにしましょう」

「うん、その改革は基本中の基本やな」とミサオは賛成する。

「あとは国や県から補助してもらえないか掛け合ってみるわ。それがダメなら税金から捻出するしかないわね」

「ともかく税金の無駄遣いを洗い出さんとあかん。敬老金も要らんわ。一人一万円でも全体では三億円もかかっとる。それと、裸婦像の絵画なんか売ってしまったらええと思う」

「瑞恵さん、すごい。素晴らしいわ。それはとってもいいアイデアよ」

郁子に褒められて、ヒロくんのお母さんの表情が少しずつ明るくなってきた。

「何が不要かをリストアップしていきましょう。舞子さん夫婦や由香ちゃんのダンナさんにも協力してもらえるかしら」

「もちろんですよ。ヒロくんは喜ぶと思います。何か協力することないかって、しょっちゅう私に聞くんですもん」

「ミニ集会でお世話になったマミちゃんなら、天才的なアイデアが浮かぶかも」と郁子が言う。

「そうですね。麦の会の幹部スタッフ全員に集まってもらいましょう」と、私はヒロくんの張りきる姿を思い浮かべながら言った。

麦の会は会員を募集している。最初は五十人くらい集まればいい方だろうと思っていたが、今や八百五十人もの人が登録してくれたのだった。女性ばかりを想定していたが、男性が四割近くいる。

「とにかくにもスピードが大事よ」

郁子はみんなを見回しながら力強く言った。

25　霧島郁子

ヤスミンの店の休憩室にいた。

一畳ほどしかない狭い空間が妙に落ち着く。

壁にもたれてメニューにないコーヒーをゆっくりと味わっていたとき、店のドアが開くカランコロンという音が聞こえてきた。

「いらっしゃい。あらあら、村井会派の皆さん、お揃いで」

ヤスミンは、会派の名前を強調するように大きな声で言った。休憩室に聞こえるよう配慮してくれたのだろう。村井は引退したが、未だに会派の名前は村井会だ。陰で操《あやつ》っているという噂がある。

「みんな最初はビールでええですか？」

「おう、ヤスミン、頼むわ」

「それより俺、なんか最近、自信のうなってきたわ」

「お前、今までは自信があったんかいな。村井のじいさんの腰巾着って陰で呼ばれとったのに」

「そんなこと知っとるわ。俺は確かに村井さんの言いなりでした、はい」

「それで自信がなくなってきたっていうと？　村井さんが辞職したあと、次は誰に頼ってええのかわからんからか？」

「阿呆か。違うわ。議会の場に俺みたいなオッサンは場違いやないかって思うようになったからじゃ。そもそも議員っちゅうのは上品で知的やないとあかんのやないか？」

「確かにあんたは議員には不似合いやわ。下品で教養ないもんな」

「ヤスミンにだけは言われたない。今日は高いボトル入れたろかと考えとったのに」

「ほんと？　ほんなら前言撤回いたします」

「市議会中継の視聴率もすごいらしいぞ。『水戸黄門《みとこうもん》』や大相撲《おおずもう》より面白いって、うちの母ちゃんが言うとった」

「議会の雰囲気が変わってもうたな。麦の会が最大会派になるとはな」

「そこや。和田と高田は男のくせに情けない。麦の会に取り込まれやがって」

「あの落合瑞恵っちゅうオバハンも、見かけによらず切れもんやろ」

「そうそう。あのオバハン、見るからにアホ丸出しやと思っとったけど、税金の使い途をこまごまとよう研究しとって、わしら太刀打《たちう》ちできんわ」

「最初の頃は『最低票のくせに』ってヤジ飛ばされたのに毅然としとったもん」

「ほんでも足が震えとったっちゅう噂やぞ」

「瑞恵オバハンは絶対恨みに思っとるやろうけど、それをやり返すっちゅうことをせんよな。梨々花や郁子市長にしても、今まであれだけ下品なヤジ飛ばされて散々嫌な目に遭《お》うてきたのに恨みなんかないって顔しとる」

「今や最大会派になって怖いもんなしやのになあ」

「そんなん常識やろ」と、ヤスミンが続けた。「自分がやられて嫌なことは、やり返してはいけませんって、小学生のときに習ったで」

「小学校で？　わしら小学生以下っちゅうことか」

「うん、その通り」と、ヤスミンは容赦ない。

「ヤスミン、今日はキツいなあ」

「女の議員らがどんどん質問しよるやろ。それに影響されたんか、清風会や緑山会の男らも、負けずに質問するようになったわな」

「カッコつけとるんだわ。なんせケーブルテレビで放映されとるからの」

「そうそう。それに、傍聴席も満杯やしな。都会のマスコミもようけ来とる」

「本当に参るわ。絶対に居眠りできんようになったもんなあ」

「それに、村井オヤジがおったときは根回し政治やったやんか。議会が終わってから、村井オヤジのおごりで料亭で一杯やりながら」

「そうなんや。前は料亭が議会場やったのに、今では議会で本音をぶつけよる。ほんまアホちゃうか。子供やあるまいし。妙に正々堂々としやがって、あれじゃあまるで小学校の学級会だわ」

「正々堂々としとるって、ええことやないの」とヤスミンが言う。

「それだけやないぞ。どの議員がどんな議案を提出して、結果の賛否はどうやったかって、わざわざ一覧表にして全部公表されてしまうようになったやろ。今までみたいに誤魔化しが利かんのよ」

「俺がいちばん嫌なんは、俺ら以外の市議が、前もって議案書を読んでくるようになったことやわ」

「え？　それって当たり前のことやないの？」とヤスミンが驚いた声を出した。

「それを言っちゃあ、おしまいよ。ヤスミンは相変わらずキツいのう」

「ヤスミン、今まではなあ、議場に来て初めて議案書を開くのが常識やったんや。そのノンビリした空気が最高に心地良かったのに、今やピリピリしとる」

私はカーテンの奥で、男たちの会話を聞きながら、人知れずニヤリとしてコーヒーを飲み干した。

そっとドアを開けて外へ出ると、気持ちのいい夜風が頬を撫でた。

家に着いて勝手口から入ると、夫の話し声が聞こえてきた。

「先生、お言葉ですけど、僕はそうは思いません」

思わず立ち止まり、リビングから聞こえる夫の声に耳を澄ました。

「尻に敷かれているとかいないとか、先生、いったいいつの時代の話なんですか？　妻が市長を務めていることを僕は誇りに思ってます」

階段の三段目にそうっと腰を下ろした。

「何を言ってるんですか。市長の夫なんてカッコいいじゃないですか。なんなら総理大臣の夫にでもなりたいくらいですよ」

誰と話しているのだろう。先生と呼んでいるってことは……。

「ガッツのある立派な女に僕は選ばれたってことなんですよ。は？　変わった？　僕が、ですか？」

電話の相手は、中学のときの恩師だろうか。

「先生、そんなの肝っ玉が小さいですよ。先生が自画自賛する男らしい男っていうのと正反対でしょう。男の領分が女に侵食される恐怖心でしょう。その方が情けないですよ。はあ？　どうしてうちの妻が罪の意識に苛《さいな》まれなくちゃならないんです？　あのね、先生、先生個人がどういう考えでもかまいませんよ。人それぞれ何を考えても自由ですからね。でも、剣道教室で子供たちに古い考えを吹き込まないでくださいってお願いしてるんですよ。子供は影響されやすいですからね。僕なんか、六十代になっても影響されやすいんですから。僕が中学に入学したとき、先生は新卒で就職したばかりの二十二歳で、すごくカッコよかった。尊敬してたし憧れてたんです。イジメられてた生徒を救ってくれたこともあった。あのときの感動は一生忘れませんよ。僕たちみんな先生のこと大好きだったんです。僕と十歳しか違わないのに、どうしてそうも考えが古いんですか？」

足音を忍ばせて、階段を上った。

五月の晴れやかな日だった。

暑くもなく寒くもない気持ちのいい日で、可憐な花々が咲き乱れるイングリッシュガーデンのベンチに夫と並んで座り、そよ風に吹かれていた。

「ここに移住してきて、まだ三年とちょっとだよな」

「三年も経ったなんて思えないわ。あっという間だったもの」

そう答えながら、夫が丁寧に淹れてくれたハーブティーを飲んだ。庭で作った大葉と黒文字と生姜《しょうが》が入っていて香りがいい。

「しかし色んなことがあったよなあ。猛スピードで栗里市の制度が整ったよ」

「やろうと思えばチャチャッとできるものなのね。自分でも驚いてる」

「なんだか町の雰囲気が変わったよな」

「そうなのよ。明るくなって活気が出てきたわ。由香ちゃんや舞子さんの表情もガラリと変わった。美鈴さんもそう。初めてうちに来たときなんか、すごく暗い顔してたのよ。それが今じゃいつ見ても弾《はじ》けるような笑顔だもの」

「由香さんも美鈴さんも、俺が日頃思っていることを議会でスパッと言ってくれるから、こっちまでスッキリするよ」

「みんな幹夫に感謝してるのよ。北欧の女性政治家のやり方を研究してくれて、具体的に指示を出してくれるから、みんなすごく助かってる」

「いやいや、俺なんか口だけだよ。それをサラッと実行してしまう郁ちゃんたちには脱帽です。由香さんのダンナも舌を巻いてたぜ」

「へえ、そうなの？　小さなことの積み重ねばかりで、それほどたいしたことはやってないんだけどね。ただ麦の会だけが、しがらみも世間体も気にしていないってだけよ。だって私たちにとっては、目の前の現実と子供たちの将来が大切なんだもの」

「その影響なのか、頑固なジーサン世代も少しずつ変わってきている気がするよ」

「そうかしら。あの人たちは死ぬまで変わらない気がするけど」

「もちろん全員じゃないけど、何割かは変わったと俺は見てる」

「ほんと？　そうだと嬉しいんだけど」

「しかし面白いもんだな。六十歳の誕生日を迎えたとき、あとはもう老後だと思ったのが、今じゃ信じられないよ」

「同感。まさか私が市長になるとはね」

「それなのに俺、今が人生の中でいちばん充実してる」

そのとき、メールの着信音が鳴った。夏織からだった。

——ニュースで見ましたよ、都市部から栗里市に若い世代が移住してるとか。そこなら女が自分を殺さないで生きられそう。ところで栗里市をスピード改革したあとは県知事になってくださいね。どんどん日本を変えてってくれなきゃ。

「何なのよ、このメール。夏織からよ。市長を務めたあとは県知事になれって。まったく他人事だと思って」

「えっ、県知事？」

そう言ったきり、夫は足許《あしもと》に咲くクレマチスをじっと見つめて黙り込んだ。

「何よ、どうしちゃったの？」

夫は顔を上げると、妙に威厳《いげん》のある声を出した。「それ、俺も賛成」

「それって、どれ？」

「郁ちゃんが県知事になること」

「は？」

「俺、協力するよ」

目をキラキラさせている夫の顔をマジマジと見つめた。

人の言葉に影響されやすいのは、ちっとも変わってないらしい。

でも……県議会の仕事がどういったものなのか、少し調べてみようかな。

うん、調べるだけなら。

解説

阿古真理（作家・生活史研究家）

私は関西の出身で、やはり関西出身の夫と東京二十三区内で暮らしている。気候も食も合う地元に帰りたい、という話はこれまでに何度か浮上したが、仕事の都合でＵターンは不可能だ。また、夫はともかく私は居心地が悪いことが予想されるので、やはり戻ることは難しい。住居費が安い地方移住を検討した際も、どう考えても私の居心地が悪くなるから止《や》めよう、となった。

「地方に住むと居心地が悪い」と思ってしまうのは、東京以外の日本で女性は、夫の後ろに下がる態度を求められがちで、目立つとささやかれる陰口も、耳に入ってしまいそうだからだ。今ですら、気心が知れた仲間たちの小さな世界を一歩出れば、夫の顔だけを見て「ご主人」と連発する営業パーソンに、うんざりさせられている。

最近も、若年女性の人口が半数以下になる自治体が全体の四割にのぼり、いずれ消滅する可能性がある、という報道が世間を騒がせていたが、この問題を掘り下げた報道の中にも、いつものようにピント外れの分析が散見された。国や地方自治体の少子化対策は、ピントが外れがちなことを女性たちはよく承知している。四割の自治体に消滅可能性があるのも、出産可能年齢の女性が地元からどんどん出て行き、男性と違ってほぼUターンしないからだ。農村の「嫁」不足は平成初期頃から騒がれていたが、地方の都市部も「母親」不足で困っていることが判明した。

女性がのびのびと暮らせる場を整えない限り、出生率など上がりようがない。しかし行政が選ぶ政策は、子どもが育つ場を整えるものばかり。いつぞや政治家の男性が言った、女性を「子どもを産む機械」と見なすことに通じ、子育てしか見ないことは母親以外の人たちを排除する圧力にもなることに、自治体職員たちは気づいているのだろうか。地方は子育てだけのための場ではない。母親としての機能しか認められない環境で、居心地よく暮らせる女性はどの程度いるのだろう。

女性が生きる場を奪う政治がまかり通るのは、もちろん現場に女性がほとんどいないからだ。しかも政治家の男性の多くは、家事や育児を妻や母や娘に任せきりで生活を知らない。本書の物語は、そんな地方都市の暮らしを描くことで、暮らしに埋め込まれた女性差別を浮き彫りにしたうえで、男性を含めて私たちに何ができるかまで明確に示す。

主人公の一人、霧島郁子《きりしまいくこ》はワンオペ育児に耐えて娘三人を育て上げ、長年勤めた会社を定年退職した。定年後の嘱託勤務がつらくなった夫の幹夫《みきお》が、幹夫の実家がある山陰の栗里市《くりざと》へUターンしたいと言い出したところから、物語は始まる。事前に友人から忠告されたにもかかわらず、地方の実情に疎い郁子は、東京郊外に持っていたマンションを売って移住してしまうのだ。

郁子にとって、政治は関係ない世界のはずだった。しかし、偶然市議会で二人しかいない女性議員の若手、梨々花《りりか》が、時代錯誤的なセクハラを受ける様子を目撃し、梨々花を叱ってしまった。それを見たベテラン女性議員、ミサオから後継者としてスカウトされ、話が展開し始める。

もう一人の主人公は栗里市育ちで、子育て真っ盛りの落合由香《おちあいゆか》、三十二歳。パートで働きながら会社員の夫のヒロくんと協力し合って幼い娘を育てている。近くに住む義母の瑞恵《みずえ》が家出をし、一人暮らしの幹夫の母、フミのもとへ転がり込んだことから郁子と関係が生まれる。

郁子が手に入れた憧れのイングリッシュガーデンのガーデンテーブルセットは、ミサオや由香らが集う行政の勉強会や選挙対策会議の場として使われ始める。郁子が作った料理やケーキ、隣家に住むフミが丹精込めた野菜や料理は、世代も性別もライフスタイルも異なる仲間たちとの会合で生かされる。郁子が願っていた地元の人との交流は、思いがけない形で実現する。集まるメンバーも、おいしい料理とステキな空間を楽しんでもいる。

メディアで紹介される地方移住話や物語は、豊かな自然と穫れたての野菜、周りの人たちとの温かい交流で癒《いや》される都会人の話が目立つ。しかし、現実はそう単純ではないだろう。田舎で暮らす人たちに接したことがある私は、本書に出てくる、男が軽自動車に乗るのは恥ずかしい、少しでも変わった行動をすれば噂になるめんどくささは、さもありなん、と思える。

本作は、「男社会」「家父長制」「封建的」のキーワードが、実際にどんな不便をもたらすかまざまざと描き出す。見通しの悪い四つ辻《つじ》のカーブミラーは設置されないし、通学路に街灯は少なく、待機児童問題も解決しない一方、ハコモノは次々とできて、五期も務めた市長の胸像までできそうな勢いだ。

市議会を陰で牛耳る村井《むらい》を始め、保守派の有力者男性たちのいやらしさ、妻に家出されても家族は自分のために生きていると勘違いしたままの由香の義父など、郁子と由香のすぐそばにも、残念な男性たちがいる。彼らには、生活の快適さより男の沽券《こけん》のほうが大切なのだ。

この物語の魅力は、見慣れた女性差別と暮らしへの無頓着が横行する男社会と、闘う方法を示してくれているところだ。ウーマン・リブと言われたフェミニズム・ムーブメントの第二波の時代に生まれ、田嶋陽子《たじまようこ》や上野千鶴子《うえのちづこ》が脚光を浴びた第三波の時代に青春時代を過ごした、郁子より少し年下の私は、隔世の感を持ちつつこの成り行きを見守った。強固な要塞に見えた男社会の山は、その恩恵より弊害を感じている男性たちと、着実に力と知恵をつけてきた女性たちによって動き始める。

例えば、市議になれたものの、村井のセクハラささやき声の暴力に負け、辞めようかと悩む郁子。当初の計画だった悠々自適の老後をのんびり過ごしたいと漏らすが、ミサオに「老人といえば縁側で猫と日向《ひなた》ぼっこしとる姿を想像するかもしれんが、実際は逆じゃわ。何十年も溜めてきたマグマが、出口を求めて噴き出すんじゃ」と返される。私たちが暮らす社会では、高齢者に対する幻想も強く、勝手に「かわいいお年寄り」あるいは「人生の賢者」像を押し付けがちだ。八十代のミサオは、憧れは憧れに過ぎないことをはっきり述べる。

世代の異なる女性同士の交流が、互いに新たな発見をもたらすところも本書の魅力だ。世間の目を気にして言いたいことも言わずにやり過ごしてきた由香は、郁子の影響で心が自由になっていく。後半、セクハラする職場の男性をはっきりと拒絶し、週に何度もあたりまえのようにご飯を食べに来る義父にも迷惑だと告げる。

郁子も、若い世代から刺激を受ける。長らく、男性たちの差別に真っ向から立ち向かい、絶望するくり返しだったが、あるとき政治集会に来た若いカップルがクスクス笑っているのを目撃する。由香らと身近に接する郁子は、彼らは夫婦で一緒に家庭を切り盛りしているから、差別するシニアに余裕で接することができる、と気づく。そして、一部の男性たちの時代錯誤ぶりを「不思議な生き物」、と笑ってやり過ごす余裕を持ち始める。

郁子が政治活動を始めてからの町の変化は、うらやましい限りだが、この作品は決して非現実的な理想社会を描いているわけではない。もしかすると郁子は、あなたの町にもいるかもしれない。もしかすると鏡の中にも。日本や町の将来に絶望する前に、私たちにもできることがあるのではないだろうか。本書には、そのためにどう考えどのように行動すればよいか、具体的な方法論が示されている。

本作は、二〇二二年五月、小社より単行本として刊行されました。

|著者| 垣谷美雨　2005年「竜巻ガール」で小説推理新人賞を受賞し小説家デビュー。誰もが直面する社会問題をユーモア溢れる筆致で描く作品が多い。著書に『老後の資金がありません』『結婚相手は抽選で』『女たちの避難所』『定年オヤジ改造計画』『うちの父が運転をやめません』『懲役病棟』『墓じまいラプソディ』など多数。エッセイに『行きつ戻りつ死ぬまで思案中』がある。

あきらめません！

垣谷美雨《かきやみう》

2024年９月13日第１刷発行
2025年１月23日第３刷発行

発行者──篠木和久
発行所──株式会社　講談社
東京都文京区音羽2-12-21　〒112-8001
電話　出版（03）5395-3510
　　　販売（03）5395-5817
　　　業務（03）5395-3615

Printed in Japan

講談社文庫
定価はカバーに
表示してあります

KODANSHA

デザイン──菊地信義
本文データ制作─講談社デジタル製作
印刷────株式会社KPSプロダクツ
製本────株式会社国宝社

ISBN978-4-06-536807-7

講談社文庫刊行の辞

二十一世紀の到来を目睫に望みながら、われわれはいま、人類史上かつて例を見ない巨大な転換期をむかえようとしている。

世界も、日本も、激動の予兆に対する期待とおののきを内に蔵して、未知の時代に歩み入ろうとしている。このときにあたり、創業の人野間清治の「ナショナル・エデュケイター」への志を現代に甦らせようと意図して、われわれはここに古今の文芸作品はいうまでもなく、ひろく人文・社会・自然の諸科学から東西の名著を網羅する、新しい綜合文庫の発刊を決意した。

激動の転換期はまた断絶の時代である。われわれは戦後二十五年間の出版文化のありかたへの深い反省をこめて、この断絶の時代にあえて人間的な持続を求めようとする。いたずらに浮薄な商業主義のあだ花を追い求めることなく、長期にわたって良書に生命をあたえようとつとめるところにしか、今後の出版文化の真の繁栄はあり得ないと信じるからである。

同時にわれわれはこの綜合文庫の刊行を通じて、人文・社会・自然の諸科学が、結局人間の学にほかならないことを立証しようと願っている。かつて知識とは、「汝自身を知る」ことにつきていた。現代社会の瑣末な情報の氾濫のなかから、力強い知識の源泉を掘り起し、技術文明のただなかに、生きた人間の姿を復活させること。それこそわれわれの切なる希求である。

われわれは権威に盲従せず、俗流に媚びることなく、渾然一体となって日本の「草の根」をかたちづくる若く新しい世代の人々に、心をこめてこの新しい綜合文庫をおくり届けたい。それは知識の泉であるとともに感受性のふるさとであり、もっとも有機的に組織され、社会に開かれた万人のための大学をめざしている。大方の支援と協力を衷心より切望してやまない。

一九七一年七月

野間省一